# 对决

# DUEL

苍山◎著

黄河出版传媒集团
宁夏人民出版社

**图书在版编目(CIP)数据**

对决 / 苍山著. —银川 : 宁夏人民出版社,
2015.12

ISBN 978-7-227-06222-6

Ⅰ. ①对… Ⅱ. ①苍… Ⅲ. ①长篇小说—中国—当代
Ⅳ. ①I247.5

中国版本图书馆CIP数据核字(2015)第311523号

**对 决**

苍 山 著

**责任编辑** 姚小云
**封面设计** 马 冬
**责任印制** 肖 艳

黄河出版传媒集团
宁夏人民出版社 出版发行

地 址 银川市北京东路139号出版大厦(750001)
网 址 http://www.yrpubm.com
网上书店 http://www.hh-book.com
电子信箱 renminshe@yrpubm.com
邮购电话 0951-5052104
经 销 全国新华书店
印刷装订 宁夏报业传媒印刷有限公司
印刷委托书号 (宁)0000173

开 本 880mm×1230mm 1/16
印 张 19.25
字 数 220千字
印 数 3000册
版 次 2015年12月第1版
印 次 2015年12月第1次印刷
书 号 ISBN 978-7-227-06222-6/I·1597

定 价 39.00元

# 目录

# 第一章

# 小试锋芒

XIAOSHI FENGMANG

# 一

会议室烟雾缭绕，散发着一股呛人的味道。

处长方克神情凝重地倾听着刑警队长的汇报，他深深地吸了一口烟，似乎要把烟都吞咽到肚子里，长时间才喘息了一下，嘴里吐出来的只是几缕淡淡的呵气。

近期来，公安处辖区的张集至二里镇之间的大曲线半径处，发生货盗案件数起，被盗物资主要是棉花、铝锭、电解铜。为此，这段时间公安处组织了治安队、押运队、刑警队，有针对性地加强了这个区间的防范。今天凌晨押运2469次货车的两位民警与两名盗贼遭遇，但由于抓捕时机欠佳，二人逃脱。经现场清点，被掀下新疆产优质棉花十五包，案值三万余元。案值数额巨大，已构成特大案件，这是建处以来最大的一起货盗案件。

刑警队长叫李长青，由于多年搞刑侦工作，养成了稳健干练的作风，汇报案情就像用七七式打靶"叭叭叭"的，从不打磕儿，没有一句废话。是的，押运民警缺乏经验，没有选择好抓捕时机，是一个重大失误。本来押运民警与犯罪分子遭遇，很有可能抓一个现行。张集至二里镇地处大曲线半径，列车运行速度较慢，犯罪分子极容易扒车作案也易于跳车逃窜。但是曲线半径一过就是一个大下坡道，车速提起来，犯罪分子跳车的概率就非常小，甚至无法逃匿。

刑警队对案件做了认真分析，认为犯罪分子作案目标是明确的，就是车上的棉花。而且这趟列车只有中部的18、19两节车装有棉花，犯罪分子扒车点就选择了这两节车厢。犯罪分子能够如此准确地找到作案目标，车上装的什么货，货在什么位置都一清二楚，由此判断犯罪分子可能有准确的情报来源或者是踩点后有备而来。如果是前者，就有内外勾结作案的可能，而且很可能是重大团伙作案。

李长青出示了一个列车编组表，从编组表显示被盗的2469次列车在凤城车站曾经编组，这两辆棉花车是从2464次列车上编过来的。能够知道这个编组计划的只有站调、值班员和分局货调西台调度。他吸了口烟，强调："这就给我们一个提示，知情人可以划定在站调、值班员、西台调度这个很小的范围内。据此我们判断，在这几个部位很可能有一个隐藏很深的内部或者内外勾结的犯罪团伙在疯狂作案。"

刑警队的工作是雷厉风行卓有成效的，凌晨发生的案件，仅几个小时他们就有这么成熟的调查结果和分析意见，方克非常满意，但还是不会放过任何一个疑点。他盯着李长青问："那么就是说流窜作案肯定是排除了？"

李长青肯定地说："从种种特征来看，排除了流窜作案的可能。"

方克对李长青这个部下是十分放心的，因为这是他亲手调教出来的刑警队长，在很多方面他们是默契相通的，但是他更善于诱导部下，把问题控制在度内。他认真思考了一下说："我们姑且先做两种可能判断，既不排除内部或外部单独作案，也不排除内外勾结作案。但是重点应放在内部和内外勾结作案的侦破上。下边我们重点研究一下凤城车站的治安情况。"

张副处长是主管治安的副处长，他将凤城铁路地区的治安情况简单地做了一个分析。该站近一年来一直不稳定，治安案件居高不下，特别是扒窃、流氓滋事等治安案件比较突出。站内秩序比较混乱，认为应该尽快进行一次集中整顿。主管刑侦的王副处长和其他与会的党委成员很快达成共识，也赞成对凤城铁路地区进行一次有声势的整顿。

方克觉得会议进行到这儿似乎应该打住了，大家谈的情况已经把问题摆出来了，焦点就在凤城车站。他掐掉烟头，将大家的意见归拢了一下说："大家知道，凤城公安所的老所长退休后，一直由指导员代所长，班子没配齐，警力也不足，工作难免顾此失彼，这是我们处党委的责任。今天党委成员都在，我建议本周召开一次党委会，政治处拿个意见，专题研究凤城公安所的人员配备问题。对于凤城的刑事、治安问题，应该多管齐下，进行综合治理。由治安科拿个整顿方案出来，在处务会上研究。"

会散了，参加会议的人员纷纷离去。方克叫李长青留下来。李长青把材料收拾起来，夹在腋下跟方克来到处长办公室。

方克给李长青扔了根烟，问："怎么样？最近还能应付得下来吧？"

"前边还有几起大案还挂着呢，这不，案子又上来了，光这起棉花案就得重兵突击，压得我都快喘不过气来了。"李长青点着烟，也只有这个时机才能诉诉苦。

“是呀,这么大数额,一经上报,铁道部公安局肯定下令督办。”方克责成李长青抓紧研究一下,把侦破方案和人员定下来,马上报给铁路公安局,争取主动。其实方克留下李长青不是为了案子,而是想从刑警队调一个人。这件事使方克很犯难,他知道目前刑警队的案子多,压力太大。动刑警队的人就和动李长青的命根子一样。方克是刑警队长出身,何尝不知刑警队的难处,但是这个人还非得从刑警队出不可。

案子说完了,方克还没有放李长青走的意思,李长青就知道还有事。跟了方克多年知道处长的工作作风,处长沉思了半天没有说话,觉得要谈的事情肯定犯难。李长青心里一动便猜到了八九分,与人事有关。心里嘀咕着问:“是不是要动我们的人?”

难题一下破解了,方克也就顺势提了出来:“好哇,你都快成了我肚子里的蛔虫了,那你贡献出一个所长来吧。”

李长青马上就明白了处长要点的人是谁:“您是说路遥?”

两个人的心思想到一块去了,从刑警队抽一个当所长的人,只有路遥。

“哈哈！你呀。”方克开心得大笑,他笑这个部下太对自己的脾气了,“对,路遥。”

风城是西北的一个中等城市,虽然没有沿海那么发达和繁华,但随着改革的大势也生机勃勃地快速发展起来,到处都是新兴工地和拔地而起的楼宇。风城火车站是一个编组站,所有过往的列车都要在这里分解重组,更像大脑的中枢将人体的各种需求合理地分配输送到各个系统。

“呜!”一声汽笛长鸣,一列客车进站。广播里传送着全铁路通用的一种腔调:“各位旅客,风城车站到了,有下车的旅客请下车……”

随着人流从车上下来一个身着西服便装的年轻人,手里提着一只皮箱,二十七八岁,中等身材,轻盈利落,眉宇间透着一股飒气,他就是前来上任的风城派出所新一任所长路遥。

路遥,公安管理学院刑警专业毕业,在校时就学习成绩优异,毕业时学校曾多次挽留要他留校任教,他谢绝了,执意回到了输送他上学的铁路公安处当了一名刑警。在刑警队他样样干得出色,特别是在负责情报信息工作以来,建立了一套完整便捷、实用的情报信息网络系统,很快被全路公安机关应用到实际工作中。这次领导选中他任凤城派出所的所长是他万万想不到的，不是觉得自己不能胜任，而是让他离开喜欢的刑侦工作，无论如何都不愿意接受。在下调令之前，李长青和他做了一次深入的长谈，在李队长看来，派路遥当派出所所长除了领导上对他的提拔重用，很重要的一个原因是凤城铁路地区刑事犯罪猖獗，情况很复杂，确实需要一个懂刑侦工作的能人去当这个所长。从这个角度来讲，领导是把路遥放到了刑侦工作的最前沿。

听了李长青的一番谈话让路遥的心里平静了许多，接到命令立即轻装上任。

下了车，看到自己今后将要工作的地方，心里燃起了一股澎湃的激情，更有了沉重的责任感。

赵慧芳是一个刚毕业的大学生，她站在哪里都是一道美丽的风景线，是那种回头率百分之百，人人见了眼球都发亮的美人。她从车上下来，将墨镜推到前额上，从窗口往下接行李。车上的同学将行李递下来，与赵慧芳依依不舍地握手道别。

赖三向周围扫了一眼，趁着赵慧芳不注意，将地下的包拎起来吹着口哨，摇头晃脑地离去。车上的同学看到赵慧芳的包被拎走了，喊了一声："哎！你的包。"

列车徐徐地启动了……

"我的包，抓小偷！"赵慧芳回头看到包被拎走，又看看自己堆得满地的行李，不知该如何是好，便焦急地大声喊着，"警察，抓小偷啊！"

赖三听到喊声，头也不回，撒腿就跑。

路遥听到喊声迎面过来，挡住赖三的去路，断喝一声："站住！"

赖三气喘吁吁地绕了两绕，跑不过去，恶狠狠地吓唬道："哥们，少管闲事，让个道！"

路遥岿然不动，像一堵墙站在赖三的面前。赖三见路遥没有让道的意思，觉得唬不住了，便将提包砸过去，从腰间拔出匕首向路遥猛刺过来。路遥在学校的时候就是散打冠军，根本就没把赖三放在眼里，只见他闪身躲过砸来的包，飞起一脚将匕首踢飞，又一回腿对赖三腰眼就是一脚。赖三"妈呀！"一声叫被踢倒在地上……

值勤民警赶来，将路遥、赵慧芳、赖三都带到了值勤室。

值班民警叫洛金虎，山东汉子，长得五大三粗的，一根直肠通到底，性情暴躁耿直，平时最见不得地痞流氓，对犯罪分子有一股天生的恨。赖三不知道让他收拾过多少次了，此刻一见气就不打一处来，二话没说掏出手铐就把赖三铐起来，来了一个单臂大回环吊在窗栏杆上，嘴里还一个劲地骂着："奶奶个熊！又是你个杂碎，我看是三天不整治你就骨头松!”把铐子扣到了最小的一齿,再往窗栏杆上一吊,疼得赖三直喊“妈呀”。

洛金虎再也没理会赖三,绷着脸看了赵慧芳一眼,翻开记事本讯问。本来就是一个程序问题,而且是必须做的,但是洛金虎这个人做起公事来就一点笑脸都没了,脸黑得和包公似的。嘴里一个字一个字地蹦着词,单位、姓名、职业、家庭住址等等,没问几句赵慧芳就有点撑不住了,这姑娘从来没受过这种待遇,觉得自己都成罪犯了,便十分不满意地白了洛金虎一眼:“哎,我说警察同志,你脸部神经能不能放松点?”

洛金虎本来就牛眼一般大的眼睛,瞪得更大了,指着自己的脸说:“本警察天生就是这副尊容,瞧不上把脸扭过去!”

赵慧芳讥讽道:“好大的牛气,那么牛怎么不多抓几个罪犯?刚才你到哪儿去啦?”

“哎,”洛金虎生气地说,“我还没说什么呢,你还上劲了?”

赵慧芳是个得理不让人的主,进一步挖苦道:“我说得不对吗?派出所改粮食局算啦,白吃饱!”

洛金虎气往上撞,用手一指赵慧芳:“你!你敢侮辱警察?!”

“不敢,这是对你们的正确评价。”赵慧芳面带讥笑说,而后又无不敬佩地看了一眼路遥,夸赞道,“你看人家这位大哥,两脚就给你踢进来一个小偷,也不说声谢谢。”

“好,好,好。你厉害,本警察不和你一般见识。”洛金虎被顶得没词了,起身转了两圈,压了压气说,“好啦,你可以走了。”

赵慧芳也不客气,拎起提包就走。

“别急啊。”洛金虎把赵慧芳的提包夺过来锁到柜子里,“这是赃物,你还不能拿走。先回去写个物品清单,开个证明再来取。”

“你!岂有此理!”赵慧芳几乎要气晕了,这不是有意刁难嘛?她大声指责道。洛金虎嘴角露出一丝狡黠的笑容,慢悠悠地说:“小姐,别发火,刚刚怎么批评我来着?”继而又点上一根烟,优哉游哉地吸着调侃道,“看看,脸多难看,那会过早衰老的。”

路遥在一旁看着一直想插嘴,但始终没有说话,心想我就看看你究竟怎么处理?趁机也摸摸情况。此时确实看不过去了,便上前一步对洛金虎说:“同志,这就是你的不对了。我证明这提包是她的,应该给她。”

“这没你的事,你走吧。”洛金虎老大不乐意,朝着路遥挥挥手。路遥很生气,怎么能这样轻描淡写地办案,冷漠地对待群众呢?他压了压火耐着性子,神情严肃地说:“同志,这就更不对啦。我是证人,你什么也没问。以事实为根据,以法律为准绳,我走了你怎么办案?”

洛金虎早有几分不耐烦了,冲着路遥一顿发火:“屌毛灰!我说你理论还一套一套的,教训谁呢?你还不是我们所长呢,有什么权力指手画脚的?”

路遥道:“路不平有人踩,事不平有人管,现在是法制社会,执法者更应该依法办事不是?”

洛金虎真有点急眼了,自己骂着自己:“俺娘哎!今天怎么这么倒霉,遇到的都是刺头!”

这时候指导员马挺彪和几个民警进来,抬眼看见路遥,三步并作两步上来抓住他的手:“路所长,好家伙,来也不打个招呼。”转身对大伙说:“来,同志们,我给大家介绍一下,这就是新来的所长路遥同志。”

“大家好!”路遥见了大家一一握手,当到洛金虎跟前时风趣地问,“洛金虎同志,这回我是否有发言权哪?”

洛金虎尴尬地搓着手,不知说什么好。

路遥立刻摆摆手,赶紧接过话茬:“哎,不说啦,快把东西发还人家吧。”

洛金虎从柜子里将提包取出来还给赵慧芳。

路遥真诚地向赵慧芳握手表示致歉:“赵慧芳同志,我们的工作没做好,如果有哪些失误,我代表派出所向你表示歉意,请谅解。”

赵慧芳漂亮的大眼睛惊奇地打量着路遥,连说:“没关系,谢谢。”

路遥半开玩笑、半认真地说:“但愿以后再没人叫我们改粮食局啦,还有别再骂我们白吃饱。”

赵慧芳羞涩地致歉道:“对不起,失言了。”

二人目光相遇,是灼热的,是一种似曾相识奇妙的感觉。

# 二

徐海发是派出所的万金油，由于脑瓜活，嘴头子来得快，精明能干，加上祖籍河南，所以大伙都叫他“老犹”，是说犹太人的意思。大家倒是没有一点贬义，反而显得他更精明，他也欣然领受。这阵他正数落洛金虎呢，本来徐海发怪话就多，这下劈头盖脸全都泼到了洛金虎头上。什么脑袋让门挤了，什么捅娄子捅腚眼呀，什么屁股门拔火罐作死，等等，把个洛金虎说得脸一阵红一阵紫，心里特憋屈，他哪里知道这是新来的所长啊。再说了这么年轻的所长有什么本事？他洛金虎第一个心里就不服。本来干得就不痛快，我还把他放到眼里了？

这哥儿俩，一个河南蛋，一个山东棒子，徐海发是驴脾气，活没少干，吃亏就吃在嘴上。洛金虎是给个棒槌就当针，不过他挺服气徐海发，徐海发怎么骂他都不上火，要是换一个人那就不知道要出什么事了。

洛金虎叫着徐海发的绰号：“哎，我说‘犹哥’，这所长宣布的也太突然啦，我们等了一年，就等了一个他？我寻思着下雨不打伞(淋)轮也(淋)轮到你啦。”

洛金虎这是为徐海发打抱不平，也说的是实话，其实所里的同志都早已把徐海发拟定为所长，任命不任命的徐海发在所里已经当着半个家了，但是现在任命下来了，所长却不是他。

一提这事就心烦，徐海发冲洛金虎摆摆手，抽起烟来。四十多了，所里除了指导员马挺彪数他年龄最大，但是混到现在还是个干事。二十多年了，一直就在凤城车站派出所，如果说凤城地区的治安情况他了如指掌，线路情况如数家珍，处理治安问题，办理刑事案件从领导到同事没有不佩服的，可就是上不去，到如今光陪所长就陪了四任，这次任命还不是他。徐海发本来就窝着一肚子的火，让洛金虎这一搾腾，满腹的牢骚全出来了：“不是有那么副对联吗，说你中你就中不中也中，说不中就不中中也不中，横批是：不中不行。”

“唉!”洛金虎叹了一口气说,“算我倒霉,撞到枪口上了。这回咱们所就更有好戏看喽。”

为了迎接路遥,马挺彪张罗了一桌酒席。说是酒席,其实就是让徐海发割了几斤肉,又加了几个菜,大伙会了一顿餐。自己做自己吃,好赖不说,其乐融融。每到这时候张铁路就是大厨师,三个盘四个碟的也能整出几个花样。

菜齐了,马挺彪端起杯子来了一段开场白:“路所长来上任了,又没啥好招待,粗茶淡饭,略表心意。今后要在路所长的领导下搞好各项工作,大家干了!”

“我平时滴酒不沾,承蒙盛情款待就破个例。谢谢大家!我年轻,工作经验少,还要靠大家多多指点,共同努力。”路遥立刻站起身来,客气地端了杯酒喝了。

徐海发一肚子歪歪点子,一听路遥说不会喝酒,就开始犯坏,手指头捅了一下洛金虎,眼角向路遥一斜。洛金虎和徐海发配合着捉弄人是一对好搭档,而且徐海发在这种场合总拿他当枪使,他也乐此不疲。徐海发的一个眼色洛金虎心领神会。

洛金虎端起酒杯说:“所长,今天白天多有冒犯,对不起,我先自罚一杯。”说着一扬脖“咚!”喝了进去,又端起来一杯:“所长,我代表大家敬你三杯。”

路遥推辞道:“我真不会喝酒,大家也就别敬了,还是随意吧。”

洛金虎哪肯作罢,他劝酒也是好把式,端着酒高高举起说:“所长你就别谦虚了,当警察有几个不会喝酒的?男人嘛,总得有个嗜好是不是?”

“老虎,所长说了不能喝酒,就不要敬了。”马挺彪出面制止。徐海发却加了一把火:“老虎,给所长敬酒你不多喝几个,也太不够意思了。”

“说得也是,我先干六个。”洛金虎被撺腾着端起六杯酒喝了进去。路遥确实为难了:“金虎,对不起,我真是不喝酒。”

山东汉子,敬的酒端起来了你不喝他犯急。洛金虎真生气了,瞪着牛眼说:“咋?看不起我们这些大老粗?”

路遥真被将住了,他也是个红脸汉子,年轻好盛,从来就没有尴尬的下不了场过。再说了今天真要是不喝这个酒与洛金虎闹僵了,今后还怎么工作呀?他接过酒说:“既然话说到这份上,我就舍命陪君子。”把三个酒全喝了进去,没等放下杯子往外就跑,刚一出屋就“老龙出水”一口喷了出去……这个时候大家才觉得洛金虎做的有点太过分了。

“不像话!”马挺彪磕磕烟袋,脸拉得几乎能砸到脚面上,用烟斗点着洛金虎的头说,“老虎,搞什么鬼明堂?啊?这不是故意让他出丑吗?”

马挺彪很少发火,可是发起火来,无论谁都怕,因为他从无私心。

洛金虎说:“马导,我也没想到他真不能喝,这所长该不是泥捏的吧?”

徐海发赶快为他解围:“这也不怪老虎,他……”

马挺彪没好气地指责徐海发:“你别在这儿装好人!一唱一和的,把我当傻子?以为我看不出来啊?都是你鸡窝里戳棍子,瞎捣蛋。”

“得,把我也捎上了。”徐海发无奈地两手一摊,满脸的冤屈。马挺彪连批评带警告:“我先给你们打打预防针,他再年轻也是你们的所长,是上级派来的,必须尊重他。今后如果再发生这样的事,别说我不客气。老虎!扶所长休息去!”

徐海发拍拍洛金虎说:“得,还是我来吧。这擦屁股的事从来都是咱治安干事的事。”他快快地出去了。

路遥很快进入了角色,在很短的时间里便熟悉掌握了辖区的线路、社情、治安情况。也算是给路遥一个表现的机会,到所里没多久就发生了一起改变全所人,特别是徐海发对他认识的一个案子。

那天夜里二十一点三十许,派出所接到刘庄车站管站长打来的一个电话,报告信号机外发生一起路外伤亡事故。

路遥一听是伤亡事故就没太在意,他让徐海发带上所里管技术的陈春生一块去了现场。

现场位于刘庄车站信号机外十五米处,死者是一名男性。尸体头东脚西,顺铁路线仰卧在路基上。经勘查,死者因为后脑颅骨由钝物致伤塌陷,造成大面积脑出血而死。现场提取物证有石砟一块,石砟上有死者的血迹和毛发,石砟形状与死者头部创口基本吻合。初步判断系死者跳车摔倒在路基上,头部跌到石砟上致后脑颅骨塌陷而死亡。认为系一般路外伤亡事故。死者身上有一张身份证,名叫赵小满,家是东乡村的。

目击者是扳道员,丁小虎。据丁小虎陈述,当夜二十一点三十分,1447次货车通过时他出去接车,发现从机后第十位跳下来一个人摔倒在路基上,好长时间也没见起来。他跑过去一看,跳车人头部扎在一块道砟上,一摸鼻子都没气了,就赶紧给运转室打了一个电话。从表象上看和目击者证实是起路外伤亡事故。徐海发和陈春生勘查了一下现场,对丁小虎做了一个访问笔录,然后找了几个民工将死者的尸体运到了火葬场,就等待认尸了。

回所以后由陈春生将勘查情况做了一个汇报。路遥听完汇报就让按正常路外伤亡事故处理，通知家属来认领尸体。没想到第二天家属来认领尸体时，案件发生了逆转。

死者的妻子叫刘春花，她带着孩子来到火葬场，看到丈夫的尸体大哭一场自不必说。徐海发把赵小满留下的遗物交给了她，当时她也没说什么。等把尸体运回去安葬了，检查遗物时发现赵小满身上携带的五百块钱没有了，当天下午便找到了路遥。

原来刘春花和丈夫赵小满一直在农村种地，后来靠生豆芽做点小买卖。赵小满这次出去是到张店集上买绿豆的，出门的时候带了五百块钱。她说得很详细，生怕漏了什么，甚至给丈夫在裤衩上缝了一个暗兜，将钱装到暗兜里的情况都详细地说了一遍。最后她说："我们知道扒车不对，就是为了省点钱嘛，可谁知遭了这么大的祸。人死了没办法了，你们总得把钱退给我吧？"

突然冒出来五百块钱，路遥一下懵住了，谁也没有汇报过有五百块钱的事。路遥的直觉，刘春花说的应该是实话，一个地地道道、老实巴交的农民，肯定不会诬赖讹诈的。可又一想也不对，徐海发是老民警了，处理路外伤亡事故是最常识性的，不应该出什么问题。

路遥心生疑窦，盯问道："他身上真带钱了？"

"没错，在家是我管钱，我数给他的。"刘春花觉得路遥不相信自己，便发誓道："我要说谎让天上下刀子把我劈了！"

路遥满脸狐疑，又问："你丈夫有什么毛病没有？"

刘春花没有听明白是什么意思，睁大眼睛看着路遥。

见刘春花没有明白自己的意思，路遥就进一步明确地说："比方他赌不赌，抽不抽，还有……"

没等路遥说完，刘春花就打断了话茬："我们是老老实实的庄户人家，我老汉是一个老实巴交过日子的人，平时只知道在地里干活连门都不出，这次还是我让他去买绿豆的。以前也去集上买过绿豆，一般去的时候扒车，回来就找个顺便车押着回来。他从来不沾赌，连旱烟都不抽，别的坏毛病一点都没有。"说这话的时候刘春花显得非常激动，怀疑丈夫就等于怀疑自己，她觉得人格受到了侮辱，气得脸色通红。

路遥再也不好问什么了，他立即把徐海发、陈春生喊了过来把五百块钱的事说了一遍。

徐海发心里“咯噔”一下,心想哪里又冒出来个五百块钱呀?他和陈春生都没有发现死者身上有钱啊。

路遥问:“目击人丁小虎也没说过五百块钱的事?”

徐海发说:“没有提起过。”

“噢?”路遥对此案有了疑问,吩咐徐海发给刘春花做个笔录,又让刘春花详细回忆一下她丈夫经常到哪买绿豆,都买谁家的绿豆。做完调查再给她个答复。

刘春花走了以后,路遥吩咐徐海发这个情况暂不报刑警队,有几个疑点再去落实一下。一个是询问一下,丁小虎和管站长有没有发现五百块钱,也许是让谁拿走忘记了;二是到张店查一下,赵小满经常去的几家买绿豆的商户,那天去没去买绿豆;三是找一下1447次运转车长有没有发现有这么一个扒车人?有没有同行人?或者是查一下列车运行图,1447次当天在张店车站停车了没有?

徐海发并没有异议就叫上陈春生又去了刘庄车站。

路遥把徐海发打发走了以后,自己转到了自由市场。

上任后,路遥始终没有忘记处长和李队长的嘱咐,他把破获盗窃团伙作为一个重点侦查任务时刻放在心上。他认为罪犯既然大量盗窃运输物资就肯定有一定的销赃渠道,自由市场是销赃的最好场所。

市场里,人头攒动,五花八门卖什么的都有,叫卖之声此起彼伏,鼓人耳膜。

路遥专门找卖棉花的店铺,打问价格,询问产地,看看棉质,目标是寻找新疆产的棉花。转着转着就来到一家棉花专卖店,这儿的老板正在热火朝天地叫卖。

路遥看了看棉质,又用手一抓感觉质量相当不错,肯定是新疆产的棉花,便问起了价格。老板很热情:“十二块。”便介绍这是地地道道的新疆棉花。

路遥一听心里有了谱,问:“新疆棉?我可听说新疆棉可贵呢,你怎么这么便宜?”

老板悄悄地对着路遥的耳朵小声说:“灵山有一个市场,专门有人倒腾棉花,所以价格自然也就很优惠。”

踏破铁鞋无觅处,得来全不费工夫,这是一个重大线索,路遥的心里一阵窃喜。

# 三

徐海发和陈春生从刘庄车站返回来，将调查情况向路遥和马挺彪做了汇报：

一、丁小虎和管站长自称都不知道钱的事，管站长说的应该是实话，因为他是和丁小虎一块去的现场，他没有时间拿这五百块钱，丁小虎能不能拿这五百块钱则无法证明；二、1447次列车确实在张店车站停车了，但是运转车长没有发现有这么一个扒车人；三、在张店集上赵小满经常去买绿豆的几个商户，都说上一个集市没有看到赵小满。而且上一集绿豆的价格还有所下降，他不可能买不上或不买绿豆。

"哎，这就是问题的关键。"路遥凭着一名刑警的直觉已经敏感地发现了问题，他进一步分析道，"赵小满是一个非常老实的农民，肯定是去买绿豆了，即便是没有到这几家熟人那去买绿豆，在别人那也应该把绿豆买回来。现在是绿豆没买回来，钱却没了。假如真的是没买上绿豆，是扒1447次货车从张店回来，跳车的时候摔死的，那么钱就还应该在他身上。现在没有，钱到哪去了呢？这是第一个问题，即便是路外伤亡事故我们也应该把这个问题搞清楚。现在的问题是事情是不是就这么简单呢？赵小满的死是不是另有他因呢？这是第二个问题。"

徐海发对路遥的分析，一百个不服气，心想你才当了几天警察？不要以为自己是所长、大学生，就比别人多么高明，吹毛求疵！他鼻子里哼了一声说："危言耸听！"不就一起路外伤亡事故嘛！五百块钱没了可能有多种原因，或许有人见财起意，看到他死了把钱拿走了，这也不是什么案子。再说，是不是自己丢了或者其他什么原因，也未可知。

路遥看出来徐海发不乐意，但并没有当回事，他当刑警的时候，就秉承一条原则，对自己认准的问题决不妥协。他坚持道："各种因素都不能排除。我们是警察，是警察就必须带着诸多疑问对每一个案子，每一个现场去勘查、去调查。只有当一个个疑问都排除了，最后的结果才是案件的事实。这样吧，春生你把材料拿来我看一下。”

陈春生脑瓜有点大，被他们这一顿争论，搞得找不到北了。他起身去拿材料，徐海发二话没说抬屁股走了。路遥尴尬地看着徐海发出去的背影。

“他就是这么个脾气，过去就好了。”马挺彪安慰并开导着，“毕竟是他出的现场，你怀疑事故的定性他不是很没面子吗，你的观点没错，就是太直白了。”

路遥一想也是的，以后工作中还得注意些方式方法，自己不是过去的刑警了，现在是一所之长，自己的观点代表着对一个下属工作的肯定与否定。

路遥连夜将所有的材料过了一遍，经过仔细的推敲，对案件的疑问越来越清晰。

第一，询问笔录记载丁小虎报案是二十一点三十分，1447次通过时赵小满从机后第十位跳车摔死。二十一点三十分，天已经黑了，视线模糊，1447次通过，车速又非常快，为什么丁小虎看得那么清楚准确，连死者是从第十位跳车都能说得很明白？第二，赵小满携带五百块钱去买绿豆这应该是事实，刘春花不应该编造一个谎言横生枝节。既然是事实，或他买了绿豆，或现金还在他身上，现在二者都不存在。那么这五百块钱究竟上哪去了呢？或赵小满挪作他用了，或被人偷了？二者都有可能。疑问的重点是，这五百块钱的丢失和赵小满的死有没有因果关系？第三，集市上绿豆价格很便宜，质量又好，赵小满不应该买不上绿豆。像赵小满这样一个老实巴交的农民买东西，一般是到最熟悉、最信任的人那里去买。而赵小满最熟悉的这几家人都没有见到他，当然也不排除他还有更熟悉的主顾尚且不知，但是他确实没有买上绿豆，这是一个事实。那么，是不是他根本就没有到集市上去呢？第四，假定赵小满没有去赶集，为什么却从张店方向扒车回来了呢？这才真正是不可思议的。1447次运转车长证明没有见这样一个扒车人，当然运转车长不可能记得所有的扒车人。因此，假定赵小满根本没去张店，也根本没有扒车呢？那么这起路外伤亡就值得怀疑了。路遥将自己的分析意见及推论要点提供给大家讨论。

徐海发第一个提出反对意见，他阴沉着脸，一字一顿，句句坦率犀利，针对路遥的观点进行了反驳。第一，关于那五百块钱，只是刘春花一人所言，而且是基于对刘春花的信任才能成立。现在，不能否认这个事实的存在，但也不能确定这就是一个事实。因此，这应该是一个不真实的条件，既然是一个不真实的条件，就不能作为必然条件去推理。即便赵小满确实是带五百块钱出来了，没买上绿豆，五百块钱也没了，是可以有多种原因的，并不能证明与其死有必然的因果关系。第二，虽然，赵小满熟悉的那几家卖绿豆的店铺，确实没有见到赵小满，这并不能说明他没有去集市上，也不能证明他就是没有买上绿豆。或者说他买上了绿豆，但由于什么原因没有发回来呢，这也是有可能的。至于，他是否扒车，从哪里扒的车，运转车长是否证实有这样一个扒车人，其中有很多未可知因素，尚不能作为推理的必要条件。第三，丁小虎报案准确地描述出赵小满是从机次第十位跳车，在一个业务素质很高的铁路工人来说，并不是什么值得奇怪的事。

“你说得有道理，然而这只是问题的一个方面，沿着这种思维方式去思考问题的结果就必然得出这种结论。虽然你没有设定什么条件，但你却对我所推论的另外一种可能性做出了判断，这种判断是对你所提出的观点或疑问进行肯定的结果。”路遥对徐海发的观点给予了肯定，然后话锋一转反问道，“然而你并不能否认我提出的疑问就确实不存在。如果我们采取另外一种完全不同的思维方式来分析此案呢？可能就会提出一种相反的意见，得出另一个截然不同的结论。我不是否定把赵小满的死定为路外伤亡事故的定性，而是对此案某些方面的问题提出疑问，这个疑问就是：此案还有另外一种可能性。”他率直地说，“警察所担负的是人命关天的大事，责任重如山。因此，必须慎之又慎。对每一个案子，每一个现场必须先做多种可能性判断，只有当所有的疑问都排除之后，最后的结论才是案件的真实原貌。现在请你回答我，我提出的这些疑问，你能排除吗？你排除得了吗？”

徐海发不语。

陈春生看了看徐海发说：“不能排除也没法排除。”

“老徐，你呢？”路遥似是争取意见也有点故意将军，徐海发没有正面回答：“小陈已经说过了。”

路遥说：“既然如此，有疑问就不能草率结案，我认为对这起路外伤亡事故应该再做一次调查。”

徐海发倚仗着自己是老同志，赌气地要了个大牌：“谁爱查谁查，我不查了。”

路遥气也上来了，心想在这个所里不把你这个刺头掰了，谁都得把我当猴耍。他不客气地说：“老徐你这态度不对，我哪做得不对你可以提出来，对工作不能要态度。”

“我就不相信还能整出什么花样来。”徐海发还真要和路遥较较劲，路遥也不示弱，马上针锋相对的顶了上来：“这话说到这了，没深查，你怎么知道整不出个花样来？”

两个人犟了起来，马挺彪一看再不制止就不好收场了，他摆摆手说："好啦，这个问题就不要再争了，刚才通过这一番讨论，说明这案子还有疑点，既然有疑点就得搞清楚，这是我们的责任。"他争取路遥的意见："路所你看下一步工作该怎么做？"

路遥打了个沉，调整了一下情绪："我的意见对丁小虎再做一次调查，澄清疑点。调查当日1447次列车编组，看机次第十位是什么车。再勘查一次现场，我总觉得现场还有什么问题，但说不出来。"

马挺彪拍板了："成，陈春生去查丁小虎，罗明去查列车编组，我和'老犹'去现场。"

"不，现场我和老徐去。"路遥的犟劲上来了，他非要去现场，而且非要和徐海发一块去现场。一则是他必须亲自到现场体验勘查，二则是非让徐海发当面看着案子是怎么翻过来的，你不是不服气吗？我非让你服了不可。

马挺彪只好吩咐徐海发要好好配合。

徐海发拿起帽子一甩转身出了门，到外面抽闷烟去了。

一路上路遥开着车，两个人谁也不说话，各自想着心事。显然徐海发还在生气，他管治安以来，处理过的问题还没有谁提出过反对意见，今天遇到了这么个茬口，当然生气。路遥则在想：刚才在气头上说了大话，要把案子翻过来，现在冷静下来了，也觉得没谱，因为那毕竟是疑点推论，没有确实证据。细寻思起来刚才话说得有点过头了，可是话说出去了，一口吐沫一个坑，只能硬着头皮朝前走。

路遥有一个很大的特点，现场对他有一股说不出的吸引力。以前在刑警队出现场就有这种感觉，心里总有一股掩饰不住的激情，此时的感觉就是这样。

刘庄车站，是一个中间小站，坐落在腾格里沙漠边缘，面向黄河，背靠沙漠。向西望去远远的几处山峦在天际缥缈浮动，就像几峰骆驼行走在沙漠中。近处四周是起伏延绵的沙梁，一片黄色的海洋，刘庄车站有如大海中的一叶孤舟。路两侧一色的网状草格(起固沙作用)。向东望去黄河从这里流过，苍苍茫茫犹如一条蟠龙九转十八弯向远处奔腾而去。

微风中一股浓郁的香味扑面而来，似甘露般沁人肺腑，这是沙枣花的香味。这个时节正是沙枣开花的时候，沙枣树是西北干旱地区特有的植物，它耐风寒，耐干旱,只要能生根就能成活,它的树干像千年的枯木,形状特异古怪,就像它顽强的生命力一样,不屈地抗争着恶劣的气候。它的花有点像枣花,但却比枣花的香味更浓郁更清新。它的果实是沙枣,这种枣就像沙子一样沙,嚼在嘴里干沙的不好下咽,却出奇的甜。

刘庄车站到了,路遥把车停在扳道房外与徐海发来到现场。

徐海发站在信号机外的一个公里牌前向路遥介绍着现场,路遥拿着案卷一边看一边听着徐海发的讲解,现场在路遥的脑海里复原展现。

这里是发现尸体的现场,尸体就在公里牌处,头东脚西,头部距钢轨有2米远,距公里牌2.5米,脚部距钢轨2.5米。

徐海发继续介绍道:“当时这个地方的浮土较多,在现场发现有两个人的足迹,一个是丁小虎的,一个是管站长的。赵小满没有留下明显足迹。”

路遥开始捕捉疑点:“当时地上有明显的踏痕划痕吗?”

徐海发说:“当时天很黑又没有照明设备,我们是打着手电勘查的,所以没有发现其他的痕迹。”

“赵小满的尸体除了头部颅骨塌陷,身上还有别的伤吗?”路遥又问,“比如说,腿上、手上、肘部哇,有没有擦伤之类的?”

徐海发说:“没有。”

“这就不对了。”路遥的思绪开始活跃了起来,“问题就出在这里,现在假定赵小满是从车上跳下来时摔死的,那么他跳下来时即使是头部着地,也必然有冲力、滚动,所以身上其他地方肯定有摔倒后的搓、擦、碰伤。”

徐海发一怔,暗暗埋怨自己,我怎么就没考虑到呢?对了,当时只是往路外伤亡事故这方面去想了就没有更多的考虑,这是犯了先入为主的错误。他平生第一次说话丧失了信心,低语道:“是的,应该有。”

“可是现在没有,这不符合路外伤亡事故的常规特点。这说明了什么呢?是不是说他根本就不是从车上跳下来的呢?”路遥开始了与现场的对话,也是对徐海发的反诘和提示。徐海发也开始正视自己的疏忽了,这个问题他确实没想过。

路遥用步幅丈量着现场,思索着,总感觉现场哪里有矛盾但是一时又找不出来。于是便问徐海发:“老徐,你没有觉得现场哪有什么问题吗?”

“问题?有什么问题?”经路遥这么一提示,徐海发心里也有点疑疑惑惑的,似乎感觉到现场好像哪不对劲。

"是的，有问题，但我现在还说不上来。"路遥暗自嘱咐自己要冷静，再好好想一想。

两人蹲在现场苦思。路遥反复琢磨着现场的每一个细小的环节，像篦头发丝一样一根一根的梳理着。这时一列客车开来，路遥赶紧将卷宗捂在怀里。徐海发用手压着帽子躲避着疾驰而来的风。客车呼啸而过，车速带来的风将路遥的帽子抛起，吹落到地上，大檐帽在地上滚动着，路遥跟着帽子跑着追着。客车远去了，帽子停了下来。

路遥捡起帽子，突然一愣神，继而激动地将帽子抛了出去兴奋地跳了起来，猛地将徐海发抱起来在原地转了两圈："找到了，老徐找到了！"那情景真像个孩子。

徐海发被路遥紧紧地拥抱着，喘不过来气，还没反应过来："找到了什么？"

"找到了我们对现场的疑惑。"路遥放开徐海发说："你看啊，客车高速行驶带来的风将我的帽子吹跑了是吧？你猜我想到了什么？"

"风吹……"

路遥没等徐海发回答就进一步说出答案："这使我想到了速度和惯性，速度带来了惯性，惯性的重力向着列车前进的方向对吧？"

徐海发豁然开朗："对，你是说……尸体的方向不对？"

"对！人跳离车体，就像飞速动力下运动的一个抛出物，在速度惯性的带动下自然向列车前进的方向冲，其落地的方向和列车前进的方向相同。人跳车后其重力在头部，重力向前，1447次是下行车……"路遥进行着推理和分析。徐海发与路遥思路联结到一起，就像一道电光闪过，火花璀璨绚丽，将他的心里照得通亮通亮的。徐海发接着路遥的思路推论道："这段铁路是东西向的，下行车应该是向西前进，跳车人跳离车体其重力应是下行，也就是西面。所以无论是正向跳车还是反向跳车，他倒地的姿势都应该是头西脚东，不应该是头东脚西。"

"太对了！"路遥真佩服徐海发的聪明，脑袋瓜反应得太快了，路遥接着说，"还有，因其重力在前，所以其着地的身体部位应该是前额而不应该是后脑。因此断定这个现场是伪装的。也就是说发现赵小满跳车和第一个到达现场并报案的人，是最大的嫌疑人。"

这时罗明与陈春生开着摩托车赶来。

罗明调出了当天1447次列车的编组单，上面显示机次第十位是一辆盖车，车号是P634557。

这说明丁小虎说了假话,盖车是没法扒人的。

陈春生通过保卫股查了一下丁小虎的情况。据保卫干部反映,丁小虎赌博成性,最近输了好多钱,前一段时间到处骗着借钱,借完钱,就去赌,欠账也赖着不还。每天要账的好几拨,听说这两天又有钱赌了,说明他的钱来路不明。

路遥听了罗明和陈春生的汇报,马上判断这可能是一起故意杀人案,第一现场应该是扳道房,他果断地命令:“立即传唤丁小虎,通知刑警队、技术科勘查扳道房!”

经刑警队和技术科勘查,扳道房果然是第一现场。在现场提取了列检的检车锤一把,上面有数根毛发,在长条椅子的夹缝里发现和提取到了微量血迹。毛发和血迹留待化验是否与赵小满血型一致。

半个小时后丁小虎被拘捕。在路遥和徐海发的猛烈攻势下,不长时间丁小虎就缴械了,交代了杀害赵小满的全过程。

丁小虎赌博成性经常是入不敷出,工资一到手就进赌场,一赌就是几天连班都不上,等从赌场出来的时候便输得精光。特别是最近一个多月,他被人约着上了个大场子,结果输得更惨,连着三天就赌输了好几千,全都是从放板的那儿借的高利贷,因而无力偿还赌债。放板的当然不吃他那一套,威胁他到期不还,就要卸下他一条腿。他怕了,没办法就到处借钱还账,高利贷算是还上了,可是借债的朋友却天天追着屁股。正在为钱发愁的丁小虎,恰恰碰上了要扒车去买绿豆的赵小满……

那天,赵小满带着买绿豆的钱来到刘庄车站,想扒车到集上,结果碰到了丁小虎,在向丁小虎打问车次时,无意间透露了自己是去集上买绿豆的。丁小虎想赵小满既然是去买绿豆的,肯定身上带着现金,输急了眼的他顿时起了歹意,把赵小满骗到扳道房,趁天黑将其杀害,劫取了身上的钱财。

# 第二章

# 初次交锋

CHUCI JIAOFENG

# 一

海豹歌舞厅最近生意异常的火爆，因为最近新来了一位小姐叫曼莉，不但人长得漂亮，舞跳得好，还非常的风流。对点她的男士有求必应，毫不吝啬，全身奉献。今天“凤城五兄弟”在老大金正名的带领下来到歌厅，专点了曼莉作陪。

说起这“凤城五兄弟”是远近闻名，他们并不是一奶同胞的亲兄弟，是在社会上打架斗殴、流氓滋事结成的流氓团伙。老大叫金正名，是一个街霸，打架不要命，在街上横着膀子走惯了都不会正常走路的人，只知道哥们义气不知道青红皂白。老二叫吴振奎，人称“十三恶”。这十三恶是：吃、喝、嫖、赌、抽、坑、蒙、拐、骗、偷，踹寡妇门，挖绝户坟，外带欺负老实人。他练了一手撬门开锁的绝活，除此之外什么也不会干，是一个十足的大草包。老三叫许超，他可不是一个简单人物，外表斯文，也确实读了很多书，五花八门的书都看，最爱看的还是《三国演义》。高中文化，是五兄弟里边学历最高的一个，自觉得深通三韬六略，一肚子花花肠子，全是坏水。人送绰号“许坏水”，他是五兄弟中的参谋长。老四叫侯正坤，人长得猴精猴精的，从小就爱登高下低的，善于攀缘，绰号“猴子”。老五叫王辉，是有名的打手，学过武术，有点拳脚功夫，心黑手辣，是打死人不偿命的主。他额头上有三道抬头纹，只要一瞪眼三道纹就竖起来了，凶神恶煞般的怕人，人起绰号“亡魂”。歌厅老板一看是“凤城五兄弟”，不敢怠慢，马上让曼莉去捧场，又吩咐领班要什么给什么，小姐随便挑，付账领情不付账走人。

有老板付账，谁还敢不领情，几个小姐围过来，把“凤城五兄弟”缠住。

金正名把曼莉腰一揽，照着屁股抓了一把。

“啊！”曼莉尖叫了一声说，“大哥，轻点，扯啦！”

“扯成几片了？我看看？”金正名伸手就摸到了三角区，“哈哈！两片……”

曼莉把金正名的手拿出来，浪声浪气地说：“嗯，不要啦！猴急猴急的，要死啦!”

这时“铁老大”带着几个兄弟和两位小姐从“凤城五兄弟”面前走过。

吴振奎是老嫖,看见这两位小姐马上眼睛直了,“铁老大”的妞比曼莉还正点,他不禁叫了一声:“屄! 日他先人的,这两妞真不错。”

“铁老大”包了一个桌坐下来,服务生马上屁颠颠跑过来殷勤地服务。“铁老大”经常光顾这地方,都知道他的规矩,所以服务生立马送上一瓶人头马,一瓶干红,两听雪碧。在这地方能喝得起人头马的不多,一下把“凤城五兄弟”震住了。

金正名最见不得别人在他面前耍派,看到“铁老大”比自己还牛,心里就十分的不自在,特别是“铁老大”带的女人竟然比他泡的妹子还水,心里更是不爽。刚想要挑事,无奈曼莉缠得紧,她双腿一撂坐到金正名的腿上,一对大胸撩得心里直痒痒,也就无暇顾及“铁老大”了,伸手就往上摸。

小丽是“铁老大”带来的小姐,搂着“铁老大”嗲声嗲气地撒着娇,并为‘铁老大’点了一首《夜来香》唱了起来。这小丽的歌唱得确实不错,嗓音委婉动听,韵味绵长。让人听着超爽!

金正名听着歌曲,觉得这妞挺有品位的,不禁赞叹道:“嗯,有味。”

吴振奎心领神会,马上吩咐手下的一个烂仔叫他把那个妞整来。

小丽一首歌唱完在“铁老大”哥们的喝彩声中准备下场,却被烂仔拦住:“小妞唱得好,我们大哥请你。”

小丽甩掉烂仔,转身就走。烂仔上前抓住小丽的手不放,小丽的小脾气挺烈,“啪!”一个耳光打到烂仔的脸上,骂道:“滚开!”

“婊子的,你他妈敢打我……”烂仔边骂边拖着小丽走,被“铁老大”的“兄弟”华仔拦住,烂仔不服气地翻了一眼华仔:“干啥? 挡横啊?!”

华仔也不吭声,抓起一只酒瓶子砸在烂仔的头上。“哗”酒瓶子碎了,烂仔头破血流,栽倒在地。要出人命! 小姐们吓得吱哇乱叫,怕事的纷纷向门外跑,歌厅一片大乱。金正名把曼莉往沙发上一扔,挽起袖子大叫一声:“敢打我的兄弟? 给我上!”

“凤城五兄弟”一干人个个掏出凶器围上来。华仔顺手抓起一把椅子举起就要动手,这时“铁老大”站起来大喝一声:“住手!”华仔规规矩矩放下椅子,站在“铁老大”的身后。

金正名问:“你是什么人?”

"'铁老大'你知道吗？是我们大哥。"华仔将大拇指一挑说。吴振奎不服气地说："我当是谁呢，那你知道我们是谁吗？我们是'凤城五兄弟'。"最后一句把声音挑得高八度。

"铁老大"两手抱拳，打了一躬，说："原来是'凤城五兄弟'，得罪得罪。"

吴振奎横着膀子说："少他妈的拽文，今天谁打了我们的人，我们就让谁见血！"

"想打架？你们还嫩点，'文化大革命'时候我就是有名的打手。""铁老大"还真没把他们放在眼里，鼻子里哼了一声指着金正名问："想必你就是'凤城老大'喽？"

"正是本大爷。"金正名把大拇指往上一竖，狂傲地点着自己说。"铁老大"道："那好，这大厅里人多眼杂，咱们找间包房说说去？"

"凤城五兄弟"齐声说："去就去，谁怕谁？"

两帮人来到包厢，把门关上。

"铁老大"不想把事闹大，并不是因为怕事而是不想和一帮流氓地痞搅到一块，更不愿意为一点小事而招来血光之灾。他吩咐兄弟拿出来两千块钱送上，想破财消灾安抚下算了，然而没想到的是"五兄弟"霸道惯了，以为"铁老大"好欺负，不但收了钱还要动粗，非要给华仔放血，这一下把"铁老大"激怒了。他点着金正名的脸说："给你脸不要脸！我说'金老大'，打群架让弟兄们卖命有个好歹，当老大的不仁义。你是老大，我也是老大，咱们俩单挑你看怎么样？"

"单挑就单挑，你以为我怕你？"金正名不含糊地应了。"铁老大"说："你不是说要放血吗？那好，我们俩一块放。不过你的人伤了，我多放你少放，怎么样？"

"谁不放谁是孙子！"金正名说。"铁老大"吩咐自家兄弟小四到火锅店，端一个烧好的火锅，要点好作料。小四立即跑了出去。这时"凤城五兄弟"开始揣摸"铁老大"，特别是许超。许超就想，他究竟是个什么厉害的角色呀？你说天这么黑，歌厅里灯光昏暗，非要戴一副宽边大墨镜，自始到现在一直就没见摘，不知道的还真以为他是个瞎子。脸面、眼睛深藏不露，一抹小胡子看着也有四十多岁，个头中等满健壮的，说出话来铮铮有声，真耐人寻味。金正名见"铁老大"吩咐人去端火锅，不知道他葫芦里卖的什么药，还正纳闷着呢。一会儿工夫，小四端来了一个热气腾腾的火锅进来。只见"铁老大"从华仔的腰里抽出一把匕首，那把匕首雪亮雪亮的，那才叫快，"唰"把裤子割开，"噌"从大腿上削下来一块肉，血"呼"从"铁老大"的腿上冒了出来，淌了一地。这"铁老大"连眉头都没皱一下，将自己的肉在火锅里涮了涮，蘸点作料吃了。"噌！"又从大腿削下一块涮了涮递给金正名："来，你也吃一块，尝尝我的肉味道怎么样？完了之后我再吃你的。”“凤城五兄弟”顿时都吓傻了，谁见过这阵势，真吃人肉。只听说古时有两个勇士剜肉以啖之，没见过也没听说过吃自己肉的。他们面面相觑，吴振奎舌头伸出来老长缩不回去了。金正名这才知道遇到对手了，愣的怕横的横的怕不要命的，还有比恶人更恶的人，那就是魔鬼。金正名腿一软跪在地下只磕头，连说：“你是老大，兄弟服了。”就这样，“铁老大”把“凤城五兄弟”收到了自己的门下，两伙黑恶势力，同流合污了。

# 二

铁路公安处党委为进一步打击凤城黑恶势力，决定采取重要步骤加强治安管理，下派工作组并任命路遥为凤城派出所所长。工作组由主管治安工作的张副处长带领，成员有治安、内保等部门的领导，李长青也是其中一员。

工作组来的当晚，路遥和李长青做了一次长谈。

李长青很喜欢以前的这个手下，本来有望把路遥培养成一个好刑警，这次公安处委以重任，他不得不忍痛割爱。路遥上任后李长青一直关注着他，原想路遥到任后工作起来肯定有很大难度。不仅仅是因为年轻，资历尚浅，更因为他没有基层工作经验。再者，凤城地区刑事、治安问题积弊太深，队伍中又长期遗留下来很多难以解决的问题。面对这样一个局面，不用说路遥这样一个年轻人，就是一个有经验的干部也要脱一层皮，还得看看是否能把工作抓起来。没想到路遥三两脚就踢开了，不但打开了局面，而且声名鹊起。尤其是赵小满这个案子破得漂亮，证据砸得扎实。而且还是力排众议推翻了原来的定性，把一个死案搞活了，得到了上上下下的一致肯定。李长青为路遥打了个满分。

此一番夸赞，使路遥很不好意思。他对李长青就像面对师长一样有着七分敬意三分畏惧，很多东西他是跟李长青学的。

李长青工作作风扎实，办案一丝不苟，特别是他的那套疑问学，对路遥影响很大。李长青经常跟他的队员们讲，接任何案子都不要带框框，要一片空白地进入现场，让现场的事实说明问题，用疑问去反诘现场的每一个环节，每一项证据。路遥深得其要领。

“亲临现场”是李长青的口头禅，只有亲临现场，现场的一切才会装在脑子里，最好的侦查员会和现场对话。通过赵小满这个案子路遥对李长青的话有了更深的体会，这个案子最初如果自己能亲临现场或验看一下尸体，可能不会走弯路。还差点多了一个冤魂。

两个人聊着聊着话题转移到了徐海发身上。

路遥觉得徐海发和自己应该是一对互相弥补的搭档，他在案子上能够直言观点，他的观点恰恰弥补了自己的不足，这是难能可贵的。平心而论，徐海发的素质还是很高的，赵小满的案子他是吃了先入为主的亏。

李长青挺看重人品的，认为路遥对人的评价是出于公心的。因此颇有感触，当领导的不但要有容人之心，也要有容人之量，他觉得这个年轻人开始成熟了。

李长青了解徐海发，徐海发是属于歪才类的，孬点子多，在工作上有邪招，捉弄人也有孬法子。虽然能干但没有人用他，所以心里有很多不满、怨气，牢骚话也多。这个人是个顺毛驴，如果为你所折服，一定是一个得力干将。他评价徐海发说："三尺驴头两尺嘴，驴没少干活，就是爱叫，驴除了脾气之外吃的就是嘴上的亏。"

路遥对这种用人制度深感不以为然。李长青看着路遥不服气的样子说："你别不服气，现在不都是这么用人吗？就说用你吧，那要不是处长力排众议，等到用你起码也得三十五岁之后。你在这方面要吸取他的教训，我知道你的驴劲上来比谁都犟。"

路遥辩解道："我是爱较劲，但我较劲较到理上。"

李长青当基层领导多年了，深通此中奥秘。并不是说你的观点对，别人就能接受，也并不是你怀有好心就能做成好事，即使是你做了好事也不是人们全能理解。他提醒路遥："话是不错，但讲原则也要讲方法。同样是一个问题，你说出来没人接受，换一个人的嘴就能解决问题，你说为什么？"

路遥马上领悟道："有资历、人缘问题，也有说话的场合方法问题。"他当然明白李长青的用意，可是脾气这个东西不由人。

李长青伸出两个指头说："两个字，磨炼。慢慢就磨出来了。"

路遥慨叹道："这就是用人制度的悲哀，等到把棱角都磨没了，一个人的朝气也就没了。"

"这你不懂，慢慢你就知道了。"李长青不无感慨地说，"中国的事情就是慢慢来。"

两人一直谈到深夜，最后扯到了盗窃团伙案子上。路遥说起了他在自由市场上看到了卖新疆棉的情况。

李长青眼睛一亮:“这会不会是一个销赃渠道?”

蹊径相通,李长青怀疑的也是路遥所想的。

路遥说:“渠道的发源地在灵山,张铁路的老家在灵山,他好长时间没回去过,我准备让他回一趟老家去看一看,顺便查查。”

李长青说:“行,我叫刑警队老孙配合你们。”

从此,路遥和李长青开始触摸到一个庞大犯罪集团的神经……

# 三

清晨，一抹阳光刚刚从楼宇中透出，路遥就带着全所的民警出操了。整齐的队列，踏出跨！跨！跨！的脚步声，“一二三四”的口号声将树上刚刚出窝的小麻雀惊飞……

出完操是每天必有的程序，早交班会。今天马挺彪到公安处开会去了，路遥主持会议。

洛金虎是甲班班长，拿着本子照本宣科：“甲班一切工作正常，交班前三道站停车十辆，重点车二辆，五道有站停车一列，完毕。”

路遥首先重申了要加强重点车的看守，带班干事，值班班长要各负其责抓好各项工作。之后把新民警林向东介绍给大家。

林向东，一脸的稚气，看着像一个中学生。毕业于公安管理学院，是路遥同一个学院的校友。林向东还有一个背景，父亲是铁路分局的局长，林家的独生子。

这时，马挺彪的儿子马小龙气喘吁吁地跑了进来：“徐大叔，路叔叔，我奶奶昏过去啦。”

路遥马上宣布散会，让陈春生把车开出来和徐海发一起来到马挺彪家。

马挺彪是从农村当兵出来的，马大嫂是他退役后在老家娶的。马挺彪在家里是独子，由于长期在外地工作，家里没有劳力，农活全都靠马大嫂一人干。生马小龙那年正赶上插秧季节，马挺彪忙工作回不去，马大娘年老下不了地。这季节不等人，马大嫂性子急，坐月子未满就偷偷下田，把秧插上了，从那以后就得了风湿常年瘫在床上。马大嫂不能干活了，马大娘年龄大了，马挺彪就把一家人接到了城里住。那年代城市吃粮是按户口供应的，由于马大嫂是农村户口，儿子随妈也是农村户口，一家四口人就马挺彪一个带粮票，其他人吃的都是高价粮。老的老，小的小，瘫的瘫，马挺彪的工资也是刚够混混肚子，生活过得十分艰难。按规定马嫂的户口是应该解决的，但是马挺彪生性不爱求人，所以至今也没办理城镇户口。要说不发愁是假的，他工作起来像团火，可回到家里就犯愁，才四十来岁的人头发全都白了。马挺彪是个硬汉子，从来都不吭声，从来不向组织伸手，就连上边发的救济他都让给别人，他常说咱是干部，是共产党员，不能有好事就往前头抢，有困难就往后头缩。

今天一大早，马大娘就忙着收拾屋子，一会感觉有点头晕，就让小龙扶着到床上歇一会，眼见着就语言不清了。马大嫂下肢瘫痪不能动，便让儿子找到了派出所。

路遥和徐海发赶到时马大娘已经不能动了，徐海发有经验，一看症状就知道是脑血栓。两个人把老太太抱上车送到医院。

母亲病了，马挺彪没开完会就赶了回来。

马挺彪在所里是一所的指导员，在家里既是顶梁柱又是勤杂工。以前马大娘身体好的时候，一般的家务都是老太太做。可现在马大娘得了脑血栓，出院后留下了后遗症，手脚不灵便了，大部分的活又落到他的肩上。吃完晚饭，马挺彪在院里生着蜂窝煤炉子为老娘熬中药。这几天连着下雨，柴火受潮，生炉子很费劲，呕得满院烟气腾腾，呛得马挺彪泪流满面。其实用蜂窝煤炉子就是为了节省几块钱的开支，可别小看这几块钱，在马挺彪这么贫困的家庭那是十几天的开销。好不容易有了明火，马挺彪用扇子扇动着，火苗渐渐烧上来。药熬好了，马挺彪将药汁倒到碗里，又呼唤着儿子小龙去坐壶水。儿子马小龙是个很乖的孩子，不但听话，学习成绩也很好，从来不用大人操心。穷人的孩子早当家，十二三岁的孩子已经把半个家给顶了起来，不但学会了侍候妈妈、奶奶，还学会了做饭，让马挺彪省了不少的心。

马挺彪端着药放到桌上，将老太太扶起来，腰后垫了个枕头侧歪着喂妈妈喝了药。

“唉！”马大娘叹了口气，心里很是难过。虽然走路说话不方便，但心里清楚。看着马挺彪从早忙到晚，忙完工作，忙家里，他累啊！当妈的怎么不心疼呢，可是心疼又能怎么样？自己心有余而力不足，这日子真是越过越艰难。

马挺彪看着妈妈的眼神，知道妈是担心自己的身体，便安慰道：“没事，我身体这么好，不累。”他侍候妈妈躺下又出去倒了一盆热水端到里屋给妻子洗脚。

多少年了，马挺彪一直就是这样，为媳妇洗脚按摩疼爱有加。他们的婚姻就是老一辈的先结婚后恋爱的那种，媒人介绍见了两面，然后就入洞房。没有花前月下的山盟海誓，也没有那么多如诗如歌的浪漫恋情，就这样注定了他们一生一世不离不弃的感情，就是这种普普通通人的最普普通通的感情，诠释了什么叫相濡以沫。结婚十几年始终如一，相知相爱。

马嫂看着马挺彪白花花的头发，消瘦的面庞，心里酸酸的，她给马挺彪拔着白头发，心里头淌着泪。多好的人啊！能够有这样一个男人，是女人一生的幸福，他就像一棵大树，跟着他心里踏实。自从瘫了以后觉得自己这一辈子活得很窝囊，就像床上撂了一块肉，不但拖累了他也拖累了一家人，他是这家的一根顶梁柱，他要是垮了这个家就完了。有时候真想早点一死就算了，也能给马挺彪减轻点负担。可是她又不能那么死了，那不是打他的脸吗？真是死不了，活着难受。

# 四

……各位旅客，开往北京方向的44次客车就要进站了，有去往北京、张家口、大同、集宁、呼和浩特、包头方向的旅客请在大厅检票口排队检票进站……车站广播员反复播送着站报。

张铁路在候车室值勤，组织旅客排队检票，警惕地巡视着旅客中的异常情况。

旅客中有一中年男子，穿着发皱的西服，斜挎着老式部队的黄挎包，怀里抱着一个四五岁的男孩儿。那男孩儿胖乎乎的，浓眉大眼十分可爱，但却泪水汪汪地看着张铁路，引起了张铁路的注意。他过去将那中年男子拦住，问："你的车票呢？"

中年男子没说话将车票递给张铁路。张铁路看到车票终点站是北京，问："这孩子和你是什么关系呀？"

"这是我儿子。"中年男子吩咐男孩儿，"儿子，快叫叔叔。"

那男孩儿嗫嚅着嘴唇，抽泣着喃喃："叔——叔。"

张铁路虽然对中年男子和孩子的表情有所怀疑，但孩子没有否认中年男子是自己的爸爸，心中的疑虑也就消失了。将车票交给他挥挥手，中年男子检票进站了。

旅客进站了，一对年轻夫妻急匆匆跑进来向张铁路报案，他们的孩子丢了。

报案人男的叫左志伟，女的叫小春，都是农垦局的职工，他们的儿子叫亮亮。今天午饭前，亮亮在家属区玩耍时走丢了，他们在家属区找了个遍也没找到。后来听一个老太太说亮亮被一个中年男子领走了，这下全家人炸了锅，所有的亲属、好友四处出动去找，他们两口子就奔火车站而来。

张铁路的脑海里像过电影，闪过了那个中年男子和小男孩儿，毫不犹豫地抓住左志伟的手说："快，跟我进站。"

仨人进了站。张铁路吩咐左志伟和小春，在站台上分开找，自己上了车。

刚开始放行，车厢里秩序很乱，旅客们找座位的，找人的，放行李的互相拥挤……

张铁路在旅客中挤来挤去，分开人群，一个座位、一个座位的寻找。翻过了几个车厢，终于看到了中年男子和男孩儿。他迅速挤到跟前，命令那男子把车票拿出来。

中年男子犹犹豫豫地说："刚才你不是看过了吗？"

"叫你拿你就拿！哪那么多废话?!"张铁路再次命令道。

中年男子无奈将车票递给张铁路。

张铁路拿过车票看也没看往口袋里一塞，说："你，带上孩子跟我下车。"

中年男子眼里露出一丝惊慌，死抱着孩子不下车。

站台上响起发车预告铃，时间来不及了。张铁路不想与其纠缠，一手拉着孩子，一手抓住中年男子拉拉扯扯的下了车，列车缓缓启动，开出车站。

左志伟和小春急奔过来，孩子正是他们的亮亮。

小春喊着儿子的名字："亮亮！"

那男孩儿看到了爸爸、妈妈，这才大着胆子喊了一声："妈妈！"

中年男子看事已经败露，开始寻机逃跑，但他的手被张铁路死死地抓着，他猛地一拳打向张铁路。张铁路一闪身，躲过拳头，情急之下松开双手。

中年男子趁机将亮亮抢过去，用匕首逼住孩子。

张铁路拔出手枪，命令道："放下凶器！放开孩子！"中年男子手里有人质，他不敢开枪。

中年男子把刀架在亮亮的脖子上，威胁道："别过来，过来我就杀了他！"

这时路遥、马挺彪、罗明闻讯赶来了，他们拔出手枪将中年男子围住，站台上剑拔弩张，气氛骤然紧张了起来。

小春急疯了，不顾一切地要往上扑，被左志伟紧紧地抱住，她大喊着："亮亮！孩子，我的孩子……"

亮亮在中年男子怀里挣扎着："妈妈……"

路遥严正警告道："放下凶器！放了人质！争取从宽处理。"

中年男子疯狂地叫喊着："你们把枪放下，路让开，让我走，不然我就杀了他！"

"你不要胡来，我们谈一谈好不好？"马挺彪想缓和一下气氛，劝道，"这只会加重你的罪行……"

“我不谈!”中年男子眼神是绝望的,凶狠的,“我管不了那么多。快,快把枪放下,不然我真要动手啦!”

匕首刺在亮亮的脖子上,脖子流出了血。亮亮惊恐地玩命地哭喊着:“妈妈……”

路遥一挥手命令:“收枪!”大家把枪收起来,中年男子挟持着亮亮往后退。

突然,亮亮在中年男子的手腕上使劲咬了一口,那男子疼得大叫一声,放开亮亮。亮亮挣脱后,张开双臂向妈妈跑去……

中年男子恼羞成怒,向前一跨步将匕首刺向亮亮的后心。跟前的张铁路还未来得及反应,亮亮已经被刺中倒地。张铁路反身一脚踢到中年男子的大胯上,一掌猛击将他打倒,铐了起来。

“孩子!”“亮亮!”左志伟、小春同时扑向亮亮。

亮亮在小春的怀里断断续续地叫了一声:“妈……妈……”眼睛渐渐地失去了光泽,停止了转动,他来到人世才短短的五个春秋啊!似乎他还没有看够这个世界,那清秀的大眼睛依然睁得圆圆的。

小春泪流满面,紧紧地搂着亮亮,撕心裂肺地大喊一声:“孩子……”眼前一黑便昏厥过去。左志伟不知道是顾儿子还是顾妻子,左喊一声右喊一声:“儿子,小春!”

众人上来帮忙掐虎口的掐虎口,掐人中的掐人中,将小春救醒。

小春受不了这种打击,眼睁睁地看着自己的心头肉血淋淋地死在自己的怀里,她疯了!

只见小春挣脱众人抱起亮亮,混混沌沌,趔趔趄趄地走着,喃喃自语:“儿子,宝贝,好好睡觉啊,乖啊,和妈妈回家……”

亮亮的鲜血在站台上洒了一路……

## 五

灵山是一个位于陕、甘、宁三省交界的小县城，当地老百姓有一句俗话：一声鸡鸣三省起。

虽然县城不大，但地理位置很好，交通四通八达，所以这里的市场经济非常活跃。城关有一个三省通达的物流市场，商贾云集，物流畅通。然而由于市场管理滞后，藏污纳垢，治安混乱。走私的、贩黄的、销赃的在这里非常猖獗。

张铁路和刑警老孙一路风尘仆仆来到灵山县，一块去张铁路家吃了顿饭，顺便看了看老娘，就立即展开了调查，他们一竿子就插到了城关市场。

市场里真是人山人海，车来车往，叫买叫卖，非常热闹。东家的货送来了，西家的货又送出了，各种货物应有尽有，琳琅满目，目不暇接。

张铁路和老孙，满市场转悠，专找棉花店进进出出。当他们来到一个不起眼的棉花店的时候，终于找到了新疆棉。

这家棉花店，名叫好棉花商行，虽然门面不起眼，但里边的生意挺兴隆。店老板和伙计忙忙碌碌，迎接着顾客。

张铁路和老孙走了进来，店老板赶忙满脸堆笑地迎接着。

张铁路四处扫了扫，手里捏了捏各种棉花，搭讪着："我们想批发点棉花。"

"要哪里的，要多少？"店老板一听有生意马上递上根烟，眼睛眯成了一条缝。老孙和张铁路接过烟点着吸着。

张铁路说："我们要新疆棉，接货量比较大。"

"噢，没货。"店老板扫了二人一眼，撒了个谎。张铁路的眼尖，一眼便发现了新疆棉，指着一大包棉花说："那不是新疆棉吗？"

"老板。看走眼了吧？那是河南棉。"店老板说。

没有货就是没有拒绝，老孙怕引起怀疑，接着话头问："大概啥时候能到货？"

“说不准。”店老板揣摩着他们的来历，拉着话，“二位老板是从哪里来的？能不能把电话或者联系地址留下，有货我好和你们联系。”

张铁路说：“也不急，反正还得待几天，先摸摸行情，过后再来。”

从好棉花商行出来，已经是黄昏时分，两人也感觉到饿了，便找了一家地形有利的面馆，坐在窗口叫了几个小菜，一边喝啤酒一边监视棉花店。

天麻麻黑，一辆拖拉机拖着挂斗高高的拉着一车棉花开到棉花店停下。看来是熟主顾，车一停下店老板就迎出来，旁边跟出来几个伙计，利索地开始卸货。

张铁路把面馆的小伙计叫过来，塞了十块钱：“小师傅，我们这正吃饭呢，麻烦你去对面棉花店看看，来的是不是新疆棉花。”

小伙计将钱麻利地塞进口袋，答应一声：“能成。”

老孙吩咐道：“记住，啥也别说，就问来的是不是新疆棉花就行啦。”

小伙计点点头，将手里的茶壶放在桌上，向另外一个小伙计打了个招呼就溜达着来到棉花店。围着棉花包，转了一圈，只见包上写着产地：新疆。发站：乌鲁木齐。他乐颠颠地回到面馆，告诉张铁路是新疆棉花。小伙计一眨眼就赚了十块钱很高兴，话匣子也打开了，介绍说这个棉花店的老板叫贾有富，路子很野，什么棉花都能倒来。听说和铁路上的有什么关系，缺什么棉花就直接到铁路上去拉。听了小伙计的介绍，张铁路和老孙心里有了数，拖拉机上的棉花卸完开走了，老孙默默地把拖拉机牌照号记下来，他们决定从车入手查起。

第二天，张铁路和老孙来到灵山车管所，查到了拖拉机的车主叫田胜利，家住城北红花乡田家庄，他们又马不停蹄地赶到田家庄。到了田胜利的家，那辆拖拉机正停在院里。有一个婆姨正在喂鸡，看样子是田胜利的老婆。

“田胜利在家吗？”张铁路问。

“在屋里头睡着呢。”田妻随口答道。

张铁路和老孙进了屋，只见一个汉子在炕上睡大觉，正是田胜利。

田胜利醒来，张铁路亮明身份，田胜利一听是警察找上门来，知道遇上了麻烦。长时间以来他一直帮人运棉花，黑心钱赚了不少。田胜利从来不多问，但明白这些棉花绝不是正道来的。此刻他揣着明白装糊涂，跟张铁路和老孙绕弯子。张铁路也不啰嗦，就把昨天他几点几分到灵山市场的情况清清楚楚的一摆，田胜利只好老实承认是棉花店的贾老板雇他拉的，货是从二里集一个废弃的仓库里提的，那个仓库是一个叫“老疤头”的人管着，更多的情况就不知道了。

这在张铁路和老孙看来却是一个重大的突破。

灵山发现重大线索李长青和路遥为之一振，他们马上把情况向工作组组长张副处长做了汇报，张副处长立即决定兵分两路，迅速出击。由李长青带一路去了灵山县城，路遥带一路直奔二里集，去抓“老疤头”。

张铁路和老孙也兵分两路，张铁路在灵山县城等待李长青，老孙带着田胜利去约定的地点与路遥会合。

夜深了，灵山市场静悄悄的，白天的喧哗销声匿迹。突然一辆警车急速开来，一个急刹车，跳下来几个警察，迅速将好棉花商行包围起来。这一路人马没费多少事，就把棉花店拿下，逮捕了店老板贾有富，从库房搜出了大量的铁路运输物资——棉花。

天上没有一丝的月光，偶尔有几盏微弱的灯光鬼火一样在远处闪动，瞬间便被黑夜吞没，警车在黑暗中穿行。

二里集是一个交通闭塞的小山村，罪犯把赃物藏在这里神仙都难找。

田胜利带着民警来到村外，村里传来几声狗叫。民警们下车徒步来到一个废弃的仓库，田胜利按照民警的安排把大门诓开，只见仓库里存放着大量的棉花、铝锭价值几十万元的赃物。这里只有一个看门人，“老疤头”不在现场，经讯问看门人，才知道当夜“老疤头”住在家里。

“老疤头”叫李贵，是一个盗窃惯犯，被判过大刑坐过牢，出来后仍不思悔改，很快又与“铁老大”勾结到一起，二里集成了“铁老大”犯罪集团的赃物集散地。

路遥带人来到李贵家，这是一个独门独院，几个人前后一堵里边的人插翅难飞。罗明飞身上墙跳进院子打开院门，让大家进了院，又上前敲房门。

屋里一个女人的声音问：“谁呀？”

罗明说：“我们是找‘疤’哥搞棉花的。”

屋里的人说：“他不在家。”

罗明一膀子就把门撞开，打开灯，说：“我们是警察！”

李贵没在床上，李贵媳妇在被窝里惊叫了一声：“啊！我还没穿衣服呢，你们出去。”

“你在被窝里别动。”路遥命令道，“搜！”

李贵媳妇把被子一掀赤裸裸地跳下床：“欺负人呀……”

一个赤条条的女人站在对面把路遥吓了一跳，他没有见过这么不要脸的女人，顿觉得心跳耳热。路遥转身命令罗明："用被子裹上把她拖一边去！"

"是！"罗明是结过婚的人，什么没见过，拉了一条被子把精光的女人裹了起来。

李贵媳妇大叫着："调戏妇女啦！"

"住嘴吧！"罗明用枕巾堵住她的嘴。路遥看了看屋里没有藏身之处，便掀起床单，从床底下把一丝不挂的李贵揪了出来。

李贵出来，穿好衣服，老孙上前把李贵铐了起来，押着往外走。刚走到院里，李贵媳妇又赤裸地跑出来，敲着洗脸盆拼命大喊："快来人哪！警察抓人啦……"

李贵媳妇的喊声惊动了四邻，很多院子亮起了灯。有的人打着火把，有的人打着手电朝这边跑来。路遥见势不妙，速命人押着李贵往村口撤退，但已经晚了，他们被堵在村口。

这里的风气不好，村民犯事被公安机关抓的、处理的不少，他们的家属大多对公安机关都有抵触情绪，加之乡土观念作祟，村里都是亲戚套亲戚，任路遥做什么解释也没人听，加之李贵哭闹着喊冤枉，村民开始起哄，有的喊叫着让放人，有的向民警涌了过来。

这时李贵媳妇从后面追来抱住李贵，罗明将李贵媳妇推开想强行带开，李贵媳妇却趁机倒地撒泼，杀猪似的叫着："不得了啦，警察打人啦，乡亲们哪！救救李贵，救救我们家吧……"

村民开始骚动起来，围着民警推推搡搡的乱吵吵，现场秩序非常混乱。

李贵趁机撞开押着他的民警钻出人群，逃向黑暗中……

"老疤头"李贵逃跑了，审讯贾有富也没有结果。

贾有富只是销赃的最后一个环节，他的上线是李贵，而且都是单线联系，李贵的上线是谁他根本无从知道，这条线到此掐断了。

这时公安处接连发了几份通报，南线吃紧！

南线沙镇到金圣关的货物连续被盗，还连着发生了几起大的群殴事件，肇事者来路不明，带有明显的流窜特征，极大地扰乱了铁路治安秩序。

其实南线的治安问题是"铁老大"一手导演的。自从风城车站开展治安整顿以来，"铁老大"就坐卧不宁，感到日子非常不好过，公安在很短的时间里，就把他的库房给端了，销赃渠道给打掉了，如果不是"老疤头"趁机逃跑，还不知道自己现在的命运如何呢。他琢磨了很长时间决定用一下“凤城五兄弟”，调他们到铁路上来骚扰，以转移公安的视线，解除目前的危机。这才有了南线的治安混乱。

北线整顿南线乱。张副处长现在正主持着金川地区的治安整顿，南线却搅得他坐卧不安。处长方克打电话过来问凤城整顿的情况，显然是想让工作组移师南线。张副处长也有此意，凤城地区的治安整顿，初始目的是配合路遥上任，敲山震虎，先使治安稳定下来，为路遥做更深入的工作铺平道路。通过这一段的整顿效果还是不错的，车站治安基本稳定了。灵山、二里集的行动把盗窃犯罪的销路给掐断了，目前虽然还没挖到根上，对犯罪分子也是个不小的打击。这股犯罪暂时可能要潜伏下来，工作组在这里的必要性不大了。因此决定工作组公开撤走，以麻痹罪犯，凤城的工作由公开转入秘密侦查。

# 第三章

# 靓女初恋

LIANGNÜ CHULIAN

# 一

这天路遥正在值班，站务员领来了一个农村穿着的老太太。这位老太太下车的时候钱让人偷了，站务员领过来报案。

老太太是从河北农村来的，到凤城来看妹妹，身上装着家里仅有的一百块钱，一路上紧小心没出什么事，可是下车了钱却丢了。妹妹家的地址与钱一块包在一个小手巾里，也丢了，现在连妹妹家在哪都不知道。

“也没人来接您哪?”路遥为老人倒了杯水，关心地问。老太太操着一口的冀中话：“从家走的时候儿，我让小子儿给他姨儿拍了个电报，谁知道咋没来接呢。”

路遥安慰老太太，让她不要着急，便拿起了对讲机呼叫徐海发到值勤室来，片刻徐海发便来到值班室。他看了看记录，将路遥拉到一边：“所长，要是这样的案子都去查，累死咱们也忙不过来，做一般情况掌握算啦。”

路遥指着墙上的条幅说：“‘有困难找警察’嘛，这是咱的承诺。”

“好，好，谁嘴大谁说了算，算我白说。”徐海发虽然嘴里发着牢骚，但对案子却从来不含糊，他脑瓜一闪，马上想起来刚才客车进站的时候碰到李金龙在 7 号车转悠，见到徐海发就溜了。记录显示老太太是从 7 号车厢下来的，徐海发觉得案子有门儿，二话没说拔腿就走。

在车站广场，李金龙在烟摊买了一盒红塔山，好长时间手里没钱了，刚刚得手，心里高兴，他哼着小曲儿抽出一根烟点燃，深深地吸了一口自言自语道：“还是有钱好哇。”又深深地吸了一口。一只大手从背后拍了他一巴掌，李金龙吓得一哆嗦，刚点着的烟从嘴巴上甩出去老远，心想是谁呀……刚想要骂人，回头一看是徐海发，到了嘴边的脏话又咽了回去。

徐海发把李金龙带到值班室。李金龙赶紧递烟。

徐海发接过烟放在桌上说：“少来这个里格朗！你刚才在站台上寻觅什么呢?”

李金龙答:“闷得慌,瞎转悠。”

徐海发拿起那支烟,一看是红塔山,心里有了底:“什么时候发财啦,抽的是红塔山?”

李金龙油嘴滑舌地答道:“这话咋说的,兴您过年还不兴俺吃顿饺子?”

徐海发眼眉一挑说:“你小子不说实话是不是?是不是不义之财呀?”

李金龙也不示弱,反而发起了牢骚:“哎,我说徐大叔,这毛病咱早改啦,您不能老揪着不放是吧?我现在是自食其力的公民。”

路遥在旁边不吭声,一直关注地听着二人一问一答。

“鹞子翻身——少给我要小花屁股。”徐海发问,“刚才你在一个老太太身边干啥呢?”

李金龙否认道:“没的事。”

“那好,你把兜里的东西都掏出来!”徐海发说。李金龙有点着慌:“别介……”

徐海发坚定地说:“掏!”

“别发火,您来掏。”李金龙说。徐海发哼了一声,说:“小子,想给我下套?你还嫩点。我不会搜你的,你不是想证明自己是清白的吗?那就自己掏出来吧,掏哇。”

李金龙无奈将身上的东西全掏出来,手帕、钱和地址还在一块放着。徐海发拿起纸条上写的地址扫了一眼,把那张字条递给李金龙:“偷一个老太太,你心不愧得慌!还有,这纸条上写着人家的地址呢。”

“徐大叔,我知道瞒不过你,不过这也不够案子,我赔就是啦。”李金龙一看再也赖不过去了,哭丧着脸哀求道,“徐大叔,千万别告诉我妈。”

“你呀,为啥就改不了呢?”徐海发又恨又气。李金龙哭了:“不是我不改,我没工作,我妈眼睛又瞎着,干点临时活还不够混肚子……”

“好啦,以后再别干啦。烟没收了,剩下的钱我替你垫上还给人家。”徐海发看了一眼路遥,征询道,“所长你看这事咋处理?”

路遥一直细心地观察整个过程,很是佩服徐海发管治安这套功夫,觉得他对这个地区太熟悉了。三下五除二把事抖搂得一清二楚,虽然还没有明白李金龙何许人也,但他清楚这里边肯定还有什么隐情,索性就把处理权交给了徐海发:“你看着处理吧。”

徐海发得到路遥的默许,就给李金龙留了个小尾巴,说:“这事咋处理以后再说。告诉你,我可给你记录在案呢,以后长点志气。”

李金龙走了。路遥赞许地说:“姜还是老的辣,一出手就知道有没有。”

“讽刺我呀?别给我戴高帽子了。”徐海发的牢骚又出来了,“再好的枕木也只能给钢轨掂底。哪如你们科班出身,高才生。”这牢骚也是专门说给路遥听的。

路遥听得出来话外有音,没当回事,笑了笑岔开话题:“李金龙我看也是个鬼机灵,不像那种很奸猾的地痞,怎么走上这条路的?”

“小孩没娘说来话长。”徐海发点了一根烟说,向路遥讲起了李金龙的身世。

李金龙的爸爸也是个老铁路,在工务段工作,一次在处理事故中因公死亡,那时他还小。

他妈妈在家属大队干临时工,也顾不上管,就让社会上的人给带坏了。他妈为这,哭瞎了眼。“严打”的时候李金龙以流氓罪被判了八年,去年提前释放,出来一年多了。

路遥问:“为什么不给他安排个工作?”

徐海发无奈地说:“待业青年好样的还要挑着用呢,像他这样的,哪个单位都不要。”

路遥不禁感叹起来,是呀,这是一个大问题,如果失足青年谁都不要,让他们在社会上闲逛不是危害更大吗?要给他们出路,要让他们有工作,生活上有所依靠,这才是社会长治久安之路,和谐之本啊!

路遥提着行李领着老太太沿街寻找花园街六十二号,这是老太太要找的亲戚家。

花园街六十二号正是赵慧芳的家。赵慧芳家是一个典型的知识分子家庭,父亲赵龙是一个专家型的干部,在农科院当院长。赵龙是那种受正统教育多年而自己又非常正统的领导,赵慧芳似乎秉承了赵龙的风格,从来不向人炫耀自己的背景,每次去外地上学时都不用父亲的车接送,总是一个人扛着行李行走于车站、学校。在大学五年中连最要好的同学都不知道她还有一个当院长的爸爸。毕业后分配到凤城日报,从此开始了记者生涯。

赵慧芳正在沙发上看书。突然门铃响了,赵慧芳放下手中的书打开门,两人儿一照面彼此一愣,同时认出了对方。

赵慧芳惊讶地喊出来:“路遥?!”

“赵慧芳!”路遥也认出来了,没等客套先闪开身子说,“你看,我给你送来了一位客人。”

赵慧芳一看更惊讶了：“大姨，您不是明天到吗？”

老太太抱怨着儿子：“这个满仓，什么事儿都干不成，发个电报还能把时间搞差了。到凤城车站，钱和地址都让人偷啦，多亏了这位好同志呀。”

“谢谢你。”赵慧芳感激地说。路遥调侃道：“这世界可真小，又让你碰上白吃警察了。”

赵慧芳脸一红，不好意思地说：“臊我？快别提那茬啦，请进吧。”

“大姐。”赵慧芳的爸爸、妈妈迎了出来。赵慧芳接过行李介绍道：“这是我妈，这是我爸，农科院的首席专家兼院长。这是车站派出所所长路遥同志。”

“这鬼丫头。”赵龙上前握住路遥的手，谦和地说，“小慧多次提到你，这次又这么巧，真是有困难找警察啊，谢谢你。”

路遥谦逊地说：“应该的。”

赵龙扶着老太太说：“大姐，咱们上楼。”又吩咐赵慧芳说，“小慧，路所长就交给你啦，招待不好小心刮你的鼻子。”

“知道啦，院长大人。”赵慧芳调皮地答应着为路遥沏了一杯茶，两个人谈天说地的聊了起来，似乎是多年的老朋友相见，谈的是那么的惬意，那么的投缘，客厅里不时地飞出爽朗的、甜脆的笑声。

# 二

公安处发来密码电报，通知23日11时30分有一趟特运，经过凤城车站，因为要换机车和会43次特快，停点十五分钟，公安处还下派了警卫工作组。特运任务涉及国家国防机密，不允许有任何闪失，路遥不敢怠慢马上进行部署。

这一天，赵慧芳来车站送同学，客车开出去后暴露出了六道的警卫列车，民警们站得整整齐齐各就各位，个个全副武装，英姿飒爽，威武雄壮，一丝不苟地执行着警卫任务。赵慧芳发现了新闻体裁，便举起照相机按下了快门，但她不知道保密专列不允许任何人拍照，犯忌了。

罗明正好发现赵慧芳在拍照，立即上前制止并要收缴她的胶卷。

不让拍照就不拍了呗，一听要收胶卷，赵慧芳不干了，这里有好几天的采访资料，要交出去几天的心血白费了不说，采访任务也完不成了。她脑子一动想起了路遥，说："我是报社的记者，我认识你们所长路遥。"

"你认识谁也不行，这是铁的纪律。"罗明执拗地说。赵慧芳说："你没汇报怎么知道不行？"

罗明用对讲机呼叫路遥，路遥从远处跑来，一看是赵慧芳，上前握住了她的手。

罗明报告了赵慧芳拍专列的情况，路遥马上严肃了起来，并动员赵慧芳把胶卷曝光。赵慧芳解释是无意拍照的，而且里有很多采访资料，让他通融通融。

纪律就是纪律，没有任何商量的余地，路遥坚决地说："不行！"

赵慧芳非常恼火，她哪里这么求过人，也从没有见过这么不开面的。她的态度也生硬了起来："路遥！你太过分了，我的身份我的情况你都知道，为什么还这么百般刁难？"

"你错了，不是我刁难你，是规定不允许，违反了规定任谁都不行！"路遥说。赵慧芳更倔犟："我就不交！"

路遥发火了："赵慧芳！你不要逼我动粗。"

赵慧芳见路遥发火心里也有点怯，因为路遥不发火的时候看着就是个奶油小生，一脸的腼腆，一旦发起火来，连眉毛都竖了起来让人害怕。但她又不甘心："那么厉害干什么，不就是拍一张破胶片吗，有多大的事，就不交你能把我咋地？"

路遥坚决果断地命令罗明："把她的照相机下了！"

"是！"罗明上前就去缴赵慧芳的照相机。赵慧芳抱着照相机不放："我抗议！"

路遥眼睛一瞪，大声喝道："赵慧芳！你再胡闹，我就拘留你！"

赵慧芳一愣，罗明趁机把她的照相机夺了下来交给路遥。路遥打开相机将里边的胶卷全部扯出来曝了光，将照相机还给赵慧芳，命令罗明："把她请出去！"

没用罗明请，赵慧芳伤心地哭着走了……

执行警卫任务第二天，路遥来到报社找赵慧芳想赔个礼，昨天虽然自己做的没有错，但总觉得对不住她。也许还有一种莫名其妙的感觉，促使他来找赵慧芳。

路遥手里捧着一束花，并制作了一个卡片，着装整齐地来到编辑部，很有礼貌地敲敲门。

赵慧芳开门看到是路遥，昨天的气还没消，火马上又撞到嗓子眼，她堵在门口问："你来干什么？在车站羞辱我还不够吗？又找到编辑部来了？"

路遥郑重其事地说："我是来向你赔礼道歉的，昨天你不应该拍照，但是我也有点太粗鲁，请求你的原谅。"他向赵慧芳敬礼并将鲜花送上，"请你接受我的道歉。"

赵慧芳把头一甩，一百个不领情："不接受！你走吧。"

冬冬和赵慧芳同在一个编辑部又是中学时的同学，她看到一个帅气的警察来给赵慧芳陪情，心里明白了八九分，赶紧出来掐了赵慧芳一下："慧芳，干吗呀？本身是你的不对嘛，警察有警察的规矩，职责所在，人家都道歉啦，你还要怎样？"

赵慧芳虽然知道自己错了，但马上叫她接受道歉还是转不过弯来，没好气地说："我不稀罕！"使着性子把门一摔进了编辑部。

冬冬不好意思地笑了笑，好像是自己犯了错似的问："您贵姓？"

"我是车站派出所的，叫路遥。"

"路同志，我叫冬冬，你别在意。可能暂时还抹不开面子，过两天就没事了，回头我劝劝她。"冬冬接过花儿劝慰道。

"冬冬，谢谢你。"路遥将一封信交给她，"这封信请你转交给她。"说完转身离去。

冬冬怀里抱着花儿扭扭搭搭地回到编辑部，嘴里哼着小调。同事们凑上来七嘴八舌问开了，冬冬故意装出一股醋醋的样："什么叫酷？人家才叫酷！可惜呀，别人不稀罕，别人不稀罕我稀罕，捡个漏，赶明儿个我找他去做我的男友。"

赵慧芳气囔囔地说："阴阳怪气的，你稀罕你找去呗。"

"简直帅呆了，嗯，怎么还有一封？哇噻！这笔字真洒脱！"冬冬一边说着一边装腔作势地准备打开信，"打开看看……"

"不许打开，还我。"这下赵慧芳有点着急了，忙过来要抢信。冬冬将信藏到身后，说："就不给！刚才还说不稀罕呢？不是不接受嘛？现在要什么？"

"好冬冬，给我。我错了还不行吗？"赵慧芳双手合十，真诚地说，"谢谢你！"

冬冬把信给了赵慧芳。

赵慧芳拿着信回到自己的办公桌，迅速打开。只见一帖俊秀挺拔的钢笔字跳进眼帘：慧芳同志，知道你可能不接受我的道歉，所以才给你写这封信。昨天虽事出有因，但我确实有些粗暴，在此向你致歉，并请原谅。顺便送玫瑰几枝，祝你像盛开的玫瑰一样美丽，生活、工作顺利。我曾经见过你的笑脸，也见过你的哭脸。画张漫画给你，画可能不如其人，但愿你能够开心……

纸上是一幅折叠的两面人漫画，一边画的是一个小女孩笑得阳光灿烂，一边画的是一个小女孩哭得泪流满面……

赵慧芳忍俊不禁，大笑起来："哈哈……笑死我了！"把一室的人笑得一愣。

冬冬跑过来说："你神经啊……"当冬冬看到漫画时也笑了，"哈哈，太逗了！"

赵慧芳急忙把信收起来，但笑容却收不住，眼含泪花嗔怒地说："谁叫你偷看的？"

"哼！装腔作势！"冬冬用手指尖轻轻地一点赵慧芳的头。赵慧芳用手巾擦着眼泪，说："这人太与众不同了……"

赵慧芳回到家里就给路遥打了电话，向他表示歉意，并埋怨道："你画的什么？我有那么丑吗？"

路遥咯咯地笑了："你很漂亮，可惜我不会画。其实漫画只是一种夸张的艺术，只是想让你开心。"

赵慧芳柔情似水："我很开心，谢谢你。"

和路遥吵架后赵慧芳一直就不开心，这会儿一片云彩被风吹散，心里有说不出的高兴，放下电话扭扭屁股，摇摇脑袋摆动长发，两只手打着响梆跳起迪斯科。

## 三

转眼间已是晚秋时节，西北的气候特别敏感，一场秋雨过后天气马上凉了下来。树上的叶子开始变黄，落叶纷飞，挥挥洒洒落了一地，一片金黄。派出所大院里那棵老槐树黄绿层叠，沙枣树上挂满了黄色的果子，蓝天，白云，更增添了几分秋色的优雅，俨然一幅绝美的油画。

林向东戴着耳机边听音乐，边欣赏着黄昏的秋色，路遥拿着一本奥地利作家茨威格《一个陌生女人的来信》坐在树下，认真地看书。这幅构图十分美。

林向东突然产生了画画的冲动，想画一幅油画，但身边又没有颜料，真可惜！于是画油画的念头改成了画肖像。他拿来画夹，开始从不同侧面观察路遥的神态。

眼前的路遥浓浓的一抹剑眉斜插入鬓，深邃的目光透着睿智，高耸的鼻梁挺拔俊俏，宽阔的额头带着几分大器，清瘦的面庞更增添了几分精神。

林向东拿起画笔用粗线条先勾出轮廓，然后用重色突出光线、神态、特点、气质，路遥的肖像跃然纸上。

林向东将画好的肖像递给路遥："所长，看看我给你画的像。"

路遥接过画像看过，大加称赞："嗯，不错，有点真功夫。"

"我在警院模拟画是第一名呢。"林向东毫不掩饰自豪感，自我夸耀道。

"你有这么好的基本功和潜质，当初为什么不考美院呢？"路遥好奇地问。

林向东自怨自艾："其实我最喜欢画画，也想考美院，可我爷爷非让我当警察。"

"你呀，是个画家的料，入错门了。"路遥替林向东深感惋惜。

这时赵慧芳骑着摩托车径直开进来，把车刹在大院中央两脚着地稳住车，摘下头盔向路遥招手："嗨！路遥。"

路遥放下手里的书走过去："有什么事吗？"

"大所长，没事就不能来吗？"赵慧芳一甩长发，责怪着往路遥手里塞了一张舞票:“这是金凤凰大酒家的舞票,今晚上我请你去跳舞。”

路遥赶紧推辞:“别,我……”

“什么你呀我呀的?晚上见。”赵慧芳没等路遥说完一脚油门,摩托车一阵风似的走了。路遥手里拿着舞票苦涩地摇摇头……

霓虹灯把金凤凰大酒家装点得五彩缤纷,来跳舞的男男女女成双成对地走进舞场。

赵慧芳早早地来到舞厅门口翘首以待,今天精心地打扮了一下,穿着格外入时。白底粉花的连衣裙,胸前别一枚金菊胸针,高跟鞋,显得更加挺俊。长发飘逸,前刘海稍许打了点摩丝,临时出门又淡淡地喷了点香水,站在那里显得楚楚动人美丽嫣然,引得路过的小伙子们眼睛不时地往她这飘。

彩灯炫亮,音乐从场内传出,舞会已经开始,伴随着舞曲一对一对的舞伴翩翩起舞,而路遥还没有来。赵慧芳看看手表,已经过了半个小时了,气气地将舞票撕碎,骑上摩托车消失在夜幕中……

路遥独自一个人待在宿舍里,接到赵慧芳的舞票他的情绪就纷乱了起来。都正值青春年华,都在恋爱时期,怎么能不知道赵慧芳的心思呢?他喜欢赵慧芳,她美丽大方,才气性格卓尔不群,处处都吸引着他。然而路遥却不能接受她,因为路遥已经有了恋人而且深深地相爱着。

路遥的恋人叫肖红,是青梅竹马的朋友,小时候是玩伴,大了是同学。路遥的父母死得早,很长一段时间就生活在肖红家里,二人又有兄妹之情。在肖红的母亲去世前,就由肖红的母亲做主将肖红托付给了路遥,实际是为他们两个人指定了婚约。大学毕业肖红去了深圳,路遥回到了家乡当了警察。肖红在深圳经商,不过很长时间没有了音讯。

想到这里路遥心中一阵怅然,想写几个大字可怎么也定不住心神,笔锋不稳,着墨不匀,往日写字的神韵荡然无存。

这是怎么了?路遥问着自己,是因为赵慧芳还是因为肖红?他长长地嘘了口气,用指尖弹掉毛笔上的墨根,沉下心绪写了一个大大的“挚”字。

一阵摩托车声响。赵慧芳气鼓鼓地推门而入,倚在门框上什么话也不说,眼角噙着的泪像断了线的珍珠。

路遥拿了一把椅子请赵慧芳坐下,又洗了一条毛巾递给她,让她擦擦泪水,很歉疚地说:“对不起。”

赵慧芳将毛巾拿在手里拧来拧去,默默无语地抽泣。

“你哭鼻子很有风格啊？上次哭得奇丑无比,今天不同,哭得蛮可爱嘛。”路遥小心翼翼地开了个玩笑,借用了一句古诗,“玉容寂寞泪阑干,梨花一枝春带雨。”

赵慧芳“噗”的一声笑了,擦着眼泪说:“酸死啦。”

路遥见赵慧芳高兴了,赶紧解释道:“我真不是有意的,你也没允许我做个解释。”

赵慧芳不满地瞪了路遥一眼,“你就是有意的,干吗躲着我?”

“你听我说嘛,我已经有未婚妻了。”路遥说。

“啊!”赵慧芳又吃惊又尴尬,不知所措地说,“我……我不知道。”她这才仔细看了一遍路遥的宿舍,一眼就看到了写字台上肖红的照片,她将照片拿在手里仔细端详了好一阵。照片上这姑娘真漂亮,微笑的脸上充满了自信,妩媚的眼睛摄人魂魄,就是赵慧芳这么漂亮的人见了也自逊三分。

路遥介绍道:“她叫肖红,是我青梅竹马的朋友,在深圳。”

赵慧芳沉默了好一会,问:“你爱她吗?”话一出口就觉得多余,可是还忍不住要问。

路遥向赵慧芳讲述了他和肖红的故事。

“唉!”赵慧芳听完长长地叹了一口气,说不出的惆怅,说不出的惋惜。自从二人相识后,赵慧芳就有一种感觉,是上天安排好了他们的缘分,路遥的影子总是在她眼前晃悠。路遥使她充满了罗曼蒂克的幻想,那种感觉幸福极了！可是现在……

“叹什么气嘛?”路遥劝慰道,“其实你人挺好,长得又漂亮,各方面条件都那么好,还愁找不到如意郎君哪?”

赵慧芳眼神中带着几分失落:“找男人满大街都是,找个知己,到天涯海角未必能找得到,又何况是找个相知相爱的人呢。”事已至此她本不想再多说什么,可还是禁不住要说。

路遥借用辛弃疾的诗句说:“蓦然回首,那人却在灯火阑珊处。”

赵慧芳不由得又回了一句:“众里寻他千百度,何处有那人?”

“想听点什么音乐吗?”谈到这里路遥已经很尴尬了,他想转移话题。赵慧芳看了路遥一眼,这时温柔多了:“有什么好曲子?”

路遥说："《梁祝》，愿意听吗？"

赵慧芳点点头说："喜欢。"

路遥打开录音机，音乐低沉委婉，柔情悲凉，引起了路遥对肖红的思念，也引起了赵慧芳的感伤。

赵慧芳向路遥深深地一躬："能陪我跳一曲吗？"

"请！"路遥揽着赵慧芳的腰，二人缓缓起舞。赵慧芳那双大而亮的眼睛盯着路遥，带有几分期许也有一种莫名的惆怅。路遥把目光移开，他不敢面对那双深情而又热烈的眼睛，生怕二目相遇会碰出什么样的火花来，只有默默的歉意和祝福。赵慧芳看到路遥刻意躲避的眼神，心里感慨万分。天下多少无奈事，最是相知却无缘！

曲罢，舞罢。赵慧芳拿起写字台上那幅"挚"字说："这幅字我很喜欢，让我们做一个挚友好吗？"

路遥说："喜欢就送你了，我们永远是好朋友。"

爆竹声中一岁除，又是一度春节时。除夕之夜，鞭炮声声，家家张灯结彩，格外的热闹喜庆。

天上下起了鹅毛大雪，在城市的夜色中雪片像白色蝴蝶在空中翩翩飞舞，刹那间飞落满地。

赵慧芳家，母亲张罗了一桌子年夜饭，一家人都围坐好了，唯独缺了赵慧芳。

此刻，赵慧芳正在卧室里发呆呢。赵慧芳的闺房，写字台的墙中央挂着路遥写的"挚"字，旁边是那张两面人漫画。她手托两腮瞅着墙上的"挚"字和画发呆，已经想了好半天的心事了。自从和路遥分手，却多了几分牵挂和惆怅。人世间的事情就是这么怪，你试图想忘掉的东西就是忘不了。她一直在问自己，难道是真的爱上他了？过年了，他怎么样？他在干什么？他在哪里？这种牵挂，这种思绪搅得她心神不宁。妈妈来了赵慧芳竟然没有察觉。

赵母是来催促女儿吃饭的，看到她心事重重的样儿，开始担心了起来，最近女儿老是这个样子，魂不守舍的，一个人总发呆。她摸了摸赵慧芳的额头，头也不烫。

赵慧芳吓了一跳，抬头一看是妈妈，拿开妈妈的手："妈，您这是干吗呀？"

"没病啊？那就是有心事？跟妈说说。"赵母关心地问。

赵慧芳自己的事向来都是自己做主，况且也不想过早地告诉妈妈。她给母亲撒着娇："妈，不要问了嘛。"

"真是儿大不由娘，好啦我不问了。"赵母说，"走，吃年夜饭去。"

赵慧芳推着妈妈出屋："知道啦！您先去吧，我一会就来。"

妈妈走了，赵慧芳定了一下心神，拨通派出所的电话，正是路遥接的，她给路遥带来了新年的第一个问候："过年好?"

路遥一听是赵慧芳很高兴："啊，慧芳，你过年好?"

"我不好。"赵慧芳说。路遥关心地问："怎么啦？病了吗?"

赵慧芳单刀直入，说："是你让我不好过。"

"为什么?"路遥不解地问。

"我……我爱你！"赵慧芳鼓足了勇气，说出了埋藏在心里很久的话，说完立即把电话扔了，好像那电话是烫手的山芋。她双手紧张地捂着怦怦跳的胸脯，长长出了一口气，那种心情如一只放飞的鸽子。

赵慧芳把电话扔了，听电话的路遥却愣了，他拿着话筒半天放不下，赵慧芳的声音一直在他耳边回响着……

# 第四章

# 悲剧英雄

BEIJU YINGXIONG

# 一

路遥过年吃的是百家饭，除夕夜是赵慧芳冒着大雪送来的饭菜，并陪着他过了个三十。初一在马挺彪家过的，初二这天他到了徐海发家。

徐大嫂忙乎着做了一桌子菜，让路遥和徐海发喝着酒，又赶紧包饺子。

真是不打不成交，徐海发已经从心里喜欢并接受了这位年轻的所长。路遥刚来的时候，徐海发确实没把他放在眼里，心想一个胡子都没长齐的小嘎子，不就是学历高一点嘛，能有什么大能耐？通过半年来一起共事，他看到了，路遥有思想、有方法、有魄力，他从心里开始服了。

路遥对徐海发也有了更深一层的了解，他发现徐海发身上有着很多优秀的品质，特别是那种警察特有的气质和敏锐而深刻的洞察力，独特的思维视角更加可贵。他们之间有过争吵，甚至是较量，但是很快融合了。正像李长青说的，他们成了生活中的好朋友，工作上的好搭档。

徐海发端起酒与路遥碰了一杯互道祝福，表示敬意。路遥却给徐大嫂恭恭敬敬地敬了一杯酒，感谢她对公安工作的支持。本来嘛公安工作就有公安家属的一半，那种尊敬之情是从心底表达出来的。

一杯酒差点让徐大嫂掉下眼泪来，现如今做警察难，做警察家属更难。徐海发一天把心思扑在工作上，家里的事里里外外全靠她一个人。年轻的时候徐大嫂还经常发发牢骚，可是不管你怎么发牢骚徐海发从来不放在心上，她最常说的一句牢骚话就是"我就是个亡国奴"。徐海发一句话就让你没了脾气："有你这样里里外外一把手的亡国奴吗？你是主人翁！"时间长了也习惯了，家里就当没这个人。铁路地区的人都知道徐大嫂有一个绰号"警婆"，因为她不但是警察的老婆，穿的还都是徐海发剩下的警服，而且说话办事和警察无二。警婆不警婆，多难听都无所谓，只要人能理解她就知足。然而徐海发这个人家里外头，工作生活都一个样，那就是警察的脸——老板一个，对徐大嫂从来就没一句体贴的话。所以路遥的一杯酒，几句感谢的话把她好感慨了一番。

路遥本来是不喝酒的，所以才有刚一上任在酒桌上的出丑，但是后来耳濡目染，也能喝几杯了，喝酒有时候也是没办法的事。几杯酒下肚，两个人的话就多了起来，天南海北侃了半天大山，最后又谈到了工作，谈起了办案的心得，二人那种心灵地交融有如琵琶琴瑟和谐于音韵，高山流水融入大海。

路遥端起了一杯酒，郑重而又诚恳地说："老徐，有件事只有你能办，也算是我求你。"

徐海发放下筷子，问："什么事？你尽管说。"

"市公安局你比我熟，马导家的情况比我更了解。过了年，帮着把马导家属的户口跑一跑，咋样?"路遥紧接着又说，"不要紧，有什么需要你尽管说，我尽量满足，我绝不让你为难，只要能办成这事就行。"

"行，只要所长说话，这事我一定全力以赴。"徐海发说。

其实徐海发琢磨了好长时间了，看着马挺彪家，困难成这样，心里确实老大不忍，但是马挺彪不说话，徐海发更是好面子的人，还怕有巴结领导之嫌。现在路遥提出来了，他很乐意去办。

"咔嚓"两只杯子碰到一起。

没过正月十五这年就不算过完，趁此机会路遥和徐海发到站前派出所去拜了个年。

徐海发地面熟，平时工作大都由他联系。路遥亲自出马一是两个所长见见面，互相交换一下意见和情报。二是商量解决一下马挺彪家属的户口问题。

地方所的所长叫刘德福，人很爽快，马上就答应帮助解决马挺彪家属的户口问题。谈到治安社情时他通报了一个重要情况，年前在片区摸底的时候群众反映了一个情况，说前一阵子海豹歌厅两伙人为争小姐打架，好像都伤了人，可是派出所一直没接到任何报案。为摸清情况派出所布置特情进行了调查，特情反馈回来的信息基本情况是这次群殴事件中是两个帮派团伙，一个是"凤城五兄弟帮"，一个叫"铁老大帮"。这"凤城五兄弟"的"凤城老大"是派出所早就掌握的，严打的时候被判过重刑，刚放出来一年多点。可这个"铁老大"从未在掌控之中。

"'铁老大'？是不是和铁路有什么关系?"徐海发也是第一次听说。

刘所长说:“也说不上是姓铁呢还是和铁路有什么关系。”

路遥马上联想到铁路一系列的案子,这些案子很像是有组织的犯罪,“铁老大”这个名字引起了他的警觉。他分析道:“从最近铁路上发生的一些案件,特别是从一些系列案件的性质看,有一个严密的黑社会性质的团伙在活动是有可能的。这个‘铁老大’应该是一个重点关注的对象。”

刘所长听了路遥的分析神情也严肃起来,因为在他的管区包括凤城市也从来没有听说过黑社会,这种势力历来是公安机关打击的重点。两个所长马上定下来一个路、地配合的方案,严密注意这一动向。

## 二

李长青来了。工作组撤了以后，凤城地区的治安问题又有抬头。最近连续发生了几起破封、破窗案，经清点都有被盗迹象，引起了刑警队的关注，他就是为这事而来。

路遥利用交班会的时间开了个干警大会，介绍了李长青来的目的，并把最近的情况做了一个简单的汇总，之后要求各班班长把各班的情况捋一下，最后把疑点指向了甲班。

下了班，甲班民警刘桂明应约来到一个饭馆的包间里，张起东在里边正等着他。

张起东矬胖矬胖的，是车站的调车员，一见刘桂明到来，马上站起来迎接。刘桂明看到一桌子的酒菜再没别人，知道不是什么好事。也不落座，劈头就问："找我什么事？"

"桂哥，坐坐。"张起东满脸堆笑给刘桂明让座。

刘桂明是个直肠子，胡同里扛扁担——直来直去："张起东，我不是说过了吗？我和你们没有关系了，今后别再找我！"

"别急嘛。兄弟先敬你一杯……"张起东死乞白赖地端起一杯酒，刘桂明用手一挡，转身拔腿要走："少啰唆，告辞。"

"别、别走，别走。"张起东拉住刘桂明的手："桂哥性子就是急，是有点事。"

刘桂明不客气地说："有事就说，有屁就放！"

张起东掏出来两千块钱往刘桂明手里一塞："上次我们那档子事多亏了桂哥帮忙摆平，我知道最近桂哥缺钱花，这点钱你拿着……"

刘桂明打断张起东的话，把钱扔到桌上："上次咱们两清了，我与这事再也没有任何关系，你们就当什么也没发生，我也就当什么也不知道。这钱收好了，告辞！"

“别、别，别急嘛。”张起东上前一步拦住刘桂明，旧事重提，“上次你收了三千块钱，那事让你给压住了，我们非常感谢。其实，咱们已经坐到了一条船上，三千和五千没有区别。我不说鬼都不知道，你也不是受贿，我也不是行贿，自当朋友互相帮忙，各取所需，何必把关系搞得那么紧张呢？”

刘桂明眼睛一瞪：“你什么意思？”

“没有别的意思，其实就一点小事，对你来说是举手之劳。”张起东说，“你就告诉我刑警队的李队长干吗来了？这两千块钱就是你的。”

刘桂明问：“想收买我？向你们提供情报？”

“话也别说得那么难听，这也不能说是收买，我们是一家人，以后你给我们派出所的动向，我们所有的东西都有你一份……”张起东的话还没说完就被刘桂明一口回绝，他斩钉截铁地说：“不可能！”

“别说的太绝了！”张起东进一步威胁道，“你不怕我们的事捅出去？那你可就是执法犯法了，后果你很清楚。”

刘桂明勃然大怒，“唰啦”从腰间拔出枪来，“哗啦”在大腿上一噌就顶上了膛。用枪指着张起东的头：“你敢威胁我，信不信老子一枪崩了你！”

张起东吓得一缩脖子：“哎哎，桂哥有话好说，别拿枪，有话好说好说嘛……”

刘桂明把枪收起来，怒目而视：“张起东！我不管是谁叫你来的，你趁早打消这种念头，我刘桂明是穷，就是因为这个才拿了你的脏钱。我告诉你，那是为了救我父亲的命，仅此一次。就凭这个想拉我下水与你们同流合污，你把我看得也太不值钱了！”

刘桂明摔门而去。张起东气得抬手将桌上的酒菜掀到地上，大骂道：“真他妈不识抬举！”

刘桂明回到所里，在宿舍来回来踱着步子，焦躁不安，心里乱糟糟的。

早晨的交班会刘桂明也参加了，知道事情捅大了。他不断地吸烟，烟头丢了满地。当晚，刘桂明躺在床上翻来覆去怎么也睡不着，想起了那不堪回首的一幕……

那天，刘桂明值夜班，罗明给了他一份电报。电报是妻子从老家打来的，上写：父病重住院，需三千元，速寄。

刘桂明一看，眉头骤然皱起，心想三千块！？我的天爷，从哪弄那么多钱？可是老父亲有病啊，家里肯定急得不得了，不然妻子是不会打加急电报的。他顿时心急如焚，思前想后把所有的朋友和所里的同事都想了个遍，也没有想到个能一下拿出一千块钱的人。

罗明看到刘桂明脸色难看,关心地问:“有什么事吗?”

刘桂明将电报揣到怀里,支支吾吾地说:“嗯……没啥。”

罗明知道刘桂明可能有难言之隐,但也不好多问,就到候车室去巡视了。

刘桂明从怀里掏出一张全家福,那是去年回家探亲的时候照的。照片上慈祥的父亲,善良的妻子,可爱的女儿,一家四口人其乐融融。将照片贴在胸前,不禁伤感起来,一个男人在家里最需要的时候却束手无策,他恨自己的无能,也恨不得生双翅飞回家去。一分钱难倒英雄汉,平时每月的工资都如数寄回家,自己从来没有积蓄,刘桂明没辙了……

夜深了,刘桂明到股道巡视,正在检查列车,突然听到一阵异样的响动。

有情况! 刘桂明警觉得像只狸猫,拔出手枪顺着车阴影向前摸过去。走到跟前,只见一辆站停车上有两个人影从车上卸货,一人在下面接,股道里摆着好几个货箱。刘桂明一个箭步上前,用枪顶住下边那人的头:“不许动! 都把手举起来放到头顶,车上的下车!”同时打开手电照着车上的人。

车上的俩人举着双手跳下车,说:“桂哥,是我们。”

原来一个车号员是王小宝,两个调车员是张起东、李来顺,都是一个班的,认识。刘桂明心里明白了,这是监守自盗啊,他命令:“你们三个把裤腰带都解下来。”

张起东不解地问:“解腰带干啥?”

刘桂明厉声说:“少废话! 叫你解你就解。”

“是是。”三个人哆哆嗦嗦把腰带解下来,刘桂明把三条腰带拿在手里,又命令道:“一人扛一箱跟我到派出所去。”

三人吓得一起跪下苦苦哀求,让刘桂明高抬贵手,放他们一马。

刘桂明毫不客气地说:“少废话。起来,犯了法,天王老子也不行。”

王小宝是家里的独生子,从小娇生惯养,胆小怕事。一听要把他们带到派出所去,吓得语无伦次地说:“桂……桂哥,我可真是第一次,是他们拉我来的……以后再也不干了。要是把我抓了,我妈就得急死……妈呀……”说着杀猪似的号叫了起来。

王小宝一哭,刘桂明心肠软了,他把枪收起来:“号什么号? 看你那点出息。好吧,看在同班多年的份上,给你们一个机会。把赃物放回去,现在不带你们走,但是你们明天必须自己到所里去主动交代,就算投案自首,争取宽大处理。明天如果不去，就别怪我不讲情面。”

三人点头如捣蒜，连声称谢。

第二天一早，刘桂明正在写交班记录，王小宝进来把他叫出值班室。

刘桂明奇怪地问：“我不是叫你们去所里坦白吗，找我干什么？”

“我们一会就去，你先跟我来一下。”王小宝神秘兮兮地说。

刘桂明跟着王小宝来到一个饭馆，走进一个包间，只见张起东、李来顺都在，桌子上摆了一桌酒菜。

“桂哥，您是好心肠，救救我们哥仨吧。”张起东拿出来三千块钱，双手递过来，“这点钱你收着，求你放过我们这一次。”

说着三个人齐齐地跪在地上不起来。

刘桂明有点不知所措了：“你们……这不是拉我下水，叫我犯法吗？”

张起东说：“桂哥，这事天知地知你知我知，你放心我们是绝对不会出卖你的。”

说实在话，刘桂明并不爱财，从来不奢望有多少钱。从小生活在农村，日子过得比较贫苦，知道钱的重要，也更知道赚钱省钱，但他只凭自己的劳动赚钱。在部队当战士的时候，每月六元的津贴，每年却能省下来三十元寄给家里。现在能够有一份好的工作，靠工资养活全家人，他十分满足。人都有马高凳低的时候，而他再有多大困难都从自己的嘴里抠，咬着牙挺过去。可是现在不行了，他能挺过去，老父亲能挺过去吗？这个坎是无论如何也挺不过去了。就在这个时候，眼前出现了三千块钱，是从天上掉下来的砸住了脚面。看着那三千块钱就像触电一样从脊梁骨“嗖”的一下蹿到了头顶，麻木了神经，刹那间他乱了方寸。

刘桂明眼睛盯着桌上的三千块钱，十元一张摞了一大摞，他心跳加速。手摸着口袋里的电报，耳边响起妻子的声音……父亲病重，速寄三千元……这声音鼓着耳膜，直往脑子里钻。

“也罢！”刘桂明手颤抖着拿起了三千块钱，端起一大杯酒一饮而尽，猛地将杯子摔在地下。他怀里揣着那三千块，就好像揣了一个定时炸弹，只觉得头昏脑涨一片空白，不知道是怎么从饭馆走出来的……

## 三

刘桂明想了一晚上，最后下决心向组织上主动坦白这件事情。第二天，早早起来把宿舍收拾得干干净净，手颤抖着掏出手枪，一粒一粒取下子弹，擦得干干净净，小心翼翼地将枪包好，郑重地向那支枪行了一个军礼……

刘桂明来到所长室，双手把枪交给路遥，把那天发生的事情如实讲了出来，说到伤心处，他双手抱头泪洒衣襟。

在场的路遥、马挺彪、李长青惊呆了，他们万万没想到案子会牵到自己人的头上。

马挺彪和刘桂明有着同样的经历，都是从农村出来，又当过兵，感情上很接近。他知道刘桂明家里很苦，所以特别同情刘桂明的处境。感到十分惋惜："唉！你……"马挺彪真想骂他一顿，话到嘴边又咽了回去。是啊，谁有三分奈何会往黑道上走呢？三千块钱等于毁了一生啊！代价太大了。

路遥同情地问："桂子，有困难为什么不说呢？大家会帮你的呀。"

"我知道当警察的都是靠工资吃饭，谁也不富余。"刘桂明肠子都悔青了，叹息了一声说，"唉！什么话也别说了，都怨我一时糊涂。"

李长青说："事出了，再说别的也于事无补，还是想想办法怎么补救吧。"

"桂子。"路遥说，"你暂时停职检查，把情况如实写出来。

"所长、指导员、李队长，我知道我是个有罪之人，不应该再有什么请求了，可是我还是想说，上级怎么处理我都行，求你们向领导反映一下，就是别让我离开公安队伍。"刘桂明眼睛里流露出恳求的目光，"这是我的家呀！"

马挺彪拍了拍刘桂明的肩，兄长般宽厚仁和地劝慰道："你就别多想了，我们会尽力的。"

刘桂明出去了。路遥安排林向东陪着刘桂明，林向东领命而去。

马挺彪说:“这事怎么办?”

“先封锁消息,除报处长以外,就我们几个人知道就行了。”李长青处理这方面的事情经验多,“桂子给我们提供了一个重要线索,可能为揭开车站的盖子有重大突破。现在要紧的是我们先把案子拿下来,就能减轻他的压力。我意见马上抓人,首先抓王小宝,从他身上找突破口。”

路遥说:“好!”他马上安排张铁路、罗明到班上,抓王小宝。

张铁路、罗明到运转室把王小宝传到所里。

李长青对他进行突审,三下五除二就拿下了,王小宝招了。

重大案件已经构成,马上抓人!

张起东和李来顺二人同住一个宿舍,今天一块调休。

才不到十点,张起东就开始了他美好的小生活。拿出来一袋花生米,又撬开一桶罐头,一瓶从车上偷来的老白汾,一边喝着小酒一边哼哼着秦腔。正在兴致上,李来顺慌慌张张地跑回来,“嘭”回手把门锁死,吓得小脸灰白。

张起东气哼哼地骂道:“你妈死啦!”

李来顺气喘吁吁地说:“比我妈死了还要命!我刚才买票的时候看到王小宝让公安带走啦!”

“完啦!”张起东手“啪!”地拍到脑门上,他知道王小宝是个囊㞞,到了派出所不用吓唬就得把事全给供出来,心里不免紧张了起来。

张起东和李来顺都是“铁老大”团伙中的人。由于工作性质的关系,张起东、李来顺对铁路运输情况了如指掌,“铁老大”就把那些被公安机关打击处理过的、生性贪婪的、对社会不满的人网罗到一起,组成了一个犯罪团伙,张起东、李来顺是重要成员。

前一段由于铁路公安在风城车站进行治理整顿,风声太紧,“铁老大”就通知所有的成员,龟缩了起来。灵山至风城的销赃渠道被端了,“老疤头”在逃,已是风声鹤唳,“铁老大”更不敢轻举妄动。虽然经“凤城五兄弟”在南线一番折腾,工作组撤了,但总觉得隐隐约约有一支十分可怕的秘密力量在向他靠近,至今他也没敢发出解禁令。正是在这个节骨眼上,张起东、李来顺心疯得沉不住气了,合伙与王小宝做了一把,结果还被刘桂明逮了个正着。这事“铁老大”并不知情,好在张起东和李来顺花钱把事摆平了。

其实让张起东贿赂刘桂明的正是“铁老大”。“铁老大”十分关注李长青的到来，他搞不清楚此来何意，所以就急于探个底。正巧张起东提起了刘桂明收过他们的钱，有酒肉之谊。他就命张起东出面收买刘桂明，然而此举却未成功，更没想到刘桂明会鱼死网破地把这事给抖搂出来。现在东窗事发，张起东出于无奈，急忙向“铁老大”求教。

张起东在电话里把事情原原本本的做了汇报。“铁老大”听了非常生气，因为他告诫过让弟兄们不要私自行动。他恨这帮人为那么点蝇头小利，破坏规矩。但是事已经出来了，再说什么也没用。“铁老大”吩咐张起东赶紧跑，能跑多远跑多远，家里的事情由他来安排。

张起东心里清楚，他们参与盗窃的货物至少也有七八万，不跑的结果就是挨枪子。“铁老大”让他们跑他不敢不跑，他知道这次谁都罩不住。

张起东赶紧收拾东西。他有一支五连发猎枪，是打猎用的，从墙上取下来，将子弹压满，把子弹袋套到身上全副武装了起来，大有与公安对决之势。

李来顺不想跑，这逃亡的生涯什么时候是个头呀，家里还有老婆孩子呢。想到这里就和张起东商量想自首，话还没说完张起东就翻脸了，用猎枪指着李来顺的胸，恶狠狠地说：“我他妈先崩了你！”

“哥们，别这样。”李来顺害怕了，忙说，“干吗自相残杀呀，你说不去咱就不去好了。”

张起东把枪放了下来说：“自首又能咋样？就是不判死刑也得判个无期，那活着还有什么意思。再说回来了，‘铁老大’能饶了咱们？那人心黑得很，你要是自首去，他不先把你灭了才怪呢？”他一看李来顺还愣着，有点急眼了，骂道，“操，还不赶紧收拾，等死呢？”

李来顺说：“我，我收拾啥？”

“该带的，能带的都带上。”张起东又问：“你前些日子不是搞了些雷管、炸药吗？”

李来顺问：“干啥？”

“干啥？你以为炸鱼去？拿给我。”张起东说。李来顺问：“那我呢？”

“你呀，没胆子用那东西，把炸药、雷管给我用，大不了就是鱼死网破。”张起东从箱子里拿出来一支火药枪：“这个给你。”

李来顺接过火药枪。

这时,突然传来一阵摩托车声响和急刹车声。张起东知道出不去了,把两条床单抽出来,一撕两半,接到一起拴到床腿上,打开窗子说:“下！从这下。”

刚才的车响声正是路遥和李长青带着人赶到了。路遥带人迅速冲上二楼张起东的宿舍,洛金虎上前敲门,里边没有反应,他膀子一用力就把门撞开,屋里已是人去楼空。只见窗户大开,床单系在床头上。路遥和洛金虎冲到窗口望去,张起东,李来顺向车站方向逃窜而去。

路遥说了一声:“追!”便带人追赶了下去。

警笛骤响,吉普车、摩托车从单身宿舍飞出,向车站追去。

路遥在车上手持车载电台发出命令:“罪犯张起东、李来顺向车站逃去,身上带有武器。我命令,林向东留守,向指导员通报,并立即向公安处、市公安局报告。罗明、张铁路立即上站堵截,注意安全!”

李来顺、张起东翻墙而出窜到了车站内,正好一列货车发车,李来顺干瘦比较灵活,一跃扒了上去。张起东胖墩墩的一身赘肉跑不动,在后面紧追。

张铁路接到命令从候车室追出来发现了张起东和李来顺,便向天鸣枪警告。张起东听到枪声知道扒不上去了,回头朝张铁路开了一枪。张铁路卧倒躲过了这一枪,一个就地十八滚隐蔽到一堆水泥枕木后面。张起东看到六道有一垛闸瓦,就向六道跑去。

“啪!”张铁路抬手一枪击中了张起东的小腿。张起东一个踉跄摔倒在股道里,紧爬了两步拖着伤腿躲到一垛闸瓦后面。

罗明接到命令时正在股道里,看到李来顺扒上了出发的货车,就从列车中部也扒了上去。

张铁路用对讲机报告:“01、01,03报告,张起东在六道一垛闸瓦后面负隅顽抗,李来顺扒上了2534次货车,罗明上车了……”

路遥听到了报告回答:“01明白!”

一阵警笛响,路遥等人迅速赶到了车站。

处理现场突发事件李长青比路遥有经验,他发出命令:“陈春生、徐海发去接应罗明,洛金虎警戒,封锁现场,闲杂人等一律不得靠近。”

陈春生和徐海发开车走了,洛金虎马上清理现场,设警戒线。路遥和李长青来到站内与张铁路会合。

张铁路简单地向路遥和李长青汇报一下情况,路遥就开始用喇叭向张起东喊话:“张起东！你跑不了啦,放下武器缴械投降是唯一的出路……”

“去你妈的!”张起东嘴里骂着,抬胳膊一枪打过来……

枪声响了,马挺彪马上意识到发生了大事,他听到了路遥在对讲机中发布的命令,也听到了张铁路与路遥的对话,他立即命令林向东:“速报处、市局和省公安厅,火车站内发生枪战,请求市局防暴大队支援!”口述完毕,已经子弹上膛,冲出派出所……

接警后,市公安局防暴大队出动了。在市局向市府、市委汇报的同时,赵慧芳也接到了同期采访的通知,她急匆匆地将照相机装到采访包里开着摩托车直奔车站而来。

罗明扒上车后从前往后搜索。这时车速起来了,列车以60公里的速度前进。他提着枪猫着腰在车顶上行走,车速带来的风吹得衣服“哗啦啦”地响着。

一节敞车上装着大型机器,李来顺就藏在一台机器的后面,拿着火药枪通过夹逢盯着罗明。罗明搜索到机器旁。

突然火光一闪,“砰!”枪响了。罗明机警地闪身到机器后面躲过了一枪,枪里射出的沙子打到机器上发出“叮叮当当”的响声。李来顺将没有火药的枪扔到车下,从一台机器上拆下来一根铁棍,藏了起来。罗明搜索到跟前,李来顺突然冲出举棍朝罗明头上砸去。罗明一闪身,头躲过了肩上却挨了一铁棍,被打倒在车底板上,枪也飞了出去。

李来顺手持铁棍一棍一棍砸向罗明,罗明忍着疼痛左躲右闪。地方狭窄,李来顺的铁棍太长施展不开,一棍走空砸到机器上,铁对铁的碰撞嘣出了火花。罗明趁机一脚将李来顺踢倒,翻起扑到他身上,二人扭打着纠缠到一起。

罗明的右肩刚才受了一击钻心的疼痛,用不上力气,渐渐地处于下风。李来顺用力翻到了罗明的身上,一只手按住罗明的左胳膊,一只手抓住罗明的头发在车底板上撞击,一下、两下、三下……

罗明的视线开始模糊,这时一股强烈的求生欲望,促使他用疼痛难忍的右胳膊紧握拳头向李来顺左太阳穴猛击一拳,李来顺一松手给了罗明喘息之机,他的左胳膊腾出来猛力向李来顺的右下肋一击,李来顺“啊!”的一声大叫从车上掉了下去,坠车而亡……

路遥、李长青、张铁路与张起东还在僵持着,对方的猎枪威力大,一枪打来铁砂一扫一大片,还没有找到有利有效的制敌方法,大家都在等待时机。

张起东这时才感觉到小腿肚子钻心的疼,他在衣服上撕下来一条布用力把伤口扎住,止住了流血。看着身上的炸药,点燃了一根烟,一股亡命的念头闪过脑际……

路遥用话筒向张起东喊话:"张起东,你无路可走了,不要再做无畏的抵抗。投案自首是你唯一的出路……"

"嘭"的一枪打来,路遥一低头,喇叭被铁砂打成了蜂窝。

又是一阵警笛响,几辆警车驶来停在车站广场,市公安局防暴大队赶来支援。赵慧芳和电视台的记者紧随其后也赶到了。

援兵来得太及时了,马挺彪迎了过去。防暴大队队长把队伍整理好,快速跑过来:"马导,现在是什么情况?任务是什么?"

马挺彪简单扼要地将情况做了一个介绍:"咱们的力量一个是布置警戒;二是挑选优秀射手占领制高点和有利地形控制罪犯,不到万不得已不要击毙,争取留活口;三是用防暴器材,比如催泪弹之类的制伏罪犯。"

防暴大队队长命令道:"一组警戒,二组占领制高点,三组随我进站。"随着一声令下,防暴队员行动了起来。马挺彪和队长领着一队防暴队员隐蔽进站。

赵慧芳持有特许采访证也跟随进到了现场,溜到路遥旁边,举起照相机抓拍镜头,张起东一枪打来,路遥大喊一声"隐蔽"!她吓得一缩脖子,还没反应过来就被路遥扑倒压在身下。赵慧芳躺在路遥的怀里,眼前是仰慕已久的心上人,将她紧紧地抱着,心里一阵感动。似乎什么枪声,什么危险全都不存在了,路遥就像一座可以依靠的大山让她感到再也没有这么安全这么踏实的了。

赵慧芳浪漫天真、阳光灿烂地笑了:"就这样,再搂紧点。"

"胡闹!"路遥放开手,"多危险啊?下去!战场无儿戏。"

赵慧芳倔犟地说:"有没有搞错!我也是执行公务。"

路遥把她往身后一拽:"那就躲在我身后,注意安全。"

## 四

派出所里急坏了刘桂明。刘桂明被停职检查在写事情经过,林向东寸步不离地看着他。一声声枪响敲打着刘桂明的心。那边战斗正酣,而自己却无所事事,事情是由自己而起,这也是自己戴罪立功的好机会,而却偏偏不能参加,世界上再没有任何事情比这更让他糟心的了。

刘桂明就像困在笼子里的狮子急得团团乱转,几次和林向东商量,放他出去参加战斗,都被林向东拒绝了。他几近哀求地对林向东说:“林子,哥哥求求你。现在正是用人的时候,大家都在玩命,你让我……唉!让我去吧?”

林向东看着这个比自己大十几岁的兄长,这么哀求他,心里也很难受,可是所长有令不能违。他苦劝道:“老哥哥,不行啊,别为难我好吗?所长不让你出去。”

刘桂明一跺脚一把推开林向东,冲了出去。林向东追到门外,刘桂明已经迅速地从墙头上翻了出去。

刘桂明没有去正面战场,而是绕到了车站的驼峰。在翻墙而过的时候,他已经看到了双方交战的位置,只有从驼峰绕过去才能寻找到从后背制伏张起东的有利位置。

这时调车机正在编组,由于发生了枪战司机将机车停在驼峰外。刘桂明一路小跑,来到调车机。司机老刘正在机车上抽着烟,像看枪战片似的看两边交战,刘桂明扒上了机车。

老刘奇怪地问:“桂子,那边打得那么热闹,你怎么到这来了?”

“别问那么多了。”刘桂明急促地说,“老刘,给我往九道或十道排一个车。”

“没有编组计划我不能随便排车,出了事追究责任我说都说不清楚。”老刘说。

刘桂明说:“这不是特殊情况吗?到时候追究责任我替你说清楚。”

“那行,我豁出来了。我早就看那小子不顺眼了,早点把他收拾了算屎!”老刘说着就拉闸给气准备排车，“你去吧，可要注意安全啊。”

“在你这保存一会。”刘桂明把帽子甩给老刘，下去跑到末位车，将连接摘掉上了车顶。这时老刘已开始排车，将刘桂明的这辆车推到驼峰上顶了下去，车皮从驼峰溜下。刘桂明站在车上，手把制动盘，车离张起东越来越近。

路遥看到了一节车皮从驼峰溜放而下，车上站的竟然是刘桂明，便大吃一惊，不好！刘桂明连枪都没带，这么迂回到张起东后头也太危险了！

路遥用对讲机急呼，提醒大家：“各岗位注意，注意掩护刘桂明，不准乱开枪。”他移动到防暴队长跟前问，“能用催泪弹吗？”

防暴队长说：“不行，我们在下风位。”

“队长，溜放车上的人是我们自己的同志。”路遥指着溜放车说，“请你命令防暴队员用火力压住罪犯，低点射击，注意保护我们的同志。”

“好。”防暴队长从防暴队员手里要过来一支冲锋枪，压低枪口打了几个点射，将张起东压住，命令队员们：“注意，低点射击，压住罪犯！不要伤了自己人。”

防暴队员们压低枪口向张起东射击。

这时，刘桂明已经运行到了张起东背后五六米的地方，路遥命令所有人员停止射击。

刘桂明从车上跳下来自言自语地说：“这位置太棒了！”只见刘桂明单腿跪地，手不由自主地伸向腰间去摸枪，然而拔出来的却是一只空手，不由得大吃一惊：“啊？”

刘桂明在部队就是神射手，曾经获得过军一级射击第一名。百米之内步、手枪射击说打左眼，绝打不到右眼。现在所处的位置是最佳射击角度，要打张起东的任何部位都是手拿把掐的，可是现在没有枪，他就处在了最不利的位置，周围没有任何隐蔽物，身体完全暴露在张起东的射程之内，只要罪犯一转身打哪是哪，必死无疑。这不禁使刘桂明心惊胆寒，但是已经身入险地，容不得有分秒的犹豫，狭路相逢勇者胜，他必须立即做出决断。

只见刘桂明从道心里捡起来一块闸瓦，以熟练精度射击的素质准确将闸瓦投了出去。

警察停止了射击，张起东有了喘息之机，端起猎枪抬胳膊就要射击，这时一片闸瓦飞来砸在右手腕上，猎枪飞了出去。刘桂明迅猛地扑向张起东，张起东拖着伤腿闪开，刘桂明扑空了。

张起东已经杀红了眼，激起了亡命之徒的本性，心一横将上衣撕开，胸前露出炸药，“唰”点着了导火索。

路遥看到刘桂明与张起东激烈搏斗着，他马上带干警们冲了上来。

刘桂明大喊一声：“有炸药！卧倒！”

张起东双手用力一撑站了起来，导火索冒着火花，扑向人群。

一发千钧，万分危急，一场血腥惨案就要发生。

就在战友面临生死存亡的关键时刻，刘桂明从地上一跃而起，用尽全力将张起东扑倒在地死死地抱住。二人在地上翻滚着……

“轰！”一声巨响，刹那间，浓烟滚滚，火光冲天，血肉横飞，衣物骨肉碎片从天上散落下来，血雨腥风在车站上空弥漫……

路遥大叫一声：“桂子！”

刘桂明牺牲了！

# 第五章

# 痴女苦恋

CHINÜ KULIAN

# 一

深圳，一座崭新的城市。改革的春风最先吹到了这块红土地上，几年前这里还是一个贫穷的边陲小镇，当中央将社会主义市场经济改革的目光锁定在这个与香港毗邻的小镇时，这块热土就注定成为中国走向世界的门户，世界看中国的窗口。转瞬间这里便是商贾云集，黄金遍地，高楼大厦如雨后春笋般冒了出来。

肖红是第一批来深圳的大学生，她毕业于财经大学金融专业，毕业证刚刚拿到手就收到了深圳三个大公司的邀请函，她首选了业绩最好、信誉度最高的顺达公司。

顺达公司是一家私企，老板叫闻一鸣。闻一鸣是一个具有战略远见的企业家，他尊重知识，尊重人才，因此也使他的企业走在了商贸领域的前列。肖红就是他看重的最有才华的商贸管理人才，虽然在肖红这一批大学生没来时，顺达公司已经是小有名气了，但那时的顺达公司也只不过是在浅海岸边打打小鱼虾的小舢板，远称不上深海里可经风浪的大船。几年间，肖红从一名普通职员被提拔到公司副总的要职，也将顺达公司带入了一个规范的现代化企业。正当顺达公司的事业如日中天，也是肖红大展宏图的时候，她却提出了辞职。

肖红为什么辞职呢？这事却缘于路遥。

肖红在顺达公司成就斐然，自己也有了不小的一笔积蓄，现在最想做的事就是让路遥尽快到自己身边来。那是在路遥到凤城上任之前，肖红回到了久别的家乡找到了路遥……

校园一别三年，两个人一见面就紧紧地拥抱在一起，肖红喃喃地倾诉着离别之情，如涓涓细流，滋润着路遥的心。路遥将肖红的脸轻轻地贴在胸前，用鼻子尽情呼吸着她发间淡淡而又清馨的香味，黑发如流从指间淌过，如梦如幻，追溯着婆娑的岁月。

肖红这次来只请了一天的假，她知道路遥不可能痛快接受去深圳的邀请，也知道路遥对公安工作的痴情。重要的是她想见路遥，哪怕就一天。

肖红挽着路遥的胳膊来到餐厅，为路遥点了一桌他最喜欢吃的菜，先添满他的胃口。餐厅里播放着幽雅的轻音乐，肖红慢慢品着法国白兰地，一边目不转睛地盯着路遥。

肖红抿了一口酒，开始有目的地向自己的中心话题引导。先谈了这几年在深圳的工作情况，又深情地诉说了对路遥的思念之情。说到动情之处，泪水从眼眶溢出。最后谈到她与老板已有默契，只要路遥肯屈就，公司下属的业务、公关、保安部门的经理任他挑选。

路遥一边吃着桌上的美味一边倾听着肖红的诉说，明白了肖红回来的真实目的。

路遥很感激肖红对自己的那份真诚和感情，肖红的用情之深他何尝不知呢？两人一起长大，路遥对肖红的了解如同他了解自己一样。但是肖红对路遥的了解却差之甚远，她不懂路遥的心。路遥有着大鹏一样的心志，而且执着地爱着自己的事业，那种对公安工作的爱是任何诱惑都不能改变的。三年了，在领导谈话之前他仍然是一个大头民警，但是他从来没有小看过自己的工作。这次上级任命他到凤城派出所当所长，虽然比起肖红的成就来相差很远，但他对未来却充满了自信。

见路遥不为所动，而且自鸣得意那个小所长，肖红开始苦口婆心地劝说起来，随后是几近哀求地说："哥，为了我，你就不能屈就一下吗？"

"红，其实我们俩的分歧就在这，谁都不应该为了自己的理想而必须使另一个人放弃理想，只要我们彼此相爱就足够了不是吗？"路遥也诚恳地说。

"唉！"肖红叹惋一声。她真希望再回到童年，那时候路遥处处爱护她，什么都听她的。上了大学以后什么都变了，各自有了追求，而且信念又都那么坚定。在深圳，肖红为了路遥保持着心灵情感的一方净土，谁也不让进入。所以除了拼命地工作外，就把自己封闭起来。外边的世界色彩斑斓，太富有吸引力了，她怕自己守不住这道堤坝，怕失去路遥，也怕自己的心理防线会崩溃……

肖红和路遥没有谈出结果来，尽管心里有准备，但仍然很失望。

要走了，在候机室里，肖红一步一回头地走向检票口，突然，转回身飞一般扑到路遥的怀里。"唰啦！"眼泪像决堤的洪水涌出眼眶……

这个时候，她做了一个改变命运的决定，决定辞去原公司的工作，另成立一个属于个人的公司，她要为路遥建立一个自由自在的王国。

# 二

东方实业发展有限公司，是肖红刚刚成立起来的公司，坐落在深圳罗湖区C座大厦。

肖红从顺达公司辞职出来，就筹备自己的公司，将这几年打工赚的钱全部投进去，又在银行贷了十万，三十万注册资金使公司运转起来。在顺达公司时的同事白振宇也跟随出来，被肖红任命为主管业务的副总经理。

肖红和白振宇在顺达公司的时候都算是顶尖人物，来到一起做搭档。公司顺顺当当地办起来，没多长时间就走上了轨道。

在白振宇的操作下很快与香港的华龙公司达成合作伙伴，迅速将华龙公司的家电产品打入了内地，同时也给东方实业公司带来了丰厚的利润。

这时肖红收到了从顺达公司转来的个人信件，都是路遥的来信，厚厚的一沓，一封封一页页，字里行间情真意切。特别是当她看到路遥写的一首小诗的时候，眼睛湿润了。

欲寄相思千滴泪，
洒尽黄河排浪涌；
大海波澜连珠江，
点点滴滴皆我情……

过去的往事，点点滴滴都浮现在眼前……

在“文化大革命”时期，肖红的父亲是大学教授，妈妈是中学教师。父亲被打成了“臭老九”、反动学术权威。肖家被迫搬出了大学教授楼，迁到了普通老百姓居住的胡同里与路家为邻。路遥的父亲是刑警,妈妈在居委会当主任。后来,路遥的父亲也被打成了黑公安,好在路遥的父亲出身贫寒、成分好,又没有卷入派性,还算相安无事,加上路妈妈又在街道上当干部,没有受太多的苦。而肖家却是雪上加霜跌入了社会最低层,屋里屋外贴满了大字报,肖教授天天被拉到街上游街批斗。在一次批判会上,肖教授一头栽倒就再也没起来。那个时候路家没少帮肖家,因此两家结成了莫逆之交,相互照顾,相濡以沫。

然而路家也连遭噩运,先是路遥的父亲在一次追捕逃犯时牺牲在大沙漠里,而后是路妈妈思夫心切,沉疴日深,一病不起,不久便辞世而去。在最后的日子,路妈妈拉着肖红妈妈的手,眼含热泪说不出一句话来。肖红妈妈知道是放心不下路遥,就对她说:“大姐,遥遥就交给我了,我会视他为己出。”路妈妈干枯的眼里淌下了最后一滴泪水,撒手而去。就这样路遥成了肖家的一员。其实在路遥还未到肖家的时候两个孩子已经是分不开的玩伴了,因为路遥比肖红大六个月,路遥就成了大哥哥,处处呵护着肖红。

路遥与肖红上学后,他们总是亲兄妹一样出双入对,一次路遥抓了一只蝴蝶送给肖红,肖红小心翼翼地夹在书里,成为了永远的珍藏……

斗转星移,时光荏苒,路遥和肖红都长大了,要上大学了,两个人对专业有了不同的看法而产生了分歧。肖红希望路遥将来能成为企业家,她为他管理财政。夫唱妇随,白天一起上班,晚上一起回家,该是多么美好啊。路遥在父亲殉职以后,小小的年纪就想继承父志,一生的夙愿就是当一个好警察。父亲是他的偶像,是他终身引以为豪的人,他对警察这个职业的尊崇到了痴迷的程度。两个年轻人谁也不能说服谁,考大学的时候就各自报考了自己喜欢的专业。他们同时拿到了大学录取通知书。肖红考上财经大学,学金融管理,路遥考上了公安管理学院。要分离了,俩人在互相祝贺的时候却多了几分惆怅,虽然对志愿的分歧,使他们在思想上产生了隔阂。但没有对彼此的倾慕产生影响,朦胧的感情反而更加清晰。在一起朝夕相处了许多年,要分手了,才知道在一起的时光多么珍贵,多么美好。这时二人才抛开了往日的矜持拥抱在一起,他们接吻了。一个情窦初开,一个冲动朦胧。那是一种令人眩晕的美好感觉,是烙印在心上的终生珍藏。那个初吻,使他们从兄妹之情转向了男女之间的情感。

花开花落,几度雁来,几度飞雪。路遥和肖红同时以优异的学习成绩毕业了。拿到毕业证后,肖红第一时间找到路遥,两个人漫步在林荫道上,各自又都面临着对人生未来的抉择。

深圳有几家大公司到肖红所在的院校来招职员，有三家公司选中了肖红。这三家公司有国营的也有私营的。肖红认真地了解和查阅了这几家公司的资料，三家公司都很理想，现在她很想听听路遥的意见。

路遥对肖红的选择没有意见，他一向都十分尊重她的决定。肖红却非常希望路遥和她一起去深圳创业，然而路遥有自己的选择，他决定回到生他养他的地方，并坚决地选择了从警这条路。

肖红将思路从过往的岁月收了回来，用纸巾擦拭着泪水，把路遥的信收藏起来。拿起电话拨通凤城市查号台，请求查凤城车站派出所所长的电话。电话里传来服务小姐的查号结果："请记录，6032443……"

肖红按照这个号码拨过去，接电话的正是路遥："你好，我是凤城派出所路遥，请讲。"

肖红听到路遥那熟悉的声音，不禁泪如雨下……

"喂，请讲话……"路遥在电话里催促着。肖红紧咬着嘴唇，忍着悲声，把电话压下。她深爱着路遥，也确实非常非常的想念路遥，但是这会儿却不想和路遥说话，这不是在赌气，自从上次分别后她就开始有目的地想征服路遥，用自己事业上的成就征服路遥。因此她现在什么都忍了，这种忍受完全是为了有朝一日让路遥看到一番惊天动地的事业。

肖红从抽屉里拿出一册旧课本，翻开扉页。书里是路遥送给她的那只蝴蝶，已成标本。她看到蝴蝶，触物思人，畅想着美好的未来……

## 三

机场，一架飞机呼啸而降，肖红带着白振宇来到凤城。

肖红来凤城有两个目的，第一个目的是再次说服路遥到深圳共同把公司做起来。第二个目的就是如不能说服路遥来深圳，她就选择凤城一家合作伙伴，在凤城开一个分公司，这样她就可以常来往于深、凤之间了。

路遥在候机室里等候已久，他是昨天下午才接到肖红打来的电话说要来凤城。自从上次省城一别，肖红就失去联系，任路遥发去了多少封信她都没有回音，这次突然接到肖红要来凤城的电话让路遥激动了一宿没有睡好觉。

肖红与白振宇从通道口走来。肖红见到路遥的一刹那，什么都不顾了，张开双臂扑到路遥的怀里，眼里闪着激动的泪花，紧紧地拥抱着路遥。从决定要来凤城的那一刻起，她的心就没有平静过，那种思念的情感被压抑得太久，太久了，像要爆发的火山欲喷而出。她把过去失去的时间都浓缩凝聚在了这一刻，依在路遥的怀里倾听着他澎湃的心声。

白振宇尴尬地站在旁边，不知所措，事先肖红只告诉他要到凤城拓展一下业务，并没有说会男友的事，要不，怎么着他都不会跟来的。倒是路遥觉得难为情了，推了推肖红，说："哎，小红……"

"噢，实在对不起。"肖红这才觉得自己失态了，抬起头来挽着路遥的胳膊说，"我来介绍一下，这是我的助手白振宇，这是我的未婚夫路遥。"

路遥与白振宇握手，两人互致问候。之后，肖红吩咐白振宇先到国际饭店安排住处，她挽着路遥的胳膊出了候机室。

路遥和肖红打了一辆出租，的士似乎成了他们二人的世界。肖红依到路遥的怀里，享受着浓浓的温情，路遥双臂揽着肖红，看着她多情而又温柔的眸子。

这一年来让路遥想得好苦，肖红何尝不是如此呢。二人用眼睛解读着对方的心。

到了派出所，罗明、洛金虎等人正在打篮球，大家看到路遥领着位穿着入时，气质非凡，仪态大方，端庄而又美丽的姑娘进来，便知道是肖红到了。众人围拢过来，争相目睹芳容。

肖红与大家一一握手，路遥一一介绍。

马挺彪向大伙挥挥手说："大家别起哄啊，先让远道的客人休息。老'犹'上街采购点东西，铁路准备饭菜，老哈数，迎接客人喽！"

"好嘞！"徐海发答应了一声，骑上自行车走了。

来到宿舍，路遥打了一盆水递过毛巾让肖红洗洗脸。

肖红擦着脸说："这环境还不错嘛。"

路遥看到肖红心情不错，马上借题发挥："是啊，你看这的人多好，空气多新鲜，大家对你是十二万分的欢迎啊。"

"先不要堵我的嘴。"肖红擦完脸从包里拿出一大堆执照，"看，这就是我一年来努力的成果。上次回去以后我就辞去了公司的工作，自己注册了一个公司。三十万元家底，经过这半年多的经营，公司已经走上轨道，正常运行，现在已经翻了两番了。"

路遥终于明白了，肖红为什么这么长时间没和他联系，她是在做这件事情，并且已明白肖红的来意，肯定还是劝自己去深圳的。

路遥不知道怎样才能打消肖红让他去深圳的念头，肖红用心良苦，刚见面路遥不想扫她的兴。看着肖红消瘦的脸，心疼地说："看你，为了赚钱，把身体都熬坏了，比上次见你的时候瘦多了。"

"衣带渐宽终不悔，为伊消得人憔悴。"肖红诵着柳永的《凤栖梧》，一年多她就是这么努力着，为了她和路遥的未来，她认为值得。以前那是别人的公司，路遥不愿意去她也不勉强，现在好了，这是自己的公司了，路遥还有什么理由推托呢？肖红紧紧地抓着路遥的手："哥，跟我走吧，万事俱备只欠你了，只要你说一句话我和公司全是你的。"

问题提出来了，就无法回避。路遥沉吟了一下，拉着肖红的手，走到窗前，说："红，你看到那些花了吗？如果离开它们的土壤，或者把它们折下来放到花瓶里，用不了多久就会枯萎……"

肖红听了路遥的这番话，心里凉了半截，她知道自己一切的努力都是白费。

肖红精心为心爱的人编织的梦，就这样轻轻地被打碎了。她似乎不认识路遥了，小时候的那个处处关心小妹妹的大哥哥哪里去了？此时觉得特别委屈，一股悲伤的情绪涌上心头，她久久不语，肩膀颤抖着，继而泪水滚滚而下。似乎是说给路遥，又似乎是说给自己："怎么会这样……我的心都掏出来了，怎么会是这种结果？"

"好妹妹，别哭，不要逼我，慢慢再说好不好？"看到肖红伤心，路遥的心里非常难过，不知道怎么劝说。肖红太伤心了，太失望了，这与预想的结果和所做的努力反差太大了，真让她受不了。肖红大声地指责道："哥，你知道吗？我为了这个目标耗了多少心血？我在那里孤军奋战，全力打拚有多么的辛苦你可曾想过？我这样做究竟是为了什么，难道你真的一点都不懂吗？"

路遥试图进行解释："我怎么能不知道你的付出你的爱？"

"不！你根本就不懂！你心里根本就没有我，你就想着自己，你自私……"没等路遥反应过来，她已经抓起提包冲向门外。

"肖红，肖红……"路遥追出门，肖红已经挡了一辆出租坐上去了。

## 四

肖红来到国际饭店，锁上门在房间哭了半晌。到了晚饭的时间，白振宇来叫她吃饭，这才梳洗了一下，来到餐厅。实际她一点胃口都没有，只是感到郁闷想喝酒。

肖红向服务小姐要了一瓶大号的XO。

“肖总要喝酒？要不要再加几个菜？”白振宇问。

肖红摆了摆手给自己倒了一杯酒一饮而尽，又倒满一杯喝了进去。

白振宇劝告道：“这样喝会醉的。”

“不要你管！”肖红一摆手，只顾一杯一杯地喝酒，一会便生醉态。

在白振宇的眼里，肖红从来都是那么持重、干练，还没见过她有拿不稳的时候，今天这个样子肯定是遇到不顺心的事了，但又不好多问，不过他也猜到了八九分，肯定与那个警察有关系。

几杯下去肖红就醉得不成样了，白振宇把她搀回房间。

肖红躺在床上仍在要酒，白振宇倒了一杯水，将肖红抱在怀里喂水。

肖红紧紧地抱着白振宇，眼睛里出现了幻觉，把白振宇当成了路遥。她哭着喃喃低语：“哥……别不要……我……哥……我是多么爱你呀……抱紧我……”

白振宇抱紧了肖红。

肖红闭着双眼倾诉着：“哥，吻我……”

白震宇情不自禁地吻了肖红，这一吻怦然打开了感情的闸门。他紧紧地搂着肖红那丰满的身躯，亲吻着娇嫩的唇，抵压着高耸的胸，血直往上涌，一阵原始的冲动怦然勃发，他伸手解开肖红的衣扣……

肖红被亲吻得心潮涌动，一股渴望的激情决堤般冲开心扉，她呼吸短促地呻吟着：“嗯……哥……哥……我爱……我要……”身子倒向床边，胳膊将茶杯碰到，开水烫在胳膊上。

肖红猛然被烫醒了,睁眼看到搂抱亲吻自己的竟然是白振宇,不禁大吃一惊。她将白振宇推开,问:“你、你? 怎么会是你?”

“我……”白振宇语塞了。

肖红惊慌失措地捂着胸,向床里退。

白振宇“噗”的一声跪到床前,向肖红诉说了憋在心里多年的话。自从肖红来到顺达公司,他就喜欢上了这个北方女孩儿,并事事处处关心她呵护她。但是,白振宇心眼小,天生爱面子。比起肖红的美貌、才华、业绩和升迁速度,他都觉得自己太渺小了。白振宇怕被拒绝,一直不敢向肖红坦露感情。后来肖红要自己创业,他也跟着跳了出来为肖红打拼。今天是天赐良机,既然事情已经到了这种地步不如趁机捅破了这张窗户纸,他把多年来深藏的情感和对肖红的倾慕全部说了出来。

“不,这不是真的,这怎么可以……”肖红不相信这一切,连连拒绝。

“亲爱的,这是真的,我爱你爱得死去活来。”白振宇哀求道,“亲爱的,接受我吧。”

“不,不,你……不要……”

白振宇的兽欲已经释放出来收不住了,他迫不及待地扑到床上,将肖红紧紧地抱住,压在身子底下:“我受不了了,我受不了……”他想把生米做成熟饭,伸手去解肖红的腰带。

肖红用力将白振宇推开,他却又一次扑上来,撕扯着肖红的衣服,肖红气愤至极,一记耳光重重地打在白振宇脸上。

白振宇并不生气,捂着脸说:“你打,打呀! 我就是你用皮鞭抽打驱赶的羔羊,打死我都心甘情愿,只要你接受我。”

“无赖! 滚!”肖红将枕头扔向白振宇,“再不滚我报警了!”

白振宇看肖红真动了肝火,报了警就不好收场了。他害怕了,无奈地退出去。

肖红跳下床将房门锁上,一股委屈的心绪涌上心头,扑到床上大哭了起来。

“丁零零”,电话铃响了,是路遥打来的。这时的路遥已经冷静了下来,前思后想觉得很对不起肖红,他已经打了好几次电话了,当时肖红不在房间。

肖红接起电话,听到路遥的声音,就想起他对自己的冷漠,想到白振宇对自己的侮辱,一股怒气冲上心头,没等路遥说话,冲着电话大喊一声:“我恨你!”便将话筒扔到电话机上……

肖红把电话扔了,路遥放心不下又赶到国际饭店肖红的房间。当肖红打开门看到是路遥时却回手将门关上，把路遥关在了门外。

路遥在门外几次敲门恳求肖红开门好好谈一谈，均被肖红拒绝了。

夜深了，路遥怕影响别的客人，转身离去。

半天外边没有了声音，肖红打开门看到外面已是空荡荡的。她恨自己为什么不给他开门，恨路遥为什么不再坚持。顿时觉得心里空了，好凄凉，好凄凉，泪水不由得又流了下来。

第二天早晨，路遥主持完交班会，就开车来到国际饭店。值班小姐却告诉路遥客人已经退房了，上午九点飞深圳了。她又将一封信交给路遥："这封信是客人留下的，说让转交给找她的先生，请您收下。"

"谢谢！"路遥接过信，就直往机场奔去。

机场，飞机已经隆隆地发动了起来，肖红一步一回头登上飞机，没有看到来找她的人。

飞机飞出跑道，载着一颗难以平复的心走了。

机场外，路遥急刹车从车上跳下来，抬头望去，一架飞机直上蓝天。这才打开那封信，上面是肖红隽秀的字。是一首诗：

寻寻觅觅，几度春秋，几番风雨。
梦里相随万里，到天涯海角，寻郎去处，相欢几许？
想儿时青梅竹马，而今与昨非。
旧时欢乐今日梦，不知何时是佳期？
常叹问，春风何度，青春与谁？
相思有十分：爱也十分，恨也十分！

飞霞一乘载客去，带走了多少哀怨与愁伤，又留下了多少相思与惆怅……

# 第六章

# 剑锋磨砺

JIANFENG MOLI

# 一

西北的春天来得格外迟，快三月底了树上才暴出几许嫩绿。春风梳捋着千万条柳枝，枝尖上含苞抽翠的柳芽好像少女初醒时睡意蒙眬的凤眼，娇滴滴水灵灵，陶醉了春天。

在车站广场一角，响起了“噼噼啪啪”的鞭炮声，利安小件寄存咖啡店开业了。小店不大，两间房的店面，外边几张茶几，几组沙发，虽然简单，但是挺干净，挺幽雅。里间是库房兼办公室，以便存放客人的东西。这是派出所帮李金龙开的店铺。

路遥自从上次见了李金龙就开始琢磨一件事，觉得李金龙本质还不算太坏，脑子也挺活，现在他没有经济来源，长此以往难免再犯罪。他们本是同龄人，只不过是走错了路，路遥很同情李金龙的遭遇，更想帮他一把。

路遥想以所里的名誉集点资，利用车站的地理优势帮助李金龙搞个小生意。一则他有事干有经济来源，心也就拴住了。二则可以解决一些子女的就业问题。再则，在允许的情况下为所里留下一部分提成，也能解决一些困难和经费问题。其实他还有更深一层的想法，从李金龙入手进一步加强群众基础工作。这事他拿不定主意，想征求马挺彪的意见。

马挺彪听了觉得好倒是好，然而也有一担心，是怕李金龙万一把握不住或者恶习难改，出个什么错，不但他栽了，公安所也不好向领导和群众交代。

路遥认为这是件好事，对各方面都有利。只要不装到自己的兜里，就不会出大错。另外，还有一个管理问题，只要把制度订好，再配一个财务，帮他把钱管住，料也不会出啥问题。他想到老所长家的老姑娘李冬梅还在家待业，把她安排进去把钱管起来，又解决了工作问题，是个两全其美的好法子。

马挺彪还有个顾虑就是怕赔钱，所里的同志都是挣工资的，钱来得不容易，赔了没法向大家交代。

路遥仔细盘算过，车站这一块就候车室有一个小件寄存处，是车站办的，态度也不好，没人愿意存东西。在车站搞一个能存东西又能方便休息的地方，吸引顾客应该没问题。花钱不多，便于管理。掰着指头跟马挺彪算了半天觉得不会赔钱。

为了帮助李金龙开办这个小店，路遥煞费苦心。经请示公安处领导同意，又说服大家集资，把资金凑起来这才找李金龙谈话。那天，李金龙被徐海发叫到派出所，以为公安又要找他的麻烦，见到路遥脖子拧得梗梗的，歪叼着烟，喝着路遥给他沏的茶，跷着二郎腿，吊儿郎当，乜斜着眼睛，一副不屑一顾的样子，气得徐海发差点踢他两脚。

路遥没生气，他知道对这样的失足青年，得用慢火细工。虽然年龄相仿，但人生的经历却相差甚远，而俩人之间沟通却不存在问题。所以，路遥没给他谈人生、谈理想之类的话题，知道这些空洞的大道理对他讲没有用，他看到的是将事实摆在眼前。当路遥把想法告诉李金龙时，他根本不相信自己的耳朵。是的，李金龙这时很难相信有这样的好事落到自己头上。多少年了，没人把他当人看，根本想不到派出所能高看他一眼，办这么件大好事。

"这是真的。"路遥看着李金龙疑惑的眼神，微笑着说，"我们相信你，难道你还不相信我们的诚意吗？"

"真的？"李金龙再一次问，"你们为啥叫我干？"

"叫你干当然是因为你能干。"路遥坦诚地说，"不错，你是犯过错误。人这一辈子谁也不可能不做错事，做错了改了就好嘛。人在做错了事，在遇到困难的时候往往是需要拉一把的，我们有这个义务，也是社会的责任。"

李金龙过去对公安有成见，现在才知道公安不光是会抓人，也为人办好事。心里既愧疚又感恩。

徐海发语重心长地说："小龙啊，一定要干好，你知道吗？这开店的本钱是大家凑来的，都是血汗钱啊！"

一听这话李金龙更受感动，在社会上混了这么多年，打过人也被人打过，偷过也抢过，坐过牢也受过罪，没人能看得起他。派出所能为自己这么一个有劣迹的人从牙缝里凑钱，真心实意地帮助他，怎么能不感动呢？他发自肺腑地说："我知道啥好啥坏，你们这么对我，我再不好好干我还是人吗？"说这话的时候他差点哭了。

"行，我们相信你一定能干好。"路遥拍着李金龙的肩膀，让他坐下，与他约法三章：一是要合法经营，不许胡来。二是要安排几个待业青年，让他一定把待业青年们带好。三是要分期还款，七成留店里是为了扩大经营，三成作为困难补助抚恤基金。

李金龙一拍胸脯说："没说的，您就瞧好吧。"

徐海发嘱咐道："对外不要说我们之间的默契，就说是朋友帮忙搞起来的。"

就这样，在派出所的暗中帮助下，李金龙欢天喜地地干起了正经营生。

在李金龙的带领下，几个小姑娘把小店的生意搞得红红火火。自从开了店他真跟变了个人似的，心无旁骛，精神头十足，一心扑到了店里。李金龙知道小店来得不容易，赚钱更不容易，因此他把这个店当作自己的命根子，倍加珍惜爱护，每天差不多二十四小时都待在店里。店里的一切账目由李冬梅管着，管得是井井有条，开店才三个月除了工资和店里该提留的部分，集资的钱也收回来一半，李金龙也成了真正的有钱人。

这天，徐海发来到咖啡店。自从听说了"铁老大"这个人物后，他就开始了调查，这么长时间了却没有一点进展。徐海发想起了李金龙，也许他与这些人混久了或许知道些线索。

提起"铁老大"这个人，乍一听，李金龙觉得耳熟，就是想不起来在哪听过，想了好长时间才记起是同号的一个犯人说过。那人叫齐青林，家是二里集的，是因为盗窃进去的。在闲聊的时候，他听说李金龙是铁路子弟就问起了"铁老大"。当时，李金龙还真是不知道这么个人。齐青林还嘲笑他连这么有名气的人都不认识，白在铁路上混了。齐青林还说，他们靠那个吃饭的都知道"铁老大"，但是这个人很神秘谁也没见过。

徐海发听了李金龙的介绍觉得这个人确实大有来头，他让李金龙暗中打听"铁老大"的情况，李金龙答应了。

## 二

一列客车进站,林向东在站台上值勤,组织旅客排队上车。

这时,一个胖旅客手提着两个行李包,越过队伍挤到门口要上车。林向东把他挡住让他去排队。胖子走了两步又顺势加塞把队形挤乱了,林向东生气地把他拉出来。

胖子一看小警察挡着上不去,就跑到窗口将提包往车上一塞,从车窗往上爬。

林向东赶快跑过来制止,却不料这胖子也是个刺头,根本看不起这小警察硬是从车窗往上爬。林向东着急了,一把抓住胖子的脚往下拽,却将胖子的鞋扒掉了。

胖子从车窗上下来,把鞋抢过来不高兴地嚷嚷:“干什么你,脱我的鞋干什么?”

“你这人怎么不讲理呢?跟我到派出所去。”林向东真生气了,以命令的口吻说。胖子看林向东一脸的稚气和腼腆,没把他放在眼里,说:“凭什么跟你到派出所去?我还要上车呢。”

林向东也很犟,不管罢了,管就要管到底了,他挡在窗口说:“那你去排队。”

“这不是找别扭吗。穿着这身衣服像个人似的,脱了这身衣服你算个屎。”胖子觉得小警察太不开面,骂骂咧咧地将林向东一拨拉。林向东本来就弱小,被胖子推了一个跟头,胖子反身又扒上了车窗。

洛金虎是带班班长,早就看到了他俩纠缠一直没过来,就想看看林向东怎么处理。胖子一骂警察把洛金虎惹急了,几步过来一把抓住胖子的腰带从车上拎了下来:“还反了你了!”

“这不是成心吗?”胖子也不示弱,反手抓洛金虎的衣领。洛金虎心想:呀,还想跟我伸手。反腕将胖子的手扣住,左脚使了一个绊儿,嘴里喊着:“倒!”胖子被撂倒在地上,胳膊还在洛金虎手里擒着,疼得叫喊着:“哎呀哎呀!我的胳膊。”

洛金虎擒着他的胳膊不放:“你不是厉害吗?长了满身的赘肉,把你还能得不行!”

胖子连声告饶,说:“是、是、是,我服了。”

“服了? 那还行。”洛金虎擒着胖子的胳臂把他拉起来说,“向我这位小兄弟赔礼道歉!”

胖子支支吾吾的不情愿:“我,我……”

洛金虎的手一用力:“赶驴哪? 什么我我? 你还驭驭呢? 赔礼道歉,赶紧。”

“哎呀!”胖子疼得一声叫,没办法只好向林向东赔不是,“小同志对不起。”

“说!”洛金虎不依不饶地说:“谁是个㞞?”

胖子忙不迭地说:“我是个㞞,我是个㞞。”

“别把小米不当干粮,知道不?”洛金虎这才把胖子放开,教训道,“要不是看着你态度还算诚恳,又要上车,非带回去好好教育你,让你认识认识啥是真正的警察。”

胖子灰溜溜地排队去了。洛金虎没好气地看了林向东一眼,拍拍手抬腿回值班室了。

林向东也讪讪地跟了进来,还没来得及向洛金虎表示感谢呢,被洛金虎一顿臭骂。

洛金虎刚在外面没好意思发脾气,这阵没人了才撒出来:“看你那个㞞样,当警察让人打了? 真他妈给警察丢人!”

林向东嘟嘟囔囔地辩解道:“是他不讲理,我没防备嘛。”

“切切,看你软得跟个蔫茄子似的,还没防备?”洛金虎从心眼里看不上林向东,不免嘲讽地说,“说你是个软蛋,还充硬?”

林向东从小娇生惯养,从来没有挨过人骂,既不会和人打架也不会骂人。洛金虎的几句话太重了,他有点受不了,眼泪“叭嚓叭嚓”地落了下来:“你咋骂人?”

“得得,”洛金虎不耐烦地一挥手,“没法跟你这种人说,跟个娘们似的。”

入夜了,车站广场空荡荡的,一位离家出走的少女失魂落魄地在广场转悠。

少女叫安娜,今年十七岁,因为高考压力太大,学习成绩上不去挨了父母的骂,一气之下离家出走。她坐了汽车坐火车辗转走了数千里。到了凤城已是身无分文,这时才感觉到家的温暖,父母的慈爱,后悔自己一时气盛盲目地离开家、离开父母。但已经来不及了,没钱回家了。安娜不敢在候车室坐得时间长了,怕被工作人员清出来，想在广场转一会，到夜深了再回到候车室睡觉。这时她心情非常沮丧地徘徊在树林中、草坪上。

赖三和几个小混混哼着下流小调闲逛过来。赖三一眼看到六神无主、独自徘徊的小安娜，马上就猜想到可能是离家出走的，不禁动了歪心。他对几个小赖头打了个手势，几个人凑过去将安娜围住。安娜吓得浑身颤抖着往后退，后面是一棵大树，没有了退路，一下子靠到树上问："你，你们想干什么？"

赖三油腔滑调地说："哥们儿是看妹子挺孤独的，陪你玩一玩。"

另外几个跟着说下流话起哄，安娜吓得魂飞魄散不知所措："不，不……大、大哥，你们看错了，我不是那种人。"

"没看错，好女人才有味哪，哈哈……"小混混们说着就对安娜动手动脚地调戏起来。安娜吓得缩成了一团，哆哆嗦嗦地叫道："啊！你不要动我，我要喊啦！"

赖三从腰里抽出匕首，威胁道："喊？再喊就捅了你！跟我们走！"

"救命……"安娜挣破了胆子喊了一嗓子被赖三捂住了嘴，几个人拖着安娜就走。

这时，洛金虎和张铁路值班巡视到广场。张铁路眼尖，发现小树林有几个人影晃动搅在一起，知道可能有情况，捅了一下洛金虎。

出于职业习惯，洛金虎对这类事情反应相当机敏，没等张铁路说话，三两步就蹿过去，迅猛得像老虎，迎头挡住这几个人，用手电射向他们的脸："站住！我是警察，举起手来，把手放到头上。"

赖三顺势将匕首扔到草坪上举起手来，张铁路也过来，两人一前一后将他们堵住。

赖三看是张铁路和洛金虎，连蒙带骗地说："二位班长别误会，这姑娘是离家出走的，我们是找她回家的。"

"叔叔。"安娜赶紧躲到洛金虎身后，紧紧抓住他的衣服不放，"不，不是，我不认识他们。"

洛金虎和张铁路一看就明白，不容分说，带着安娜和赖三几个人回到值勤室，分开进行审问。

洛金虎在外屋审赖三，赖三狡辩道："我们就是想和她认识认识，交个朋友，这也不犯法，不愿意就算了，谁也没把她怎么着。"

"屌毛灰！交朋友？还怪了去了，用匕首交朋友？"洛金虎问，"你的匕首呢？"

"没得事,哪有匕首?"赖三开始耍赖。洛金虎一拍桌子,大喝一声:"说!"

"生孩子不叫生孩子,叫吓人哪? 干吗吹胡子瞪眼的,没证据,没后果,能把我咋样?"赖三先被吓了一跳,继而又定了定神,经常和派出所打交道,知道每个人的脾性。要在平时他不敢在洛金虎跟前扎刺,今天不一样,他知道今天他们行为的严重性,所以想挑点事,也好能闯过去。洛金虎被他一激,火往上撞:"你……"

"我,怎么啦?"赖三摇头晃屁股继续进行挑衅。

洛金虎气得火冒三丈:"我还就不信这个邪,还整不住你了。"

张铁路在里屋听到外边的吵声,知道洛金虎的莽撞劲上来了,怕他出错,赶紧跑出来,一把拉住洛金虎:"老虎……"

洛金虎的脾气已经上来了收不住了,一拳把赖三打倒在地。

赖三躺在地上耍赖大喊大叫:"不得了啦,警察打人啦。"

洛金虎一把将赖三拎起来,又一拳打倒在地:"警察不打好人!"

赖三一边躲避一边喊着:"好,打得好,再来几下,不打死我你是孙子。"

"我是孙子,我看谁是孙子,我让你叫爷爷都叫不出来!"洛金虎又一个大嘴巴轮过去,这一巴掌打得可是真够重的,差点把赖三的牙打掉。赖三吐了一口血,杀猪似的叫了一声:"妈呀! 疼死我啦,打死人啦……刑讯逼供啦! 我要告你!"

这时马挺彪、路遥、徐海发、林向东得到信息赶了过来。

洛金虎这事做得出格了,路遥牛气地撇了洛金虎一眼,在当事人面前不好责备下属,但他更是见不得像赖三这样的坏蛋,在这一点他和洛金虎有共性。路遥怒不可遏大喝道:"呸! 你也配告状? 什么时候你都是在被告席上。先把他铐起来。"

张铁路、林向东上前把赖三铐起来,架到另一个屋去了。

此时的马挺彪却非常沉稳,显出老姜的老辣之处。毕竟在基层待得时间长,派出所遇到这类人和这类问题是家常便饭,处理得多了也就有经验了。这事洛金虎有过错,罪犯抓的就是这点。路遥在气头上也很不冷静,事情这么处理麻烦就更大了,他吩咐徐海发处理此事,把路遥、洛金虎叫了出来。来到指导员办公室,马挺彪为他们倒了两杯水,让他俩先平静一下。

路遥把杯子往桌上一顿,对洛金虎开始发脾气:"什么时候才能改了你这熊脾气,啊?"

洛金虎气还没消,鼓着腮帮子说:"这种人就缺修理,有什么事我自己担着。"

"你……混尿!"一句话把路遥噎住了,顶得他说不出话来。

“老虎,你坐下!”马挺彪虎着脸严肃地说,“所长这是爱护你,知道不?你眼里不揉沙子,见坏人就眼红,这我知道。难道罪犯就不是公民吗?打人是违法的,对犯人刑讯逼供也是违法的,你这是执法犯法。”

经马挺彪这么一训,洛金虎的心气才降了下来:“我也知道,可就是忍不住,受不了。”说着气又来了,发狠道,“一看到这种玩意气就不打一处来,要是我说了算真想一枪崩了他。”

“啪!”马挺彪一拍桌子,发火了,“越说越能了,以后还敢叫你带枪啊?我现在警告你,不听警告先关你的禁闭。”

马挺彪一发火洛金虎蔫了,他最怕被圈起来。洛金虎赶忙认错,说:“别,别,指导员,我不敢了还不行吗?叫我干什么都行就是别关禁闭,那得把我憋死。”

马挺彪说:“那你写检查,先在支部大会上做检查,再在干警大会上检查。”

“行,我检查。”洛金虎乖乖地接受了。

值班室那头,徐海发暗中吩咐张铁路和林向东去找凶器,自己为赖三解开铐子。刚才路遥一发脾气,赖三有点懵,稀里糊涂地被铐上,稀里糊涂地又被解开了。他是觉得事惹大了,抓洛金虎一点把柄,以求对自己处理得轻一点。经路遥这么一折腾这茬全忘了,摘开铐子才后悔,早清醒过来他还不让解铐子了呢,现在解开了也只能如此了。

徐海发递给了他一根烟,待情绪都稳定了一些。徐海发开始发问:“你知错吗?”

赖三说:“徐大叔,您知道我小三,一向认罪态度最好。”

“好,那你说,你犯了什么罪?”徐海发见赖三上道了,抓住尾巴追着问。

“我……他这个,我什么罪也没犯。”赖三一时语塞,知道上了套,但话又收不回去了。

这时,张铁路拿着一把匕首进来交给徐海发。徐海发见拿到了证据,马上严厉起来,他把匕首往桌子上一拍问:“这是什么?说!半夜三更,持刀挟持少女,想干什么?”

赖三彻底软了,跪在地上求饶道:“徐大叔,我认罪,请求宽大处理……”

洛金虎刚做完检查,第三天事情就捅到了公安处,纪委来电话追查此事。

来电话的是纪委书记乔正,接电话的是路遥。

乔正对洛金虎的处理很不满意,电话里充满了责怪。因为洛金虎已经不是一两次犯同样的错误了,他批评对洛金虎的处理太轻描淡写,也批评所领导不重视队伍的思想教育和违法乱纪问题,特别是对问题隐瞒不报,不但为将来留下隐患,也使上级疏于对下情的了解。

路遥有自己的想法,上级任命一个所长就是来管事的不是当摆设,什么事情都让上级领导来解决还要这个所长干什么?洛金虎的事他把责任揽到了自己身上,肯定了洛金虎工作热情,并重申所里已做了处理,希望纪委不要插手此事了。

“你这叫护犊子!”乔正生气了,在电话里大声斥责路遥目无领导,目无纪委,这样下去是要捅大娄子的!那边批评得很生气,这边听得也窝火。路遥开始犯驴了,忍耐不住对着电话大声喊道:“天塌下来我顶着!”

“张狂……”乔正的话还没完,路遥却“啪”的一声将电话压掉了。

路遥气还没消,他不仅生乔正的气,心想纪委嘛,大事多了去了,不去抓,弄点鸡毛蒜皮的事抓住不放,真是没事干了。他更生属下的气,这事肯定是自己人给捅上去的,谁有事不能当面澄清非要告阴状?路遥平生最恨两种人,一种人是罪犯,一种人是阳奉阴违的人。

路遥拿起哨子跑到院里吹起了紧急集合哨,大喊了一声:“全体集合!”

大伙不知道发生了什么事情,听到紧急集合哨响,全体干警马上在院里列队集合。

“立正,向右看齐,向前看,稍息!”路遥整理好队伍,一脸的怒气,大声问:“是谁向纪检打了小报告?把洛金虎的事捅出去了?我最讨厌这种记小账的人!嗯,有胆子站出来!”他满面怒气地从每个人面前走过。

大家你看我,我看你,不知所然,只有林向东低下了头。

这事确实是林向东捅到纪委的。前两天洛金虎骂了他,心里觉得很委屈。心想你凭什么骂我?我父母亲都没骂过我,不就是个老民警吗?有啥牛皮的?但表面又不敢顶,他确实怕洛金虎的愣劲,所以就耿耿于怀。那天洛金虎打了赖三,可找到报复的机会,就把这事捅到了纪委。可是捅完之后,很懊悔,认真想了想,洛金虎骂人也是嫌自己窝囊,也是为自己好。觉得挺对不起洛金虎的,更没想到所长为这事上这么大火,现在事已如此,当着大伙的面怎么也抬不起头来,更不敢承认是自己告的状。

马挺彪觉得有人告状固然过分,然而路遥这事处理得也极不冷静。虽然这么做是为洛金虎抱不平,但告状的人同样不都是下属吗?厚此薄彼显然欠公平。路遥毕竟还是太年轻,带兵时间太短,当着全所人的面把这事挑出来谁能受得了呀。想到这,马挺彪走出队列讲话:“同志们!首先应该指出洛金虎同志殴打涉案当事人是错误的,他本人已经写出了深刻的书面检查,在支部大会做了检讨,下一步还要在干警大会上做检查,这个问题已经做了处理,今天也向大家通报一下。这事儿支部没有及时向大家通报,有的人不知道,也不怪大家,希望洛金虎和大家都认真吸取教训。我认为,只要有利于工作,所领导不反对向上级反映我们存在的问题,这是每个人的权利和义务。”马挺彪的话既有对打报告的人含蓄的批评,也有对向上级反映问题行为的肯定,还有对路遥热心的提醒。他接着说:“我只希望同志们在反映问题的时候客观对待和认真分析。如果我们这一级组织没有很好地解决问题或必须上级解决的问题,大家是可以反映的。大家还有什么问题没有?”

“没有!”

马挺彪说:“好啦,这件事情到此为止,再也不要提了,解散。”

队伍解散后,马挺彪单独与路遥进行了一次交谈,其实路遥已经知道自己这么处理问题欠妥,他很佩服马挺彪的老练与处事的公道,作为一个指导员他的政治工作水平从来没有显示到嘴皮子上,而是用身体力行的风范带动着所有的人。有马挺彪当指导员,路遥觉得背后是一个坚强的后盾,是有力的靠山。

## 三

已是夜阑人静时。一阵电话铃声把路遥从睡梦中惊醒，电话是车辆段保卫股打来的，报告段财务室被盗，要求迅速出警。财务室被盗是大案，路遥不敢怠慢，马上穿好衣服，一边叫起了陈春生、罗明出现场，一边向处刑警队报案。路遥带人迅速赶到了现场，保卫干事已将现场保护了起来，财务王主任也接到通知到了现场。路遥吩咐罗明去找巡守员做一个访问记录。

保卫干事向路遥介绍是凌晨三点钟巡守员巡逻时发现的，财务室窗户栏杆被撬，损失情况不明。

路遥问财务室主任："财务室昨天存放现金了吗？"

"有，有五六千块钱吧。"王主任说。

路遥非常惊讶，财务有规定不允许存放这么多钱过夜，超过数额要存银行的，很显然财务室违反了规定。

王主任知道这事违反了财务制度，忙解释道："昨天下午，会计小刘孩子病了，请假去给孩子看病没回来。往常都是会计和出纳一块存钱的，结果就剩出纳一个人了，我怕出事就没让去存。"

罗明对巡守员做完笔录，据巡守员讲，按规定每天晚上巡逻两次，一次是前夜二十三点半，第二次是后夜三点钟。他第一次巡逻时财务室一切完好，第二次巡逻时发现被盗。据此判断发案时间应该在二十三点半到凌晨三点之间。

一辆警车开进来，李长青带着刑警和技术科的技术员赶来了。

路遥迎了上去，李长青问："情况怎么样？"

路遥说："我刚才大概在外围转了一圈，罪犯可能是撬窗入室，里边的情况不详，外围访问都做完了，就等你们来勘查现场了。"

"好。"李长青向队员们说："现在从外围往中心展开勘查，注意寻找犯罪痕迹。"

刑警、技术员和陈春生开始了勘查现场。

李长青让财务主任把财务室打开。王主任将财务室的门打开，一眼就可以看到里边保险柜大开，办公桌被撬，抽屉放在桌上。李长青命令技术员拍照把现场固定下来。

技术员一边勘查一边报着勘查数据和认定痕迹：“保险柜没有撬痕，是用钥匙和密码打开的，里边所有的现金都没了，有一个本子在保险柜上，是保险柜的说明书，上边记着一串数字。”

李长青戴上手套接过说明书问财务主任：“这一串数字是不是保险柜的密码？”

王主任看了看说：“是的。”

“带回去提取上面的指纹。”李长青又问，“说明书是谁保存的？”

“是出纳。”王主任指着被撬的抽屉说，“这个抽屉是他的，平时就把说明书放在抽屉里。”

“这可好。”李长青说，“只要打开抽屉，全套资料都是现成的，保险柜有什么用？”

王主任赶忙检讨：“也是我们太大意了。”

“这是常识性的问题。”李长青批评道，“从客观上讲犯罪大多是由于管理漏洞造成的。”

“是是，我们以后一定纠正。”王主任立即接受批评表示整改。

陈春生在移动被撬的抽屉时发现下面有两枚足迹，他惊叫着：“李队，所长，你们看，这下面发现两枚足迹。”

李长青命令：“固定、拍照。”

技术员、陈春生拍照，测量、固定。路遥上前看了看足迹，用手一量，说：“这个人大概一米八左右。”而后与李长青交换了一下眼色。这才叫心有灵犀一点通呢，两个人对案件的性质已经有了共同的看法，眼神的交流已经告诉对方他们破案的方向是一致的。

“这是一起监守自盗。”路遥肯定地说，“王主任，你们财务室一共有几个人？”

“连我一共三人。”王主任说。

路遥道：“另外两个人的情况你说一说。”

“会计是个女的叫……”王主任还没有说完，路遥就止住了他的话头，“女的？那就不要说了。说说出纳。”

“出纳叫李强，今年二十五岁。”

“身高多少？”

“一米八左右。”

听到这里，犯罪嫌疑人已经确定了，路遥冲李长青点点头。

李长青命令：“立即传讯李强，并对他的住处进行搜查。”

李强在宿舍里睡得正香，被一阵敲门声惊醒。他睡眼蒙眬地把门打开，罗明和几个刑警闯了进来。

“别动！”罗明命令，“我们现在对你进行传讯并对住处进行搜查。”

搜查中在李强的枕头下面发现了失窃的现金，在床下发现了作案的鞋。

作案人就是李强。出纳是过手财神，大量现金从手里过，李强非常动心。昨天财务室的现金没有往银行里存，他就打上了主意。最后琢磨了一个撬窗入室的伎俩，把保险柜里的现金全部盗了出来，还画蛇添足地故意留下了两个脚印。

李强看过不少关于侦察破案之类的书，这两个脚印是故意留给警察的，一个是从窗子里进来的，一个是从窗子里出去的。他想把警察的视线引向歧途，没想到正是这两枚足迹给警察提供了方向，更没想到警察这么快就找到了他。作案后就回宿舍放心大胆地睡觉了，赃物没来得及转移，作案工具没来得及销毁就被抓获了。

忙乎了一夜，全案告破。案子破得神速，回到所里罗明和陈春生还在兴奋中。

罗明是路遥的崇拜者，不但为路遥作风、人格所折服，更被他清晰的破案思路、缜密的逻辑思维方式所痴迷。今天出现场他一直跟在路遥后边，想学个一招半式的，但到现在也没有弄明白，路遥怎么看了一眼那两枚足迹就马上判断出是内部作案的，而且马上就能准确做出李强就是案犯的推定。不禁好奇地问：“所长，你是怎么判断出监守自盗的呢？”

为总结经验，路遥把自己破案思路以及逻辑推理的演绎过程和盘托出。

一进入现场，路遥的第一个印象就认为不是流窜作案，因为现场作案目标的指向很明确，从窗口进到现场，之后撬抽屉，之后用密码和钥匙打开保险柜。对其他物品根本没有任何翻动，从这一特点来判断就不是流窜作案。在进一步的勘查中，桌子上的那两枚足迹证实了判断的正确性。因为这两枚足迹露出了明显的破绽，两枚足迹不符合逻辑。

“不符合逻辑?”罗明还是没明白。

“是的。”路遥进一步解析,“那两枚足迹的方向一个是向内的,一个是向外的,一进一出。向内的足迹肯定是进来的,向外的呢是出去的,也就是说是罪犯从窗口出去时留下的足迹。”

“对,从足迹的方向应该做出这种判断。”陈春生道。

“罪犯也是要我们做这种判断。”路遥继续说,“我们先看一下作案的顺序。从现场反映的作案顺序,表面上来看罪犯是从窗口进到现场,进去之后撬开抽屉,然后取出保险柜的钥匙,发现密码,再盗窃保险柜,盗窃完毕,又从窗口逃走。对吧?”

“是的。”罗明道。

路遥问:“两枚足迹都压在抽屉下面是吧?”

“是。”罗明答。

“向内的足迹被压在抽屉下面是合理的,因为是先进房后撬的抽屉,有可能把进来时的足迹压在下面。关键就在于出去的时候留下的这枚足迹,也压在了抽屉下面。”路遥一层一层地进行剖析讲解,“这问题就出来了,罪犯是想伪装成从窗口进来从窗口出去,但他是先伪装了足迹再作的案,把顺序搞颠倒了。他在撬抽屉后把抽屉放在了伪装好的足迹上面,这样现场就出现了一个逻辑错误,因为有一枚足迹是出去时留下的,案犯将进来的足迹和出去的足迹一块压在了抽屉下面。从窗口出了屋的人怎么能用抽屉压住自己出去的足迹呢? 除非这枚足迹是伪装的。”

说到这里罗明才恍然大悟:“因为罪犯荒诞的足迹出现了逻辑错误,才判断足迹是伪装的。流窜作案肯定是不用伪装的,作完案跑都跑不及呢。因此,伪装足迹的,必定是内部人所为。”

“你不笨嘛,也学会推理了。”陈春生开玩笑地说。罗明又问:“那罪犯是从哪出去的呢?”

路遥说:“这个问题就不用说了,肯定是从门出去的。”

“神了,入情入理。”罗明赞叹道。陈春生说:“这小子真笨,能把自己出去的脚印压在了抽屉下头。”

罗明说:“他更没想到我们这么快就能破案,连作案用的鞋都没来得及销毁就抓了个正着,钱还没藏就完璧归赵了。哈哈! 这案子破得真痛快。”

# 第七章

# 棋盘点兵

QIPAN DIANBING

# 一

夜幕降临，凤城市灯光闪烁，皓如星海，半个天空犹如白昼。马路上车辆川流不息似黄河之水天上来，划过苍茫的夜色在楼宇间流淌着向远处游移而去。

郝冬云是凤城车站的副站长，四十岁出头，个头不高，透着精明，平生有一好——围棋。今天值班，没人跟他下棋就自己摆上棋盘一手执黑一手执白仔细地在棋盘上揣摸。

路遥查岗回来发现副站长室还亮着灯，便上前敲敲门。

郝冬云开门看到路遥，非常高兴，指着桌上的棋盘："我正研究围棋呢，有兴趣吗？下一盘？"

路遥谦逊地说："我可是不太精通呀。"

"什么精通不精通的，我也是半瓶醋，玩玩而已。"郝冬云搬了把椅子让路遥坐下，又给他倒了杯水。路遥执黑先占右上角星位，说："那我就陪站长下两盘，不客气了。"

郝冬云占左上角星位，路遥三两招在右下角缔成无忧角。

这是一流的功夫型布局。郝冬云不得不刮目相看，不敢怠慢，赶紧布一子在大场要点以限制黑棋向内发展，同时也可使自己的白棋扩张左下角。二人一招一式的对弈开来……

围棋在我国源远流长，相传早在尧帝时就有了围棋。到了唐朝围棋已经十分盛行，而且越出国界传入日本等国，以后流传到世界各地。自古以来琴、棋、书、画，四大技艺一直为文人雅士所推崇，到了近代由于战乱不断，民不聊生，围棋也就衰落了。直到新中国成立以后，人们有了安定的生活，围棋才又兴盛起来。路遥就是聂卫平掀起旋风的时候在学校开始接触围棋的，不久便能走出一些棋式来。

眼见着棋入中盘，路遥处于劣势，但他并不急着破局，而在找机会。

看得出路遥的棋风稳健，思路独特，布局不俗。郝冬云知道遇到了高手，也加紧了角力。他的棋路变化多端，攻势凌厉，十分的霸道，招招充满杀机。

路遥沉稳应战渐渐扳回，场上势均力敌。

郝冬云不禁夸奖道：“行，棋路老练辛辣，你要专门攻一攻围棋一定提高很快。”

路遥也赞赏道：“站长的布局大气，老谋深算，且多了几分霸气。”

“哈哈！”郝冬云爽快地笑了，自嘲道，“是吧？有人说我下棋有楚霸王之风，而且又多了几分谋略。观棋如观人啊，你说是不是？”

“看来站长下棋颇有心得啊？”路遥说。

“也算是，不过是粗枝大叶！”郝冬云侃侃而谈，心得颇丰，“谋大略亦知己知彼，方能百战不殆。知己不知彼或知彼不知己，胜算各占一半，多算多胜，少算少胜，不算不胜。孙子兵法用在军事上如此，用在棋道上亦如此。”

“精辟！”路遥十分欣赏郝冬云的见解，不免加以概括，聊以抒怀，“见小利不能谋大事，耳目宽则天地窄，争务短则日月长。拨开世上尘氛，胸中自有广阔天地，消除心中蝇垢，眼前自有风月到来。棋道如此，人生如此，世事如此。”

这一番话胸怀博大，思想深邃，郝冬云大为赞叹：“噢！你这么年轻又有如此见识，不简单。这谈的就不仅是棋道了，是哲学。”

“哈哈！”路遥一笑，“哪里哪里，从书中拈来的。”

“谦虚！就凭这几句话就可看出博学！”郝冬云赞道。

这一赞扬，路遥反倒不好意思起来：“就是读了一些杂书，除了在学校对公安管理算是系统地进行了学习，其他的书就是逮着啥看啥。”

郝冬云又赞道：“杂家，杂家！杂家没有规矩所以不受限制，思想才活跃，视野才开阔。”

路遥说：“你说没有规矩这点我倒赞成，我从不墨守成规。”

二人又回到棋盘上。

# 二

如果说四月的风是细腻的，五月的风就是张扬的。五月的风从春天走来，又走进了夏天。熏风紫气，挥挥洒洒，带着芬芳，带着温馨，带着迷人的色彩，火辣辣地吹来，将春天的柔情和夏天的热烈，渲染得淋漓尽致……

暑期到了，路遥立即着手准备防洪工作。

山雨欲来风满楼，大雨真的来了。这天下午，天阴沉沉的黑锅底似的。突然，一道电光闪过，紧接着“咔嚓！”一声巨响，雷从天上滚过。一阵狂风后伴随着五分硬币似的大雨点噼噼啪啪打了下来，马路上腾起一股烟气，大雨倾盆而下，一会的工夫大街上开始积起水来。

张铁路脚下噼里啪啦的溅起一趟水花，跑进路遥的办公室，脱掉雨衣抖抖雨水说：“刚才郝站长通知山洪下来了，小泾河的水位一直在上涨。处指挥中心讯问这边的情况。”

“你把情况向指挥中心报一下，再通知所里的其他同志，全体待命。”路遥一边吩咐一边穿雨衣，“我和春生出去巡逻了。”

路遥和陈春生开车往小泾河去。吉普车在路上行驶，雨点打得车顶棚“嘭嘭”地响，车轮子卷起水花。车在小泾河的公路桥边停了下来，路遥、陈春生从车上下来，察看水势。

小泾河是一个干涸的河道，一到雨季特别是遇到下暴雨，山上的洪水就会下来。此时小泾河里洪水滔滔，山洪一浪一浪地往下赶，河水已经快漫上了公路桥面。

路遥看着湍急的水流，计算着流量，估计这么大水流量铁路的桥涵肯定承受不了。公路离铁路还有一段距离，车开不过去，他们把车停在公路旁，徒步走到铁路线上。

天渐渐黑了下来，路遥和陈春生走到铁路桥涵旁与巡道工相遇。

洪水已经漫过桥墩，开始冲刷路基，这段线路随时都有被冲断的危险。

路遥看了看手表心里暗吃一惊，这个时间正好有一列客车开过来，运行在区间。他吩咐巡道工赶紧往上行走，速度要快，把客车拦住。又让陈春生回车上，报告情况。

巡道工拧亮红灯向前跑去。

陈春生来到车上用车载台向基地报告情况……

线路前方，一列客车满载旅客飞速向出事的方向开来，车上的司乘人员和旅客根本不知道前方将要塌方……

河水越来越大，滔滔洪水卷着泥沙和杂物奔腾而来，涵洞排流量不及河水速度快，洪水开始漫上河槽，冲刷着路基。

路遥从远处搬来石块往河槽上垒，然而这一切都是徒劳的，就好像一颗小行星坠进了黑洞立刻被吞噬，路基开始塌方……

客车还在线路上飞驶，巡道工站在道心扬起红灯画着弧形。

本务机车司机发现前边有红灯，采取紧急制动，急刹车发出"吱吱"的响声。客车上，旅客们被突如其来的刹车惯性冲得前仰后合，车厢里一阵骚乱。广播里传来广播员的声音：旅客们请注意，现在是临时停车，请大家不要慌乱……

列车终于停了下来。

塌方处路遥和赶回来的陈春生拼命地往里填石头，在巡道工、车长和乘警的带领下一些旅客也加入了抢险队伍……

车站接到现场报告后，马上向铁路分局报告，并在二十分钟之内就组织好了抢险车队和救援物资，警车在前面开道，救援人员和物资源源而来……

一个浪头打来，路基塌陷，铁路被撕开一道口子……

站长杨立山、副站长郝冬云都到了现场。杨立山拿着话筒在现场指挥："我是车站站长，大家听我指挥，车站职工跟郝站长，养路工区的跟领工员，旅客们跟路所长，大家服从命令，从河槽顺序往下扎石头、沙包……"

人群开始有秩序的工作，装满沙石的麻袋被一袋一袋地投到冲垮的路基下……

路遥不停扛着沙包投向河里，突然一脚踩空落到水里，幸亏他身手敏捷反手抓住一棵小树，浪头打来差点将他卷走。

“谁来拉我一把……”路遥的喊声被滔滔的水声吞没，没人能听到。他的身躯像无根的浮萍在水上漂浮，随时有被大浪卷走的危险。他双手用力抓住树枝往上攀，小树支撑不了路遥的体重和水流带来的冲击，树根渐渐被拔了出来，路遥感觉到自己的身体向下滑着。情况十分危急，一阵恐惧袭来，感到说不出的无奈和绝望，觉得自己将和这棵小树一块沉沦了。正在这时，一只大手伸过来猛然抓住路遥，路遥猛抬头看是郝冬云。

郝冬云左手抓住一棵树干，右手抓着路遥的手：“抓住！用力!!!”

路遥被郝冬云拉了上来，还未等他说一声谢谢，郝冬云已扛起沙袋消失在人群中。

救援的人越来越多，一辆救援列车开来，分局救援的大队人马也到了，抢险的速度加快。吊车将沙包大量抛向塌方处，口子渐渐被堵住……

雨停了，河水渐缓，一抹彩云染红了东方的天际，雨后的清晨天空格外的清新……

事后，路遥为感谢郝冬云的救命之恩特意写了一幅大字：不爱江南杏花雨，独爱大漠檄天风。

# 三

自从路遥到凤城任派出所所长后，“铁老大”的活动空间就一再被压缩，犯罪活动比以前收敛多了。几次行动不仅打掉了销赃渠道，抓了贾富有，“老疤头”逃匿，而且还灭了他的两个得力干将张起东、李来顺。“铁老大”在铁路上不敢贸然行动，因此把作案目标转移到了地方。“凤城五兄弟”入伙以后，“铁老大”没敢派大用场，一是他还不摸这帮人的底细，不知道好用不好用，能量有多大；二是他没有看准作案目标。

“铁老大”出牌具有冒险性，但绝不胡来，没有十分的把握从不蛮干。上次他把“凤城五兄弟”引向铁路来是转移公安的视线，他们做到了，得到了“铁老大”的信任。这次把目标锁定了博物馆的文物，而这样大的行动必须用“凤城五兄弟”。

为这次行动，“铁老大”事先在博物馆设了内线，摸清了博物馆的警力配备布防，楼体结构情况和文物的存放部位及文物价值等情报，又通过道上的朋友找到了收购文物的下家，这才开始考虑行动的步骤。一切运筹妥当，他把金正名约到了一个废弃的工厂，两个黑老大又一次谋面了，这一次他们要制造一个震惊全国的大案。

风高夜黑，天阴沉着脸，没有一丝的星光，街道上的路灯昏昏暗暗，白天的喧闹声消失得无影无踪。凌晨两点，一辆面包车开到了博物馆的围墙外停了下来，几个人从车上下来，面包车在附近的一个暗处隐蔽起来。

侯正坤真不负“猴子”的绰号，只见他一蹿三两下就从一棵大树上爬上了围墙，将墙上的铁丝网绞断，把玻璃碴子清掉，骑在墙头上用绳子把其他四人接上墙，翻进院内。侯正坤爬到树上隐蔽起来，四犯跳进院后先在花木中潜伏下来。

一队警卫按时巡逻而过，“四兄弟”蹿过马路到达东侧门。

吴振奎是撬门拧锁的行家，配了开各种门锁、保险柜的钥匙，只要能将钥匙放进锁眼里他就能摸清这把锁的型号，锁齿的精度，然后就能在自己配备的钥匙中找到开锁的那一把。吴振奎几分钟就把带有保险的大铁门打开了。“四兄弟”从侧门进入楼内，王辉用外衣将摄像机掩住，迅速找到配电盘，切断了报警电源，吴振奎又用钥匙打开配有密码锁的内门，金正名和许超穿过内门进入目标展厅……

博物馆的五楼是一个监控室，外部警卫在门卫，负责外围警卫的不能进入主楼内。负责内部警卫的在监控室，通过各楼的监视器监控整个大楼的情况。“凤城四兄弟”进入主楼后就将侧门的监视器用衣服盖住了，一号监视器黑了。

监控室有两个值班员，一个叫王明亮，一个叫郑小川。王明亮发现一号监视器黑了，就对郑小川说：“一号监视器最近老出毛病，催了几次也没人来修。刚才还有视频，怎么这会黑了？我去看看。”拿着手电下楼来……

金正名和许超打着手电按照展品摆放的位置和特征寻找到了他们要盗窃的文物，许超用玻璃刀划开防护玻璃罩，把展物小心翼翼地取出来放在一个事先准备的袋子里……

王辉在二楼隐蔽警戒，突然听到有脚步声从楼上下来，拔出匕首隐藏在楼梯拐角处。这时，王明亮下楼路过，王辉从后面蹿上来一刀捅在王明亮的前胸上，王明亮倒在地板上，枪被王辉抢走。

金正名和许超正往袋子里装文物，王辉跑了进来说：“快点，上边的警卫下来了，刚才被我撂倒了一个。”

监控室里的郑小川用对讲机呼叫王明亮，王明亮听到呼叫声醒来，拿起对讲机用尽最后一点气力报告：“有人……抢劫……”

“唔……”郑小川拉响了警报。

“快撤！”金正名抓起装文物的袋子，四个人像受惊的兔子，从楼里仓皇逃出。

警报声惊动了警卫，他们拎起枪冲出了警卫室，从四面向这个方向包抄过来。

吴振奎离大门最近，第一个跑了出来，侯正坤骑在墙上一搭手将他拉上墙，许超动作快第二个跳出了墙，王辉是个亡命徒在后面掩护，金正名将文物袋子递给了侯正坤，攀缘着绳索上了墙。王辉根本不用绳索，一个掂步，一脚踹墙，借力而上，刚骑到墙上，警卫一梭子子弹打来正打在他的腿上，王辉站立不稳从墙上跌到墙外。这小子就是不含糊，在身体失衡的情况下能就势一个前滚翻轻轻地滚落下来。侯正坤跳下围墙，搀起王辉钻进面包车。转眼间，汽车消失在夜幕中……

## 四

博物馆发生特大抢劫文物案，市公安局向全市、公安部向全国发出了通报，一张大网迅速地张开了……

第三天，华仔给金正名送来了“铁老大”的指示，让他们携带文物当天下午动身去广州，并送上了去广州的火车通票。“铁老大”是按文物贩子选定的目标让“凤城五兄弟”作的案，这边一得手，他就马不停蹄联系文物贩子。因为他知道这些东西不能在“凤城五兄弟”手里放时间长了。一是公安机关一定查得紧，说不定哪天这哥五个就落网了。二是放在“凤城五兄弟”手里不放心。帮他联系的人动作很快，两天就和文物贩子联系好了，每件一级文物按一百万元的开价顺利成交。这四件文物都是战国时期的青铜器，其历史意义和考古价值都很重大，文物贩子倒卖到国外市场上每件起码价值上百万美元。

“凤城五兄弟”带着文物来到火车站，他们先在李金龙的咖啡店歇脚。

五个人一进咖啡店，把李冬梅吓了一跳，一个个怪怪的，特别是王辉刚中了一枪，腿上的伤还没好，一瘸一拐竖着眉毛，几乎是横着身子走进来的。她赶忙小心翼翼地接待。

五人要了几盘点心、五杯咖啡并让找李金龙来。李冬梅端上咖啡和点心，通知了李金龙。

李金龙来到前厅看见是“凤城五兄弟”，心里挺纳闷，虽然“五兄弟”和李金龙是老熟人，但和这些人早就断了来往，今天怎么能找到这来了呢？几人见面寒暄了几句，金正名说明来意，想让李金龙把他们送进站。

李金龙心里一动，但未露声色，马上痛快地答应了。为了进一步试探试探看他们究竟想干什么，拿了几听啤酒，用托盘端到桌上：“来，几位兄弟，我为你们送行，喝一杯。”

吴振奎馋酒，一见酒就高兴，顺手打了一听，说："来，喝一个。"

李金龙故意将啤酒摇了摇，猛地拉开环，把酒喷了金正名一身。他赶紧道歉，并随手掏出手帕为金正名擦啤酒，有意无意地朝老大的腰间摸去。他的手触摸到了一个硬东西，是枪！

金正名刚要发火，李金龙解释道："大哥对不起，把你的衣服弄脏了。"

"没关系。"金正名看了看表，"差不多了，麻烦你把我们送一下。"

"行。我进去吩咐一声。"李金龙进里间和李冬梅耳语了几句，李冬梅心领神会。

李金龙带着"凤城五兄弟"从通勤口绕过检票口进站，来到五号车厢上了车……

李冬梅来到派出所向路遥报告了刚才发现的情况。

路遥是多敏感的人，凭直觉马上意识到是大鱼撞网了。这不仅仅是基于对李金龙的信任，更有职业的敏锐性和责任感。

路遥站在派出所的院中央"嘟嘟"吹着哨子，大喊一声："紧急集合！"

全所干警除了在站上、候车室值班的以外，听到哨响，迅速集合起来在院里列队。

李金龙百米冲刺似的跑了进来，向路遥报告道："'凤城五兄弟'坐178次客车，带着枪呢，他们的座位在五号车的两头……"

路遥看了看表，离开车还有八分钟，迅速进行部署道："现在有一个紧急情况，'凤城五兄弟'带着武器上车了，这帮人究竟想干什么情况不明，请示上级已经来不及了，我们按紧急预案处置，我提议由马导在家留守，速请报告情况……"

马挺彪出列说："路所长，还是你留守……"

"指导员，别争了，家里需要你坐镇。"路遥不容置疑地一挥手说，"我点到的同志马上换便衣跟我上车。徐海发、张铁路、罗明、洛金虎、林向东！"

"到！""到！"……

林向东腿有点发颤，犹犹豫豫答道："报告所长，我……有点不舒服，肚子疼得厉害……"

"那……你就留下。"路遥说。

洛金虎"哼！"了一声插话说："怕是腿肚子疼吧？"

罗明也跟着起哄道："当警察干吗，回家抱孩子去吧。"

“都给我闭嘴！什么时候了还打嘴仗?”路遥眼神里透着威严，扫了一眼洛金虎和罗明用严厉的口吻命令道，“快去准备，五分钟之内分头上车，软卧车集中。”

众人齐声道：“是！”

林向东确实有点胆小，但也是个汉子，从小到大就没有经过这么难堪的场面，当着全所的人被奚落，他被激怒了：“所长，我去。谁他妈怕死谁是大姑娘生的！”

# 第八章

# 利剑出击

LIJIAN CHUJI

# 一

站台上，一列客车待发。今天旅客还特别的多，始发站就将近满员了。

人们就像一群忙碌的蚂蚁，手提肩扛怀抱，大包小包，急匆匆的上上下下……

路遥等人动作十分迅速，这会已经麻利地分别上了车……

派出所的大院里，两辆警车急速地开了进来，从车上下来一队便衣。他们是市公安局刑警队的刑警，领头的是刑警队长张力。不用介绍，马挺彪都认识，他上前热情打着招呼。

张力来不及寒暄，焦急地说："前天通报的市博馆被劫案，已经有了重大突破，案犯就是'凤城五兄弟'。据刚得到的情报说他们已经携带文物上了178次客车。"

马挺彪说："你们来得正好，我们也刚得到情报，我所的路所长已经带人上车了。"

"太好了！"张力问，"现在上车还能来得及吗？"

马挺彪看看表说："快一点能赶上，我送你们进站。"

呜！一声汽笛长鸣，178次旅客列车缓缓启动开出凤城车站。客车上旅客们已经就座，车厢内开始稳定了下来。广播喇叭里播送着《喜洋洋》，广播员开始介绍车长、乘警和各车厢列车员。

路遥一干人马上车后都来到软卧车，列车长、乘警长已闻讯赶到。列车长打开8号和7号两个包房，安置大家坐好。路遥向车长、警长简单地介绍了情况，要求他们共同配合。车长很爽快答应全力以赴，支持配合。乘警长是自家人，更没问题。

这时，张力带着几个便衣找来："哪位是路所长？"

"我就是。"路遥问，"你们是？"

张力掏出工作证说："我是市局刑警大队的，为了'凤城五兄弟'的案子。"

"张队长你好，你们来得太及时了。"路遥与张力握手并向他介绍了车长和乘警长。

突然，路遥的对讲机响了。马挺彪用基地台向他呼叫："02、02，我是01，听到请回答。"

路遥抓起对讲机："01请讲。"

马挺彪说："现在我传达公安处的指示，你们要与市局干警、乘警配合行动。公安处已经向路局、部局报告，并通报沿线所有公安处、公安所配合你们。车上行动授权你指挥，公安处方处长乘一辆指挥车率刑警在后边跟进支援，大概在石口车站能赶上178次，方处长随车指挥。指挥代号'蓝盾'，你的代号为'利剑'，频道三，听明白了吗？"

路遥答："明白。"他将代号复述了一遍："蓝盾，利剑，频道三。"

张力坐下来向大家介绍情况："市博物馆被盗案你们都知道了，'凤城五兄弟'是一伙亡命徒，他们这次携带那些文物找买主，我们今天要对付的不是一般结伙的流氓，可能是一伙武装到牙齿的狼。因此只能智取，不能蛮干。"他拿出来'凤城五兄弟'的照片，让大家传看。

路遥根据李金龙的介绍把"凤城五兄弟"的座位分布情况画了一个草图，指着图说："他们坐在五号车厢的两头，大概是1、5和117、118、112，具体谁坐在什么位置一会派人把情况再摸一下。"

178次客车在以每小时八十公里的速度向前奔驰，在178次客车的后面一百二十公里外的公路上，两辆尼桑越野高速向178次客车追赶而来，警车一路拉着警报不停地超过同行的车辆，他们就是从省城出发的铁路公安处处长方克带领的人马。

方克乘坐的是一辆警用指挥车，车上还有刑警队长李长青、特警队长蒋南，女刑警田园，另一辆车上是刑警队、特警队的一帮铁血精英。他们是在接到凤城派出所报告后不到五分钟组织上路的。

方克出身刑警，对此类信息类反应特别迅速，当他得到报告就敏感地意识到将有重大突发事件发生。携带武器的团伙上旅客列车，这还是他干警察以来第一次遇到的重大事件，列车上有上千名旅客，一旦发生武装冲突后果不堪设想。方克深感事态严重责任重大，便亲自出马督战。

汽车一路通行无阻，走过一段平原开始进入山区，峰峦起伏叠嶂，山路蜿蜒崎岖，沟壑纵横陡立，路旁的树木呼啸着向后飞去。汽车以一百二十迈的速度前进，但方克仍觉得太慢，一再催促司机再开快点。他看着手表默默计算着时间，公安处所在地的省城距凤城有一百二十公里的路程，这一路段大多与铁路并行，以铁路的路况和公路的路况跑起来，火车以每小时六十到八十公里的速度前进，以火车前进二百四十公里的路程，中间有两个停车点，大概每次停车十五分钟左右，汽车一百到一百二十迈，按两个半小时左右计算，在石口车站差不多就能赶上178次车。

方克已经把各种可能都做了认真的考虑，除了命令沿途各车站派出所随时应付突发事件，做好上车应战的准备，还请求铁道部公安局向沿线邻局各公安处发布了协助应变的命令，并请公安部要求各地方公安机关予以全力配合。

在公安部的统一指挥下，在铁道部公安局的指令下，沿线各路、地公安机关已经动了起来……

# 二

178次客车在大青山站停车了。徐海发、张铁路、罗明为一组，洛金虎、林向东为一组化装成旅客分头上了五号车厢。车厢里开始超员，过道里都站满了人。

徐海发提着手提箱挤到金正名的坐席旁，罗明、张铁路也从车厢连接处挤过来朝徐海发猛地一撞。徐海发"哎哟"一声从侯正坤的腿上翻过去，歪倒在茶几下面，顺势将座位下边的情况看了一遍。侯正坤捂着腿，疼得大叫一声："哎哟，砸死我啦。"

罗明顺势一靠向侯正坤腰间摸去，手触摸到一件硬东西，是枪。侯正坤感觉到被触摸了一下，吓得跳了起来，一把抓住罗明的衣领骂道："你他妈找死啊？"

罗明赶紧赔礼道歉："对不起，是我不小心，碰着这位哥了。"他歪着脖子朝张铁路发火："挤什么挤？"又顺手把徐海发拉起来，轻声耳语道："他们有枪……对不起，没伤着吧？"

徐海发生气地埋怨说："这么多人，长点眼色好不好？"

"我不是想到前边找个座吗？"罗明解释道。徐海发没好气地说："把你美的，哪有座？"

罗明说："那我就在这凑合站着吧。"

五号车的列车员叫珊珊，是民警罗明的妻子。珊珊从乘务间出来发现了罗明，高兴得刚要叫喊，被张铁路发现一把掐住了胳膊。张铁路在珊珊面前向来都是一本正经的，一副大伯子样从不动手动脚。也是太紧张了，这一抓把珊珊差点掐出眼泪来。珊珊马上意识到他们是在执行任务，没敢再吭声。罗明看到了珊珊将手指放到嘴边上向她摆了摆，轻轻的嘘了一声。珊珊从罗明跟前擦身而过。

洛金虎上车后一眼就辨认出了吴振奎和王辉，马上进入了状态。

林向东似从未出过门的小孩儿，胆战心惊地跟在洛金虎屁股后面。他是逞一时之气来执行任务的，但真的要面对罪犯了心就像要跳出一样。他在意念上竭力控制自己的情绪，不想让人小看了。可是无论如何做不到，一种恐惧感挥之不去。

洛金虎看出来林向东的胆怯，心里一阵鄙视，暗中骂道："跟你一块执行任务真他妈倒霉！"狠狠地瞪了林向东一眼，再也不去管他，自己开始了行动。他掏出香烟拍拍吴振奎的肩说："伙计，借个火。"

吴振奎把打火机递给他，洛金虎趁机向他献了一根烟："谢谢，接上一根？"

吴振奎接过烟，洛金虎借机搭话："是出差呀，还是旅游哇？"

"出差……啊不，旅游。"吴振奎答道。洛金虎从包里掏出一瓶酒，还有一包牛肉，一包花生米放在茶几上，与吴振奎套起了近乎："咱们投缘，来喝两口？"

吴振奎有十三恶习，最大的恶习就是喝酒玩女人，见了女人腿软，见了酒走不动路。洛金虎手里的酒往桌上一放他嘴里就开始流涎水："不……不。"嘴里说着不，眼睛却不听使唤，直勾勾地看着酒瓶。

洛金虎眼神多毒，一眼看出来这小子是个酒虫，心里一阵高兴，暗想：遇到我算你倒霉，你他妈遇到酒仙了，先拿下一个再说。乘机一挤坐在吴振奎旁边，劝道："哎，烟酒不分家嘛，再说了这坐火车也实在难熬，来喝两口。"

"那就来两口？"吴振奎就坡下驴说。

"哎，这就对喽。"洛金虎用牙一磕把瓶盖撬掉，自己闷了一口，把酒瓶子递给吴振奎操着山东话说，"来，丢。"

王辉还没来得及制止，吴振奎已经抓起酒瓶"咚咚"进去了两大口，一瓶酒四分之一差不多干进去了。洛金虎心里更乐了：这他妈还用我灌，一会让你自个醉！嘴里忙不迭地念叨着："好酒美女，是男人的两大享受。一看你就是海量，今朝有酒今朝醉，现在世界上谁怕谁？吃点牛肉，来，喝！"

两个人你来我往，一口酒一口菜地喝上了……

徐海发看到珊珊转回来，从提包里取出杯子向珊珊使了个眼色："同志，有水吗？"

珊珊一挥手："噢，你跟我来。"

徐海发和珊珊进了乘务间，珊珊忙问："徐大哥，出什么大事了？你们怎么都上来啦？"

徐海发轻描淡写地说："执行任务。记住，千万不要和我们联系。"

“有危险吗?”珊珊不放心地问。徐海发慢条斯理地说:“问题不大,几个蟊贼。”

珊珊问:“那,有什么需要我帮忙的吗?”

“需要的时候我会找你的。”徐海发尽量安慰珊珊说,“稳着点,别怕,有我们呢,你还正常工作。”

大青山停车的时候,大青山派出所的陈所长带着所里的五名民警便衣上了车,找到软包车与路遥取得联系。路遥看到陈所长心里轻松了许多,上前握住陈所长的手把市局的同志做了介绍。这时,徐海发和洛金虎回来了,他们是来汇报情况的。

洛金虎说:“我这边是老二吴振奎和老五王辉,身上有武器,没有发现爆炸物,我认为他们俩是负责接应的。”

徐海发指着座位图说:“老大金正名、老三许超和老四侯正坤坐在这个地方,茶几和坐席下边有两个手提箱,一只手提箱上有导线,很可能是爆炸物,引爆物在老三的身上。另一只手提箱是金正名控制的,里面是什么东西还不清楚,估计可能是文物,他们身上都有家伙。”

路遥听到有爆炸装置,神经嗖的一下就从尾骨麻到了头顶,头发根竖了起来。这帮小子简直是疯了!说实在话,他自己包括上车的民警都不怕牺牲,但这一车旅客怎么办?如果以上千人的性命为代价绑在一驾战车上,代价就太大了,万一有什么意外,后果不堪设想。

路遥心里发慌,这是他从来没有面对过的复杂局面,也是平生第一次胆怯。毕竟太年轻,历练不到,也没有那么深的城府。路遥的心在发颤,手在发抖,下意识地用手指敲着茶几来掩饰心中的慌乱,鼻尖上浸出汗珠。这时他想起了方克,想起了李长青,要是他们在该多好哇,但是现在的决策人是自己。大家的眼睛都在看着自己,自己不能表现出丝毫的胆怯与气馁,那样会影响大家的情绪和士气,一旦稍有疏忽就会发生意想不到的后果。

徐海发坐在路遥的对面,对路遥的心理变化看得很清楚。处理这么大的事件,情况如此复杂,对一个刚出道的年轻所长来说,担子太重了,就是自己也未必能够老练地应变。他掏出来一根烟递给路遥,路遥接了过去,徐海发为他点上。

路遥深深地吸了一口一压再压,等他再呼吸的时候已经没有了一丝烟雾。他让自己的心态慢慢平静了下来,继续问道:“有其他可疑人员与他们联系吗?”

徐海发说:“现在还没有发现。”

张力插言道:“有没有发现他们中有一个人身上有伤,因为在博物馆的墙外的地上发现了大摊的血迹。”

“我这边没发现。”徐海发说。

洛金虎若有所思地说:“要有伤就可能是王辉,我看他的腿好像不对劲。不过他没走动,不知道是不是真有伤。”

“你们先回车厢,把嫌疑人控制住,进一步掌握情况。”路遥吩咐道,“一定要注意还有没有外围力量,这对后边的工作部署有重要的影响,所以务必要搞清楚。”

徐海发提醒道:“罗明在车上执行任务,珊珊在五号车,是不是考虑把她换下来。”

路遥说:“我叫车长安排人。”

“最好是换我们的人。”张力建议道。路遥点点头。

汽车在公路上飞驰,已经能远远地看到178次客车了。

李长青调好频道,拿对讲机呼叫:“利剑,利剑,我是蓝盾,我是蓝盾,听到请回答……”

“蓝盾……”车载台上刚接到两声回答信号,火车进了隧道,信号中断了。大山将公路和铁路分开,汽车加速穿过一座大山,火车也钻出隧道。

“利剑利剑,听到请回答……”

“蓝盾,我是利剑,请指示。”

“蓝盾请你们报告车上的情况。”

路遥手持对讲机报告:“利剑指挥部设在软卧8包,现在嫌疑犯基本方位已经查清楚,据初步掌握的情况,罪犯至少五个人,每人都有枪,还有一个爆炸装置,进一步的情况还在调查中,汇报完毕。”

方克接过话筒说:“路遥,我是方克,我紧随在车后,有什么情况及时报告,你在巴彦车站下车到派出所见我。”

“利剑明白!”

火车继续向前奔驰。

已是黄昏时分,太阳下山前最后一抹阳光从车窗透进来,远看山峦重叠。如果没有暗中正义与邪恶的较量,这该是多么美的夕阳啊!

洛金虎已经把吴振奎灌得差不多了,还在劝酒:"喝,再来一口。"

"大……哥,你……真够意思。"吴振奎带着醉意,舌头也不灵便了。

王辉在旁边劝告:"二哥,你别喝了。"

"嗯,谁最亲……爹最亲,有酒……比亲爹还亲是不是?"吴振奎不耐烦地手一挥在空中画了个半圆,眼睛瓷瓷地盯着王辉,眼球不会转动了。再这么喝下去是个麻烦,王辉无奈撑着伤腿去找老大金正名。

王辉一瘸一拐的腿被洛金虎看在眼里,心里高兴:"好哇,一个灌醉了,一个是受伤的瘸子,我一个就能包圆。"

吴振奎让洛金虎坐在王辉的位子上,说:"来……坐……坐我这……他是老五……是我兄弟,他……想管我……没门……"

"不理他,再喝。"洛金虎心想再加把劲,就把他撂倒了。吴振奎一扬脖儿又喝了不少。

王辉来到金正名跟前耳语了半天,金正名心里暗骂道:"混蛋!不争气的东西!"

金正名走过来把吴振奎的衣领一拎,厉声喊道:"老二,你他妈想死呢?!"

"大……大哥,你也来……来两口……"吴振奎的腿已经站不起来了。金正名把吴振奎往座位上一推骂道:"猪!"

"好酒哇!"洛金虎一口酒进肚唱起京剧:"……我站在城楼观风景,耳听得城外乱纷纷……"

吴振奎歪头趴在桌子上不省人事了。金正名也没辙,只有悄声吩咐王辉注意。王辉点点头靠在椅背上站在过道,金正名回他那边去了。

洛金虎向林向东招招手说:"兄弟,过来坐一会。"

林向东摇摇头,仍靠着洗手间旁边。

洛金虎念着京白:"我这是替古人担忧,多余了……"

这时还有一个人把心提到嗓子眼上,吊着放不下来,那就是珊珊。虽然徐海发神色坦然,说得轻描淡写,但她还是隐隐约约感觉到要有大事发生。珊珊注意到了车厢里外松内紧的气氛,这阵势让她害怕。自从罗明他们进车厢以后,珊珊就没停下来过,一直就在车厢里转悠,一是放心不下,二是看有什么事能及时帮忙。

珊珊心不在焉,工作起来老出错,几次倒开水把旅客的手都烫了,引起旅客的不满。几次跑回乘务间,暗自平伏心绪。她从来不信神不信鬼,今天却双手合十向苍天祈祷,求神佛保佑。

在“凤城五兄弟”里最狡猾的是老三许超。要在往常一定能发现车厢里的气氛不对头，而今天他迟钝了。自从抢了文物后，他发现了这些文物的价值，太值钱了。许超读过一些书，虽然看不懂文物上的文字，但知道是青铜器。所以许超觉得这一票是干着了，只要文物一出手，那就是大把大把的钞票哇，这一辈子都够花了。可是他更知道，这次惹了滔天大祸，一旦事情败露只有死的份了。在其他哥几个昏昏然陶醉胜利的时候，只有他头脑最清楚。但这两天花天酒地、肆无忌惮地挥霍青春，没日没夜地嫖娼赌博，特别是昨天白天赢了钱，晚上找了两小姐泡了一晚上，搞得是筋疲力尽，腿软腰酥。今天本来是要好好休息的，结果是“铁老大”一个通知，出人意料地临时决定去广州。上车后他的眼皮就没能抬起来，一直在迷迷糊糊地打瞌睡，哪里还把这些事情放在心上。

# 三

巴彦车站处于紧张的临战状态。站外，当地公安局已经接到省公安厅的通报，提前将警力部署完毕。由于坚持内紧外松的原则，所有的警力都摆在了车站广场，警车、救护车、消防车停在站外，一些荷枪实弹的武装警察排队站立，集结待命。

178次刚刚停稳，路遥就从车上跳了下来，急匆匆地赶向派出所。夜色中，他看到车站多了很多便衣，神情严肃地在站台上巡逻。

派出所里，方克也在焦急地等待路遥，因为178次在此站停车只有十分钟。

路遥一进屋方克就紧紧地握住他的手说："辛苦啦。时间紧，简明扼要把车上的情况讲一讲。"

路遥把车上的重要情况做了说明。方克立即向路遥传达了铁道部公安局的指示，一要全力以赴保证旅客安全；二要解决在中途，不得将隐患带进北京。

在路上方克对行动方案做了多种考虑，现在已经有了基本成熟的方案。他认为解决这样的歹徒当然是在车下最好，但是恐怕做不到引他们下车，在车上解决有两种方案可供选择。一种是把罪犯调开分散解决，这样是最好的，但是这个方案实施起来时间长，人力调配频繁，漏洞太多，无法保证不被发现，万一哪个环节出现问题就前功尽弃；二是集中警力一次性打掉。首先要考虑到出现最坏的结果，即万一行动失败，罪犯用爆炸物将全车旅客作为人质，这样就必须具备几个条件。一、建议沿途各站在没有解决这股罪犯之前停止发售本次列车的车票，只下不上，以防出现最不利的情况时，可减轻损失。二、避开车站在中途停车或者区间慢行解决，以避免运行中因突然出现意外情况，造成列车颠覆等更大的损失。三、要有相应的救护措施，比如救护车、消防车等在出现问题时及时救援。四、这是最关键的，就是时机问题。要在罪犯极其疲惫下突然袭击，迅速解决，不能让其有一点反击之力。

方克将自己的方案向李长青和路遥讲了一遍，三人决定实施第二方案。

方克问:“现在车上有多少警力?”

路遥说:“我们有六人,陈所长带了五人,市局五人,乘警三人,共有十九名警力。”

“我在下面协调地方公安局、医院、武警以及一切保障,解除车上的后顾之忧。”方克吩咐李长青道:“长青上车,车上的总指挥由你全权负责。”

“是!”

“路遥做助手没意见吧?”方克争取路遥的意见。

“没有。”

方克有自己的考虑,一个是路遥太年轻,没有经过这么大的阵势,李长青毕竟成熟得多。二是方克也有点私心,是出于对路遥的爱护,怕万一出现问题,两个人能分担一些责任。李长青年龄大了,就是有多大责任也不会影响前程了。而路遥却不一样,他还年轻大有前途,方克不想让这副担子把他压趴下。李长青是他的爱将,俩人息息相通,这一点他相信李长青一定能理解。他更相信不会有临阵换将之虞,李长青会让路遥充分发挥作用。最后又吩咐李长青:“把刑警、特警、全调上去,包括女刑警田园。还有什么困难吗?”

路遥说:“没有。”

“祝你们,也是祝我们成功。”方克一手拉着路遥,一手拉着李长青,目光里充满了期许,“当然,具体情况是千变万化的,你们要相机处置。珍重!”

178次又开车了,穿行在夜幕中,山峦、树木影影绰绰地向后移动。

路遥和李长青上车后通知五号车的徐海发、罗明、洛金虎到8包接受任务,留下张铁路和林向东在原地守候监视。人都到集齐了,路遥说:“现在李队长上车了,处长指示李队为总指挥,我和张队长、特警队蒋队长协助。现在先请李队长传达上级对行动的指示精神。”

李长青说:“处长命我做总指挥是让我负责,具体的工作还是由路所长负责,他对车上的情况比我了解。”他对路遥挥手说,“你来。”

路遥欣然点点头,把两级公安局领导的基本精神做了传达,又把方处长的部署做了说明,而后询问车厢里的情况。

“‘凤城老二’让我灌醉啦,我认为现在行动最好。”洛金虎补充道,“噢,我发现老五王辉腿上有伤。”

“我那边情况没什么变化。”徐海发谈了自己的看法，“我认为行动应再稍晚一点，最好在他们疲惫的时候动手。”

李长青争取路遥的意见：“路所，你认为什么时间行动较为适宜？”

“我认为二十三点左右比较合适。”路遥说明自己的理由：“我有两点考虑，一是这个时候旅客们已经疲惫，罪犯也是一样。另外一点，前旗车站过后是一片空旷的山野，而且离公路较近，随时有我们的力量接应，即使发生什么意外也较好处置。”

李长青又问张力的意见。张力说：“我没意见。”

李长青说：“这次行动有很大的危险性，因此在行动之前一些旅客能疏散则疏散。”

路遥问徐海发：“爆炸装置在许超的身上，能不能把他单独调出去先处理了？把他处理了就能解除百分之八九十的压力。”

徐海发说：“我原先也这么想过，对他进行了详细的观察。这家伙非常狡猾，无论走到哪里包括上厕所都不放开他的手提箱，我们无隙可乘。”

李长青说：“那好，一并解决吧。请路所把方案宣布一下。”

“现在我来说一下行动方案。”路遥根据处长的部署把警力以凤城派出所的民警为骨干进行了部署：第一组是行动组，张铁路负责金正名，特警小王配合。许超由刑警队老孙和徐海发两人负责，老孙负责控制，老徐负责掐断炸药导线。老四侯正坤由罗明负责，地方刑警马明配合。吴振奎由洛金虎负责，刑警小周配合。老五王辉由林向东负责，大青山派出所的隋传军配合。

路遥对隋传军嘱咐道：“林向东那比较弱一点，所以要以你为主，王辉腿上有伤，你们俩人制伏他应该没问题，另外还有我们这只老虎在跟前呢。”他又特别嘱咐洛金虎做好策应。而后又继续布置任务：行动组前边由徐海发负责，后边由洛金虎负责。第二组是疏散旅客组，由乘警长负责，行动前列车长和乘警查一次票，把罪犯能调开的尽量调开，旁边的旅客能疏散的尽量疏散。第三组是机动组，由张队长负责，主要任务是机动策应。剩下的人都归机动组。第四，由女刑警田园到五号车厢，扮成乘务员将珊珊替换下来。第五，前旗车站过后，让机车撩一把闸，以撩闸为号一齐行动。在整个行动中列车以二十公里的速度慢行，待处理完毕列车恢复常速。最后他强调，疏散组要把警力在两头车厢撒开，一旦发生爆炸或因爆炸引起火灾等事故，稳住旅客，有秩序地往两头疏导防止引起骚乱和踩踏事件。

路遥部署完毕说：“这个行动方案报处长批准后执行。”

李长青问："张队长，你有什么意见吗？"

"没意见，我们的同志全力配合行动。"张力表态。

李长青又问大家："大家还有什么要补充的？"

"没有！"

"好！"李长青进一步要求道，"回去后向没到场的同志传达部署。行动中各自把好自己那一关，要紧密配合，听从指挥。但是处理中很可能遇到突然变化，遇有问题时要冷静，当机立断。一定要以保证旅客安全为主，同时注意保证自身的安全。"

路遥紧紧抓着徐海发的手说："其实我最担心的是你那儿，如果爆炸，后果不堪设想。"

"所长，你放心，我已经做了最坏的打算，就是牺牲我自己也要保证旅客们的安全。"

徐海发这话说得很轻松，不想引起其他同志心理波动。

"同志们，不就是那么大个事吗。"洛金虎半开玩笑，半做遗言，"我这个人没出息，就是爱喝点酒，大家如果觉得我老虎够哥们，我要是光荣了，拜托同志们每年给我坟头上一瓶酒、一盒烟，我知足了……"

洛金虎的话没说完路遥受不了了，发火道："老虎，住嘴！不许胡说！"路遥话语声色俱厉，可说到这里自己先动了情，鼻翼翕动着，转过脸去。这是第一次当着这么多人和自己的下属动感情，这个时候的路遥比任何人的心情更加复杂，更加沉重。因为他不但是他们的兄弟和他们中的一员，更是他们的头。既要保证完成任务，还要处处想着大家的安全，保证他们毫发无损地回去，这才是一件万难的事情。当面对自己的兄弟慷慨赴义的时候，他不能无动于衷。路遥已经亲历过桂子的死而留下了一对孤儿寡母，那悲壮、凄凉的痛，他不想也不能看到那一幕的再现。但这毕竟是一场殊死的较量，要战斗就会有牺牲，这是每一个指挥员都明白的道理，这就是他最难下决心的痛楚。路遥稍停顿了一下，满怀深情地说："你们都是我的好兄弟，如果要说去死，宁愿我去死，也不愿你们任何一个人受到伤害。同志们，我们已经失去了一个桂子，我不希望再有任何损失，我要你们都好好地回去与家人团聚。答应我，好吗？"

"是！"

"好，大家迅速到岗！"李长青发布命令。路遥向大家一抱拳说："弟兄们，保重！"

大家从8包出来,正遇到珊珊被替换下来。一眼看到罗明,便不顾一切地扑到罗明的怀里将他紧紧抱住:“罗明!”现在珊珊已经完全明白了这次任务的严重性,想到罗明这一去不知道将面临什么样的危险的时候,心里一阵恐惧和伤感,泪水扑簌簌流了下来。

“怎么啦？看你,像小孩子似的。”罗明为珊珊擦着泪水平静地说,“我不是还和往常一样吗？就和上班下班似的。”

“不一样！你别骗我,你这是要去厮杀,要去拼命。”珊珊执拗地抱着罗明不放手,“罗明,别扔下我一个人好吗。”

“怎么会呢？再说了也没什么大事,你放心。”罗明安慰道。

“你净骗我!”珊珊依在罗明的怀里喃喃低语,“罗明,我是你的妻子,我爱你,你知道吗？我的生命里不能没有你,一定要好好的回来。”

罗明微微笑了笑,和哄小孩子似的说:“好了,别哭了啊,你让大家笑话!”

“我不管,我不管。”珊珊抱着罗明说什么也不放手,似乎他这一去再也不回来了,“你答应我,你一定答应我。”

“我答应你。”罗明心里也一阵酸楚,尽力控制着自己的情感,不让泪水流出来,轻轻地抚摸着珊珊。徐海发轻轻地拍拍珊珊地肩膀说:“珊珊,你放心,徐大哥一定给你带回来一个完完整整的罗明。”在这里除了李长青,徐海发年龄是最大的一个,他以一个老大哥的身份向珊珊做出承诺。

珊珊依依不舍拉着罗明的手,生怕他离开:“罗明！你一定要说话算话,一定要回来。”

罗明推开珊珊猛然抽身,毅然决然地走了。珊珊抽泣着双手合十祈求道:“老天保佑,老天保佑他们吧。”

## 四

列车继续在夜幕中穿行，在178次车后边带着一条长长的尾巴，警用指挥车、消防车、救护车、拉着武警的卡车在公路上组成了一个长长的车队……

路遥在对讲机上将行动方案做了详细的汇报并请求在前旗车站过后的十里坡间，于二十三点正准时撩一把闸，为行动信号，然后以二十公里的速度慢行，防止发生不测，造成列车颠覆。

方克批准了行动方案。

五号车厢，旅客们大部分睡着了。许超和侯正坤打着瞌睡，金正名眼睛涩涩地撑着。田园穿着乘务员的服装提着笤帚打扫卫生，想最后确定一下罪犯携带的物品，还想看能否把爆炸装置除掉。她拍拍许超："哎哎，同志，醒醒，这下边是谁的提包？拿一下打扫卫生啦。"

许超把提包提出来，金正名也把另一个包提起来。

"放在下边多碍事呀？"田园不满意地说："给我，我给你放到行李架上去。"

"不用了，就放在下面好啦。"金正名说。田园发着牢骚："你看你们这些同志，有行李架不放非放在椅子下头，妨碍我工作不说，要是被车长发现了不但挨批评还要扣奖金。"

金正名不满地一瞪眼睛，说："你哪那么多事呀？"

"好好，你放你放，我惹不起你们。"田园一看不成功，也不想惹怒他们，又继续打扫卫生。这边，吴振奎趴在茶几上打着鼾，王辉站在车厢边守着，靠着椅子背吸烟。

前旗车站运转室，值班员正准备178次发车并向前方站预报闭塞，"丁零零"，电话响了。

来电话的是分局西台调度，传达分局第47号调度命令："178次本务机在十里坡于二十三时整，准时撩一把闸，然后改二十公里慢行，十分钟后恢复正常行车。"

"明白。"值班员迅速写了一张命令，交给助理值班员："赶紧把这个命令送本务机。"

178次本务机接到命令，前方信号灯已变为开放信号，助理值班员给绿灯开车，司机一推汽门手动，列车启动继续向前开去。列车开出了前旗站，行动的序幕拉开了。

列车长、乘警长来到五号车厢通报："查票啦，请把车票出示一下。"

乘警长给徐海发塞了一张纸条，纸条上写："二十三点准时行动，以撩闸为号。"徐海发看完又将纸条传给张铁路，张铁路看完纸条传给罗明，罗明又传了下去……

"现在开始查票了，大家把车票准备一下。"田园边喊边将写有命令的纸条传给洛金虎、林向东和其他干警。

列车长看了看金正名旁边有个小伙子和少妇的车票，说："你们两个的车票有问题，跟我来一趟。"

"哎，怎么回事……"小伙子刚要辩解，被乘警长一推："怎么回事到餐车去说。"

通过查票邻座的旅客大部分被调走，徐海发、罗明趁机，坐到了座位上。

列车在前进，"咔嚓咔嚓"车轮和钢轨接缝发出有节奏的撞击声，查票的骚扰过后，大部分旅客又进入了蒙眬的睡眠中。时针渐渐走向二十三点，参加行动的干警暗中都盯着自己的表。

路遥、李长青、张力、蒋南同时来到五号车厢，干警们进入了临战状态，车厢里火药味开始浓缩凝聚，似乎瞬间就要爆炸。

二十三点整，突然，机车一把闸撩下来，车轮冒着火花发出"吱吱"的响声……在刹车的惯性中，旅客前仰后合。这就是信号，这是命令，路遥在空中一挥手，所有的干警齐刷刷地站起来开始了行动。

老孙突然抬起大臂锁喉将许超的脖子卡住下了他的枪，徐海发探身用钳子掐断导线。张铁路用臂顶住金正名的脖子，从其腰间掏出了他的手枪。罗明抬臂一抓将侯正坤摔倒在地，来了个张飞大片马骑在他身上将其反铐起来。这一切都以迅雷不及掩耳之势完成于瞬息之间。

路遥眼睛紧盯着徐海发那儿的行动，眼见得徐海发、张铁路、罗明动作麻利地将金正名、许超、侯正坤制伏了，特别是看到把许超擒住了，路遥提着的心"咯噔"一下子放了下来,但当他再回头看洛金虎这边的时候,情况却骤然起了变化。

洛金虎是一点问题都没有,在收拾王辉的过程中出事了。问题就出在林向东身上。连路遥在内都把王辉小看了,他们总想着一条腿被打伤了的瘸子,轻而易举地就能制伏。没想到就是这个被看作最弱的环节,却让他们吃了大亏。当行动命令开始的时候,隋传军第一个扑了上去擒王辉,按理说隋传军一米八的个头,膀大腰圆,制伏他应该是没问题。没想到王辉一身的好武功,虽然刹车的惯性使王辉站立不稳,反而使他有了防备。就在隋传军扑来的这一刹那,他反应相当迅速,加上列车的惯性使隋传军劲用过头了。王辉闪身回手一带就把隋传军打倒在地。关键的时候林向东怯场了,稍一犹豫,瞬息间的弛懈,使得王辉有了出枪的机会。当王辉拔出了手枪,林向东才反应过来,从后边包住王辉的腰,可是他更不是王辉的对手,王辉一个反锁喉将林向东反制,当洛金虎腾出手来已经来不及了,王辉已经把林向东挟为人质。

王辉用手枪顶着林向东的头大喊:"不许动,谁动我就打死他!"

洛金虎刚要往上冲,被路遥用手势制止了。路遥挥手大喊一声:"别动!"他怕王辉真急了眼大开杀戒。王辉是有人命的亡命徒,已经杀过人的人根本不在乎再多杀一个人。

车厢里的旅客被惊醒,车厢秩序大乱。

李长青站到座位上大声命令道:"坐下,两手抱头都坐在原地不许动!"

旅客们纷纷坐下,双手抱头不再乱动了。

王辉挟持着林向东退向车厢连接处,用枪指着林向东:"快,拉紧急制动阀!"

林向东头上渗出汗珠,他不敢拉。王辉气急败坏的用枪敲着林向东的头:"快拉,不拉我毙了你!"

"林向东,我命令你拉紧急制动阀!"路遥喊道。林向东拉了制动阀,列车发出巨大的刹车声,车轮冒着火花停了下来。王辉逼着林向东打开车门,挟持着林向东跳下车。路遥冲到门口,这时再也不能犹豫,如果林向东被劫走肯定就没命了。他大喊一声:"小林!"从车上扑了下去。

"叭!"王辉向路遥开了枪,路遥中弹滚落到路基下边,胸前血流如注。路遥这一扑,意在转移王辉视线和枪的指向,也意在唤起林向东的勇气。在战场上只要枪一响,战士的脑子里就只有战斗,战士只要一见血就红眼,眼里只有敌人。路遥倒下了,大脑一片空白的林向东浑身一机灵,猛然地清醒过来,所长为自己倒在罪犯的枪口下,他怎能不红眼呢!不知哪来的一股劲使他不顾一切地将王辉摔倒,扑到路遥身边,将路遥抱起,哭喊着:“所长!”

王辉爬起来拖着瘸腿就要跑,哪能容他跑了,派出所的弟兄们都急眼了,大声喊着:“为所长报仇哇!”

徐海发、洛金虎、张铁路、罗明从不同的位置向王辉射击,王辉应声倒下。

这时,警笛声声,警车、消防车、救护车飞驶而来……

# 第九章

# 柳绿红娇

LIULÜ HONGJIAO

# 一

在凤城市人民医院，医生们正在给路遥实施手术。手术室里，医生、护士进进出出地忙碌着，紧张得像打仗一样。手术台旁输液器、输血器、心电图仪一大堆的器械都在有条不紊地运转。无影灯下，手术器械一件一件传到主治医师的手上。路遥躺在手术台上，脸色苍白，心跳微弱。通过CT检查，距他心脏几微米的地方有一颗子弹，医生在为他做开胸手术取出那颗子弹……

路遥受伤后，随车医生就做了紧急诊断，认为有一颗子弹在他的胸内，但是当地的医院都没有条件和医生能做这么大手术。方克立即决定连夜往回返，医生在救护车上为路遥做了紧急处理，在当地医院带上足够的血浆，一路监护驱车五百公里回到凤城。手术室外，除了地方公安局的同志回去了以外，包括方克在内都守候着等待消息。马挺彪也从派出所赶到了医院。

林向东懊悔地低着头，双手捂着脸，泪水从指缝里溢出。

“都是你……”洛金虎路上憋了一肚子的气，这会儿冲着林向东发泄了出来。徐海发狠狠瞪了洛金虎一眼道：“你少说两句行不行！”

洛金虎把话又咽了回去。

方克比大家更担心路遥，因为他与路遥比其他人更多了一层关系，路遥的父亲和方克是生死的战友，如果路遥真有个好歹，自己死了也无颜去见路遥的父亲。

赵慧芳在报社值班，第一个获悉博物馆被劫特大案件一举侦破的消息，也同时获知路遥负伤正在抢救，她几笔把消息写完立即奔医院而来。

赵慧芳五内如焚，匆匆来到医院，向徐海发、马挺彪问路遥的情况。

徐海发、马挺彪两个摇摇头，不置可否，谁都不想多说一句话。

赵慧芳感到了路遥伤势的严重性，她如丧考妣，忍不住伏在走廊的墙壁上痛哭起来。

子弹离心脏太近，手术难度很大，主刀医生全神贯注进行手术，小心翼翼地剥离开心周肌肉组织，最终在心脏边缘的软组织里找到了那颗子弹！他挟住那颗子弹头取了出来，“当啷！”子弹头掉到盘里……

手术室门大开，护士将路遥推出来，大家围拢上去。路遥双眼紧闭仍在昏迷中。

赵慧芳轻声地喊道：“路遥……”

“别喊！”护士制止道。主治医生说：“伤员已经没有生命危险了，不过是太玄了，子弹是擦着心脏的边缘打进去的。”

方克眼里含着泪水，紧紧地握住主治医生的手：“谢谢你！”

徐海发长出一口气瘫软地靠到了墙上，李长青和马挺彪如释重负坐在椅子上。

清晨，小鸟刚刚把夜幕一样的大被子从身上拂去，就不甘寂寞地在树上叽叽喳喳地吵闹起来，将伏在病床上打瞌睡的罗明和赵慧芳吵醒。

赵慧芳轻轻地拉开窗帘，晨曦从窗口透了进来，柔和地洒在路遥的脸上，他的脸上开始泛起红润。

赵慧芳在洗脸盆里对了点热水，沾湿了毛巾小心翼翼地为路遥擦去脸上的征尘。这是第一次这么近距离，如此安静地看路遥。比第一次与他相见时少了一些稚嫩多了一些风霜，清瘦的面庞显得更加英俊，似乎能感觉到他的心跳。第一次触摸他的肌肤，感觉是那么亲切，使她激动。她的手有点发抖，心跳加快了许多。

路遥慢慢地睁开眼，不知自己身处何地，蒙眬的意识还停留在扑向罪犯的那一刹那。

“上帝！你可醒了。”赵慧芳在胸前画了一个十字，不知什么时候耶稣在她的身上根植下了信仰的种子。

“所长醒啦！”罗明惊叫道。守在门外的徐海发、林向东、洛金虎跑进来，齐声道：“所长！”这些五尺高的汉子个个眼里闪烁着泪花，好像久违的老朋友那么亲切，那么动情。

“所长，都是我连累了你。”林向东哭着说。路遥拉着林向东的手，用手指为他抹掉泪珠，“小林子，男儿流血不流泪，别哭。”

“我不哭。”林向东嘴里说着，但仍然还像个孩子一样哭着。路遥问：“大家都好吧？”

徐海发说："好，都好。"

路遥听到大家都平安无事如释重负，脸上露出了欣慰的笑容。

"嗨！嗨！"护士推着换药车进来，"谁让你们都进来的？伤员需要休息，不能多说话。留下一个其他人都出去！"

机场，一架从深圳飞来的班机呼啸而落，肖红从深圳赶来了。

肖红上次负气而走，并未考虑后果。但到了机场就后悔了，她恨自己的固执，恨自己愚蠢地将路遥拒之门外，更恨路遥为什么不赶来机场挽留。回到深圳，感情的折磨使她难以工作，寝食难安。肖红一直想给路遥打个电话，然而她的性格从不愿意向任何人低头，包括路遥。她经常瞅着电话发呆，所有来的电话都以为是路遥打来的，可是接了多少次都不是。她开始恨路遥，心里骂道：你路遥不就是一个小警察吗？不就是一个小所长吗？为什么就不能屈就一下给我来个电话，说句软话？有几次把路遥儿时留给她的纪念物拿出来差点要撕掉，但又舍不得。她暗暗自向上苍祈求，让神灵给路遥使点魔法，让他来到自己的身边！也许是祈求灵验了，路遥终于给她来了电话。

肖红走了以后路遥也一直难以释怀，他想自己和肖红除了对职业有不同见解之外，还少了些什么？肖红的性情为什么会变得如此脆弱？不理解的是肖红为什么非要刻意地为自己去安排前程。最后还是忍不住感情的折磨，拿起了电话拨了过去。

肖红接起电话心里一阵激动，故意沉默了一会才嘲讽道："大所长，有事吗？"

"红红，还生气吗？"

"你那么神圣不可侵犯，我哪敢。"

"你看，还在生气是吧？那天是我不冷静，我向你道歉好吗？哥哥对不起你。"

一句话把肖红的气全打消了，终于等到了所期望的。此时，只觉得一股暖流传遍周身，抑制不住眼泪夺眶而出："哥，别说了，我也不冷静，是我不对。我们分别了那么久，一见面就吵架，现在想起来真不应该。"

路遥深情地说："真的好想你。"

这一句话足可以溶化一座冰山！

"我好恨你，又好想你。你不知道我这些日子是怎么度过的，我是在情感的煎熬中度过的。"肖红更加动情哭着说，"哥，我真怕失去你。"

“爱你。”

“爱你。”肖红对着话筒送去了一个吻：“嗯呐！哥，吻你。”

一阵风吹开了万朵云，心灵交汇拨开了千层愁，不尽的柔情，不尽的缠绵，不尽的相思……

路遥负伤的那天晚上，肖红做了一个噩梦，梦见了路遥浑身是血站在面前，从梦中醒来一夜再无法入眠。第二天就往风城派出所打了一个电话，得知路遥负伤了。肖红当即把公司的事撂给白振宇，片刻未停就赶来风城，下了飞机直奔医院。

在医院的走廊里，罗明提水出来遇到了脚步匆匆的肖红，上前打招呼：“肖大姐，你来啦。”

肖红脚步未停，心情紧张地问：“路遥怎么样？”

“好多了，刚换完药睡了。”罗明领着肖红走进病房，放下水壶退了出去。

肖红坐在床头，掀开被子看着路遥的伤口，小心翼翼地掖好被子，轻轻地在他脸上吻了一下，不由得一股伤感涌上心头，泪水滴滴答答的淌了下来，滴答在路遥的脸上。

路遥眉毛颤抖了一下，睁开眼睛看到肖红，便紧紧地抓住她的手：“红……”

“哥……”肖红紧紧贴着路遥的脸，一声哥哥刚出口却已是泪如泉涌，“哥……你快把我吓死了……”她伏在路遥的肩上哽咽得说不出话来。

“没事，没事，好妹妹，你看我不是好好的吗？”

“你看你都伤成这样了，还说好好的？”肖红掀开被子看着缠满纱布的前胸说，“我听说就差几个微米你就没命了，你说你叫我……”她紧紧地抱着路遥的脖子深深的一吻，这一吻饱含着多少爱，多少恨，多少疼，多少无言的祝福，多少无形的思念……

赵慧芳一手提着水果，一手抱着鲜花推开门，看到路遥与一名女子忘情地接吻，立刻想到是肖红，顿时心里升起了一股醋意。转身离去，走了几步又转回来，心想：不行，为什么要走？为什么不能见见肖红，我不是早就想见她了吗？

当！当！当！赵慧芳敲敲门，推门而入。

肖红羞涩地转过脸去擦泪水，路遥面带尴尬地说：“我来介绍……”

赵慧芳放下水果，把花插到花瓶里，很自信地说：“不用介绍我也能猜得出来，这位一定是肖红姐姐吧？我叫赵慧芳，很高兴能认识你。”

两只纤细的手拉到了一起寒暄着，互相用眼神较量着。

赵慧芳眼神里充满着审视和挑战，肖红一看就知道她是什么角色。

赵慧芳眼里的肖红比照片漂亮多了，白皙红润的瓜子脸上略施粉黛，长长的睫毛下深藏着汪汪两潭水滢，清澈碧透，高挺的鼻梁上两条柳眉弯弯如新月。抹红而不浓艳，着粉而不妖冶，高雅超然，文静大气，透出职业白领女性特有的气质和精心雕琢般的成熟。赵慧芳非常欣赏她。

肖红眼里的赵慧芳长发飘逸，似流水瀑布，浓黑的两眉透着倔犟和富有挑战的个性，清秀水灵的两只大眼流露出调皮泼辣和富有朝气的坚定。高耸的胸脯微微颤抖，英姿飒爽！更像未经雕琢的璞玉，没有一点的修饰，没有一点的做作，不颦自媚，不妍自芳。不知怎么的，一见面就从心里特别喜欢这个女孩子。可是又隐隐感觉到她是自己的情敌，而且是一个咄咄逼人的情敌。

## 二

医院的林荫道上，肖红和赵慧芳在散步，是赵慧芳约肖红出来的。她们已经默默地走了很长时间了，谁都不说话，俩人是在较心劲呢。最后还是赵慧芳撑不住，开口问道："红姐，我们走了半天了，你也不问我为什么约你出来？"

"如果想说什么你会告诉我的，是吧？"肖红没有正面回答赵慧芳的问话，把球又踢了回去。赵慧芳把心一横说："我想和你谈谈，你、我和路遥的关系。"

"那有什么好谈的。"肖红把两手一摊，淡淡地说，"我和他是未婚夫妻的关系，你是他的好朋友，关系很明确，这不是很好吗？"

赵慧芳说："我知道你们从小青梅竹马，感情甚笃。而且他把你作为未婚妻，也很爱你。"

"既然你也这样认为，不是已经说明一切了吗？"肖红借力打力和赵慧芳玩了一招太极推手，把自己的门户死死地封住，不让她涉入。可是赵慧芳根本不吃这一套，一竿子捅到底："你爱他的事业吗？你们彼此心心相印吗？"

"为什么不呢？"肖红反问道，又把球踢了回去。

赵慧芳主动进攻，直截了当："我觉得你根本不爱他的事业，而且现在已经没有了那种水乳交融、心心相印的感情了。"她的话是一个决断。

"何以见得？"肖红还是不正面回答，也不反击，她想知道赵慧芳究竟有什么高超的本领能从她的心中把路遥夺走。

赵慧芳咄咄逼人地直抒己见："如若不然，你为什么偏要他去深圳？如若两心相印，为什么又受这种感情的煎熬？"

"这不是结论。"肖红反问道，"这么说你爱他？"

"是的。"赵慧芳坚定地说。

肖红开始反击了："你爱他什么？"

赵慧芳说："我爱他对事业忠诚和执着的追求，爱他高风亮节的优秀品质，爱他深邃的思想，伟大的抱负。我爱他所爱的一切！"

"他爱你吗？"肖红的话不多，但句句都在要害。

赵慧芳客观而又公正地说："因为他深爱着你，所以他不能接受我，可是他喜欢我。我和他有共同的语言，看得出来，我们在一起的时候他特别开心。"

"这是你一厢情愿。"肖红为赵慧芳下了定语。赵慧芳否认道："不是，我有感觉。"

"那么，你想告诉我什么？"肖红没等赵慧芳回答就替她说出了心里话，"你会说'没有你他就会爱我'是吧？可是我们的爱是现实存在的，而且彼此相爱很深！"

赵慧芳非常自信地说："一切都会改变，一切都有可能改变，并且在改变之中。"

"你是想让我退出？"肖红说。

赵慧芳道："我知道你是好人，我不欺骗你，这也不叫横刀夺爱，我们公平竞争好吗？"

肖红觉得赵慧芳的问题稚嫩而又可笑，不置可否地笑了笑。

"不，一点都不可笑。"赵慧芳看出来肖红是在嘲笑自己，但她并不觉得自己幼稚可笑，她是认真的。谁都有权力追求自己的幸福，追求所爱的人，对幸福和爱的追求没有先来后到。

"你就那么自信？"肖红问。她开始认真地对待赵慧芳的问题，也开始反思自己了。

赵慧芳说："有时付出未必就有回报，但是自己觉得值，足矣。"

肖红觉得这个小姑娘真可爱，将心比心如果自己是路遥，难道真的不会喜欢上她吗？肖红真诚地说："谢谢你的坦诚，我想我们会是永远的好朋友。"

"也许我会抱憾终生，但是人生谁会没有缺憾呢？"赵慧芳说出了自己的心里话，心里格外的畅快。

"唉！"肖红长叹了一声："有时候缺憾也是一种美。"其实她们颇有同感。

路遥身体素质好，恢复得也快，才两天的工夫精神就好多了。有肖红的精心照顾，心情好伤也好得更快。

肖红削了个苹果一片一片地喂路遥，路遥吃了几口，问："你来这里，公司谁管着呢？"

肖红说："交给白振宇了。"

“那个人很耐人寻味，我觉得他不踏实。”路遥担心地说。上次肖红来凤城，路遥在机场接机，出于职业的敏感，不经意地扫了一眼白振宇，看到他一股复杂多变的心情，不过在一瞬间就掩饰过去了。仅此一掠，他已经感觉到这个人眼神很浮且多变，说明他性格浮躁奸诈。路遥提醒肖红提防着点。这正是肖红的心痛之处，自从上次有了那场尴尬，回去后虽然谁都没说什么，但是已经明显出现思想上的隔阂，工作起来各自都刻意维持着情绪上的矜持，表面上的恭敬和实际上敬而远之。她当然明白路遥的心意。

赵慧芳提着饭盒进来，这次她也不敲门了，就好像进自己的家一样那么自然。

肖红起来让座：“你来啦？”

“红姐好，坐吧。”赵慧芳客气地问候肖红，就好像她是这里的主人，“我用老人参熬了点鸡汤给路遥补补身子。”

此刻，路遥的心情很复杂，两个深爱着自己的女人碰到一起，他心里既感激又愧疚。

“红姐，你也熬了一夜，喝一碗补一补。”赵慧芳盛了两碗汤，首先递给肖红。

不知是妒意还是故意给路遥看，肖红转过脸去没接鸡汤。赵慧芳也不在意，将那碗鸡汤放在桌上，端着另一碗汤来喂路遥：“红姐，你熬了一夜了，去休息吧，这有我呢。”

“我不累。”肖红拒绝了赵慧芳的好意，婉转地说，“你又要上班，又要跑医院照顾我哥，我应该多感谢你呢。”

赵慧芳真拿自己不当外人，她说：“一家人不说两家话，感谢不是见外了？”

路遥把这一切都看在眼里，知道是两个女人在斗嘴斗智，又不好说什么。只有婉转地劝赵慧芳：“你工作那么忙，还来照顾我，多不好意思，以后你就忙你的吧。这儿有肖红呢。”

这话从路遥嘴里说出来，赵慧芳心里很不是滋味。她不能恼又不能无动于衷，便貌似生气，面带愠色地说：“咋？是不是我碍事，嫌我啦？”

“哪的话？”肖红话里话外带着刺，“我哥能遇到你这么一个好人是天大的福分，感谢还来不及呢，哪能嫌弃？”

“哈哈，听出来了，红姐是讽刺我。”赵慧芳爽快地笑了，“我听路遥说过，红姐是大度的人，肯定不会和小妹计较，是吧？红姐？”

肖红这才感觉到真正地遇到了对手。

# 三

新月高挂,夏天的夜,微风徐徐拂面而来,柳梢摇曳凉爽宜人。

路遥已经能下床走路了,肖红扶着路遥在医院的林荫道上散步。这是自上大学以后肖红和路遥待在一起时间最长的一次。路遥这次负伤捡了一条命回来,肖红感到特别的后怕。她在琢磨怎样才能动员路遥放弃警察这个职业,跟她到深圳去。只要路遥一天不放弃这个工作,她就得每天把心提到嗓子眼为他担忧,现在又出现了一个赵慧芳,使她更有理由担心失去路遥了。

肖红旧事重提:"哥,难道你真的就不想换一个角度考虑一下我的意见吗?"

如果说当初路遥考上公安管理学院以及毕业后从警,是受父亲影响的话,或者说那只是对公安工作有一些感性的认识,那么从事警察工作后,特别是在基层工作这段时间以来,他对这个职业已经产生了深厚的感情,而且更觉得有一种使命感。路遥耐心地向肖红解释着自己的理想、观念,并把前一阵发生的那个拐卖儿童的案子讲给肖红听:"你知道吗?那是一个特别可爱、特别天真活泼的小男孩儿,那男孩儿就在我们的眼前被犯罪分子一刀捅死了。小男孩儿的妈妈亲眼看着自己的孩子被人杀死,当场就疯了。那是多么凄惨的一幕!这永远使我难以忘怀。从那时候起我就对警察这个职业有了更深刻的认识,每当我面对警徽的时候,就觉得我身上所肩负的是一群人,是一个地方,甚至是国家的责任和使命。"

"唉!"肖红叹息了一声,现在确实感觉到两个人的思想差距太大了,路遥的思想太深邃,背负的太沉重了。她不禁问道,"难道你能拯救全人类吗?"

"不能。"路遥回答得很坚决,"但是既然已经从警了就一定要做好,在力所能及的范围做好我所应该做的一切。"

路遥和肖红都是那种绝顶聪明的人,小时候他们在一起话就不多,但是一举手一投足一个眼神都能心有灵犀,各自对对方的心思太了解了。虽然话不多,但心知肚明。

两个人各怀心事慢慢走着，肖红的高跟鞋敲打着柏油马路发出清脆的响声。

“半天不说话，你在想什么？”路遥打破沉默。肖红看着夜空的半边新月，以物喻事，心事重重地说：“我在想月亮为什么要缺半边？”

“错了，是心缺，不是月缺。”路遥也借物喻人。

肖红说：“宋人吕本中有一首词也许正是我心情的写照。”

“什么词？”路遥问。

肖红背诵道：“恨君不似江楼月，南北东西。南北东西，只有相随无别离。恨君却似江楼月，暂满还亏。暂满还亏，待得团圆是几时？”

路遥说：“苏东坡也有一首词说‘但愿人长久，千里共婵娟。’”

两个人都在用词来表述他们之间的感情和对情感的认识，但思想胸怀却各有不同。

肖红沉默了一会，说：“你不想跟我说说赵慧芳吗？”

“一个挺好的女孩，挺泼辣，挺热烈。”路遥尽量说得很平淡。

肖红说：“不仅如此吧？看得出她很爱你，她正在追你是吧？”

“唉！人都在做自己想做的事。”这回该轮到路遥心事重重了，他确实无法向肖红解释和赵慧芳的关系。问心无愧的是自己和赵慧芳是清白的，他自信肖红对此也深信不疑。但是无论如何也摆脱不了和赵慧芳的情感纠葛，这其中的缘由是剪不断理还乱，又怎么能说得清楚？

# 四

赵慧芳最近很忙，上班爬格子，下了班往医院跑。路遥和派出所干警们的事迹深深地打动了赵慧芳，她把这次在车上与“凤城五兄弟”斗智斗勇的英雄事迹，写成了纪实文学报道。她以丰富的情感、真实的感受、敏感的视角和细腻深刻的文笔将路遥和他周围的公安干警生动的形象带给广大读者，打动了每一个读者的心。

赵慧芳在路遥身上没少受益，自从他们接触以来，包括采写刘桂明的文章，都以她所亲身经历的真实感，写了不少有力度的好文章，被全国性的报刊转载。这些文章，使她本来就很有灵气的文笔更加光彩夺目。在很短的时间内，她便成了全省记者中的一颗耀眼明星。

中午，赵慧芳匆匆忙忙地赶回家，母亲已经把饭菜端上桌了。

赵慧芳饿了，也不顾礼节，端起碗来就吃。妈妈不满意地瞪了她一眼说：“你说你越大越活回来了，你爸还没端碗呢，你就先吃上了。”

“嗯，嗯我饿了。”赵慧芳扒了一嘴的饭，两腮鼓鼓地嚼着饭说，“吃完还有事呢。”

赵母说：“就你忙，你再忙还能忙过咱家的专家啊？”

“嗯，她比专家忙。”赵龙补了一句，见赵慧芳只顾低头吃饭便开心地逗了起来，“这些日子是怎么啦？怎么听不见我们家的小喜鹊叽叽喳喳地叫啦？”

赵母盛了一碗饭给赵龙，说：“人大啦，心事也重啦。”

“以前老嫌我吵得烦，现在又觉得闷啦？”赵慧芳说。

赵龙说：“我就是觉得奇怪，你这一反常态肯定有什么症状。”

赵慧芳突然问：“爸、妈，你们谈过恋爱吗？浪漫吗？”

“噢哈，我们？”赵龙说，“我们是同事介绍，两情相悦，组织批准就结了。哪有什么浪漫不浪漫。”

“那我大姐呢。”赵慧芳又问。赵母接过话茬来说:“你大姐?你爸拿了五百块钱给他们,他们是旅行结婚的。”

赵慧芳说:“真没劲!”

“什么叫没劲?此一时彼一时嘛。”赵龙说,“每个时代都有每个时代的婚姻特征,我们那个时候父母不包办就是很大的社会进步了。”

“那,这一辈子你们幸福吗?”赵慧芳问得很天真。

“傻孩子,怎么不幸福?”赵母被女儿的话问乐了,“不幸福能有你们哪?”

赵慧芳不以为然地摇了摇头说:“婚姻幸福不幸福和生孩子是两码事。”

“我看就是一回事。”赵母坚持自己的看法。赵龙却说:“幸福呢是一种感觉,只有自己能体会到别人体会不到,幸福也是一种认识,每个人的认识不同,所以对幸福的取向也就不同,随着社会的进步,幸福生活的标准也在不断变化。”

“还是老爸有水平,讲出什么话来都有一套理论。”赵慧芳对着老爸一伸大拇指称赞着,然后又晃着脑袋批评妈妈,“妈,你就是家庭妇女的观念。”

“你说这话我就不爱听,我现在是成了家庭妇女,过去我不也是革命干部吗?”赵母满脸的不高兴,一肚子的牢骚也带了出来:“再说了家庭妇女怎么啦?过去不是我像家庭妇女一样侍候得你们舒舒服服的,哪有你爸的成绩,哪有你们的现在,一个个没良心的!”

“妈,我们这是谈观点,就事论事。你干吗发牢骚?”赵慧芳一看妈生气了,又解释道。

“看看,挨闺女的批评了吧?吃亏人常在。”赵龙有点幸灾乐祸的感觉,打着哈哈说,“哎,老太婆以后少点牢骚。”

赵母一看父女俩拧到一块去了,便把视线转移到女儿身上:“别说我,我问你,小路的伤好了吗?”

赵慧芳说:“好了,出院了。”

赵母问:“你们究竟谈得怎么样啦?”

赵慧芳正为这事烦着呢,把碗一撂两手把耳朵一堵:“啊!别说啦。”

“怎么说起这事来你就像火燎了屁股似的?”赵母不满地说。

“啊啊,不听不听,我烦啦!”赵慧芳跺着脚和妈妈犯急……

让烦恼的事一搅和赵慧芳也没心思吃饭了,撂下饭碗跑到楼上,到自己的卧室躺下想静一会,但无论如何也静不下来。从见了肖红以后,心情就特别的沉重,虽然当着肖红和路遥的面装得若无其事，但私下里情绪却特别的低落。亲自领教了肖红的美丽、气质、为人以及肖红在事业上的成功，这些条件哪一点都比自己强，因此自感有点气馁。而且与肖红的善良宽厚、胸怀大度相比自惭形秽。她曾一度动摇了，愧疚了，不想争了，可是如何能放得下呢？她深深地爱着路遥，已经离不开他了。她问自己追求幸福难道有错吗？爱是每个人的权利，追求爱情难道有错吗？不！没有错。既然没有错，我为何要愧疚？要动摇？要退缩呢？她的性格不允许她放弃，她的心也不允许她放弃，于是又找回了自信。

星期天，赵慧芳要到报社去加班，提着包走过妈妈的卧室，被妈妈喊住了："芳儿，干什么去呀？"

赵慧芳来到妈妈的卧室，说："到单位，有个稿子要赶一下。"

"今天是星期天，不好好休息还要加什么班。"赵母说，"把药给我拿一下。"

赵慧芳把药拿来倒了几粒，又倒了一杯水递给妈妈，关心地问："最近腰椎好一些了吗？"

赵母把药放进嘴里，喝了口水咽下去："这阵你爸给请了个按摩师按摩得还可以，不过就是手太重，按摩起来钻心地疼。"

"妈，我给您按摩按摩。"赵慧芳放下手里的包为妈妈按摩。

还是女儿好，怎么按摩都舒服。老太太好像又回到十几年前，那时候赵慧芳还小，自己累了就让她在腰上踩一踩，女儿用莲藕似的小脚丫站在自己的腰上，一边"咯咯"地笑一边踩，又软乎又舒服还解乏。

赵母说着又提起赵慧芳的婚事来了："小芳啊，别嫌妈唠叨，你和小路进行得怎么样了？我怎么瞅着不对劲？一说起他来你就糊弄我，是怎么回事？"

说起这事赵慧芳猴急猴急地说："哎呀，我的妈呀，我们挺好的。"

"好就好。"赵母问，"什么时候叫回来，把事挑明了，我的心事也就解了。"

赵慧芳支应着："这一阵我忙他也忙，等过了这阵子再说吧。"

赵母谈起了对路遥的看法："我看那孩子是个好人，有才干，就是一身的傲气，心很大。"

"妈，您真是好眼力。"赵慧芳一听妈夸路遥觉得特舒坦，比夸自己都高兴。

赵母说："可是呀，和这样的男人生活在一起的女人多是不幸的。"

赵慧芳惊讶地问："为什么？"

赵母深有感触地说："因为如果他太伟大，那你就太渺小了。"

“妈,您不是说您和我爸过得很幸福吗?”赵慧芳问。

“既是不幸也是有幸的。”谈起自己的情感来,赵母感受颇深,“你爸是那种懂女人的强男人,虽然我牺牲了很多,但是我很知足,因为我的牺牲不但心甘情愿,也受到了你爸的尊重和理解,这种品质对事业心强的男人是最难能可贵的。我成就了你爸,也值了。不说你爸没有辜负我,就是辜负了我,我也毫无怨言。这也许就是爱吧。”

“妈,您的爱太伟大了!”赵慧芳由衷地感叹道。

赵母说:“我没你想的那么伟大,我只是尽了做妻子的责任。”

赵慧芳是第一次听妈妈谈这么深刻的道理。

赵母深情地谈着自己对爱情的认知。爱情的付出和爱情的结果不是成正比的,凡是在事业上成功的人在生活上是要失去很多很多,特别是那些事业型的男人。他身旁的女人在他的面前将黯然失色,所以说要找这样一个人就得准备付出沉重的代价,有时候付出未必有结果。这既是爱情的幸福也是爱情的悲哀。

妈妈的谈话深深地打动了赵慧芳,这是母女最深入的一次对话,在女儿面前母亲永远都是无私的,她把自己所感悟的东西都毫无保留地传授给女儿。

# 第十章

# 暗中较量

ANZHONG JIAOLIANG

# 一

“铁老大”又失算了，而且败得非常惨，让他好一阵心疼。“铁老大”不是痛失“凤城五兄弟”，痛的是自己精心设计好的一场买卖砸了，那些文物值好几百万呢！“铁老大”之所以敢让“凤城五兄弟”作这么大案，是看中了这五个人各有一套本领，能够系统地完成整个作案过程，然而他并不看好这几个人的谋事。这个案子从预谋到实施他把各个环节都做了充分的安排，计算得非常周密。从博物馆往出盗文物非“凤城五兄弟”莫属，当文物从博物馆盗出后这帮人就不足用了。然而又考虑到，既然用这哥五个把文物盗了出来，他们是绝不会再放手的，只能赶着鸭子上架勉强用下去。因此“铁老大”在下边各个环节上都下了很大的功夫，收文物的下家由他亲自安排妥当，“凤城五兄弟”只是一个运输工具。另外还派出了一个暗线，那就是他的心腹干将华仔。“铁老大”让华仔暗中跟踪监控“五兄弟”，交接事宜均由华仔负责。

华仔虽然没有露面，却早在“凤城五兄弟”上车之前就等候在卧铺车上了。到后来，路遥开始行动的时候，华仔发现苗头不对为时已晚，现场已被便衣警察控制了起来。如果不是“铁老大”临走时千叮咛万嘱咐，绝对不让他插手运输途中的任何事宜，华仔很可能就要出手。他的出手完全不在路遥掌握之中，这将把路遥他们推向更加危险的境地，甚至不知道要付出多大的代价！

现在当务之急是要先让金正名闭住嘴巴，因为这哥儿几个就他见过“铁老大”的真面目。

由于“凤城五兄弟”的案子，涉及铁路和地方两家公安机关，为彻查此案铁路公安处和凤城市公安局共同成立了专案组，专案组由李长青和张力两个刑警队长牵头。

在市公安局的看守所里，对"凤城五兄弟"的审讯，正不分昼夜地进行着，但是进展不大。

金正名是个最难剃的头，他进来以后就抱定一死的念头，所以任什么都不讲。老三许超更是徐庶进曹营一言不发，老四侯正坤是一问三不知。但是任何攻守同盟都绝不是铁板一块，吴振奎就是他们中间的一个弱点。李长青最擅长的就是在各个罪犯环节中找出最薄弱的环节并各个击破，他选择了吴振奎为全案的突破口。

李长青一眼就看出了吴振奎是个酒色之徒，凡此类人物都贪生怕死，对吴振奎的审讯也没绕弯，上来就直逼其要害："吴振奎，你知道不知道你犯的罪够判什么刑？"

吴振奎答："知道，是死罪。"

"你想死吗？"李长青又问。

吴振奎忙答："不想……死。"

李长青心想这就好办，他说："不想死，我就给你指一条出路，如实交代问题，争取宽大处理。"

"我交代，一定如实交代，立功赎罪。"吴振奎就把从开始预谋到实施犯罪，再到上车武装走私贩卖文物的整个过程，原原本本倒了出来。

李长青听得非常仔细，他要从吴振奎的嘴里获得"铁老大"的线索。其中一条线索引起了他的重视，那就是在五兄弟抢博物馆之前向他们提供情报和资金的人。他问："这个提供情报和资金的人是谁？"

吴振奎说："我猜测可能是'铁老大'。"

"铁老大"？李长青心里一动，这正是他需要的情况，这个线索太重要了。他问："你为什么猜测是他？"

吴振奎答："在我们作案之前，金老大要去见一个人。我问他去见谁，他说'铁老大'，回来之后我们就开始商量怎么作案了。"

"这个'铁老大'真名叫什么？相貌特征？你仔细地讲。"李长青问。

"真名叫什么我也不知道。"吴振奎把那次在歌厅打架的事如实地讲了一遍，讲到"铁老大"的特征时他说："长的模样不太清楚，这个人挺神秘的。也就是个四十来岁，中等个头，脸型偏瘦，下巴较尖，留小胡子，总戴一个宽边大眼镜。"

李长青问："你还有什么没有交代的？"

"给我一根烟行吗？"

李长青给吴振奎递上烟并给他点着了。吴振奎挖空心思地想了半天，又补充道："还有一个情况，我觉得这个人心挺黑的，他为了摆平我们竟然从自己的腿上割肉吃……"接着就把在歌厅割肉吃火锅的故事讲了出来。

监狱到了开饭的时间，狱警喊道："开饭了。"炊事员推着小车每走到一个号子门前，一碗菜一碗饭打好从窗口递进去。

金正名是重囚，腿上上着脚镣，被关在单间里。他提着脚镣"哗啦哗啦"走到窗口把饭端进来，吃到一半时吃出来一个纸团。他走到门口看看四处无人，便打开纸团，上面写着：要守口如瓶，你的家人由我照顾，放心。"铁老大"。

金正名看完纸条，团了团，放在嘴里吃了下去，放下碗再也吃不下饭了。他知道这是"铁老大"发出的警告：你的家人在我的手里，不要把我卖出去，否则你的家人就危险了。金正名心里暗骂，这个"铁老大"也太歹毒了，我为你拼命才遭此横祸，干吗还要拿家人来威胁我？

金正名这一辈子打打杀杀，根本就不怕死。这次进来也没打算活着出去，知道自己犯的是死罪，所以也不想拉别人做垫背的。没想到"铁老大"会拿自己的家人做人质，这是金正名最大的一块心病。金正名这个人确实很坏，脾气暴躁，打起架来不要命，但他太讲义气，只要是哥们的事情他没有不出头的。因为打架，坐了大牢，连媳妇也跑了。他又是一个孝子，从小没了父亲，是母亲含辛茹苦把他拉扯大，加上爱打架，母亲为这没少担心。他知道母亲的苦，所以在母亲面前十分孝顺，然而就是管不住自己的坏脾气，打起架来什么都忘了。他还有一个儿子，媳妇跑了把儿子撂给了金家，除了对母亲的孝心之外，儿子是他的宝贝疙瘩。上次刑满释放出来后，原本想着好好地在母亲跟前尽尽孝道，结果这下又被抓了进来，而且再也出不去了。这时，他只有祈求上苍把自己所做的孽，都惩罚到自己身上，不要殃及家人。

## 二

肖红走了，路遥也出院了。他的伤并没有好利索，在医院里待不住，心里牵挂着工作，牵挂着案子的进展。

市博物馆的文物盗窃、抢劫和在车上整个作案过程都审理清楚了，就是谁向“凤城五兄弟”提供了作案目标和地形图，还没有查清楚。从各种迹象分析“铁老大”很可能是本案的幕后主谋，但是这个环节只有金老大知道，而他态度却非常顽固，死不交代。经过多次交锋，没有取得任何进展。那张地形图可以肯定是博物馆内部人绘制成的，市局刑警队把博物馆内部查了一个底儿掉，到现在也没有结果。

路遥感觉“铁老大”还真是个人物，神龙见首不见尾。他琢磨着现在突破金正名是全案的关键，想了想问徐海发：“难道金正名就没有软肋？”

徐海发说：“据吴振奎讲，金正名有个儿子是他的命根子，他对老母亲很有孝心。”

“这就好办。”路遥兴奋地说，“那我们就做他亲属的工作。”

“是的，我正在考虑这件事。”李长青说，“我想批准他母亲带他的儿子探一次监，看有什么效果。”

路遥又建议发挥一下林向东的特长，给“铁老大”画一张模拟像，或许能发现重大线索。

说干就干雷厉风行，徐海发去找金正名的家属，李长青带着林向东提审吴振奎，为“铁老大”画像。

徐海发和地方所的片警去拜访金正名的母亲，在路上片警介绍了金正名的情况。“严打”的时候金正名因流氓罪被判刑，他老婆扔下儿子出走了，是他母亲抚养着他的儿子。金正名回来后也没有正经的工作，就是靠与“凤城五兄弟”哥几个欺行霸市到处敲诈点钱。金老太太没有什么生活来源，靠在家属大队干点活赚点工资，现在快六十的人了，在家属大队也干不成了，居委会看她可怜就在大院里给她找了个清洁卫生的活干，每个月勉强糊口，日子过得很艰难。虽然金正名经常让兄弟们给老太太送钱，但都被老太太拒绝了，她发誓只要儿子不学好，她和孙子宁可去要饭，即使饿死也绝不花他一分钱。

金家到了，只见院门紧闭。徐海发上前敲了半天门，里面也没人应。

敲门声惊动了邻居老太太，老太太告诉他们金家祖孙俩前两天让两个小伙子接走了，说是接他们去看金正名去。

徐海发一跺脚，知道坏事了，又让"铁老大"走到前头了，这显然是被扣作人质了。

李长青带着林向东提审了吴振奎，吴振奎详细供述了他所见到的"铁老大"，林向东认真地听了一遍，把人体特征做了记录，大致画了一个轮廓，回所后再做详细地修改。

这时徐海发到了看守所，把查找金正名母亲的情况说了一遍，李长青决定再审金正名。金正名带来了，他仍然是一脸的冷漠。

李长青告诉金正名，他母亲和儿子失踪了。金正名听后猛然一抬头，面部抽搐了几下，心中的悲凄油然而生，泪水从眼角涌了出来。既而跪倒在地，大叫一声："妈！儿子！是我连累了你们那！""嘣、嘣、嘣"在地上磕了三个响头，大声哀号起来。

李长青说："你知道是谁绑架了你的母亲和儿子，这一切是不是与'铁老大'有关?"

金正名流泪不语。

"出了这么大的事，你难道还无动于衷吗?"

"唉!"金正名长长的叹息了一声，说，"谢谢你们了，我自己知道是怎么回事，当我走向法场的时候，我妈和儿子就平安回来了。"

李长青一下泄气了，转了一百八十度又回到了原地。

## 三

这几天，林向东为画“铁老大”的模拟像煞费苦心，他根据吴振奎提供的线索，仔细揣摸着人物特征，经过几天反复推敲，先把“铁老大”的大轮廓画了出来。

今天是周日，伙食团的师傅休息，没人做饭。快中午了，林向东已是饥肠辘辘，正在为去哪找饭吃发愁的时候，路遥端着一盆鸡肉，两盒饭进来：“来来，快接一下。”

林向东接过汤盆嗅了嗅：“嗯，闻着都香。”

“吃着香才算，给，吃。”路遥撕了一只鸡腿给林向东。

林向东接过鸡腿尝了一口说：“真香！快赛过我妈的手艺了。”

路遥递给林向东一盒饭：“是吗？那就多吃点。”

林向东说：“我最爱吃我妈炖的鸡，里边放点香菇、木耳什么的，我也记不清了。炖得烂烂的，一提骨头肉就掉下来了。小时候我身子弱，我妈老给我炖鸡吃，说是补身子。后来我上了警院，就很少吃了。”

“哎，小林，你上警院是自己的志愿，还是你爸让你去的？”路遥与林向东拉起家常。

“其实都不是。”林向东笑着讲起了他家的情况。

林家三代单传，家人为林向东的前程分成三派，他爷爷、爸爸、妈妈各一派，都有不同的主张，就是没有人听林向东的。林向东小时候身体很弱，胆子也小，爷爷说长大了一定要送他当兵接受锻炼。后来，当兵的事他爸、妈说死不干，到考学的时候爷爷就做主让他上了警院。

“这老爷子挺有意思啊，看来你们家是你爷爷做主。”路遥道。

“在家里爷爷是封建家长，特武断，爸、妈都怕他，就我不怕。爷爷是老八路出身，后来当到了营长。”林向东自豪地夸赞道，“小时候净给我讲打仗的故事，有时候把我吓得老往爷爷裤裆里钻。可是我越怕他就讲得越恐怖，说这叫练胆儿。”

路遥听着哈哈大笑。

林向东继续说：“其实，我挺崇拜爷爷的，他小时候家里穷，从小受苦，没念过书。后来参加了八路军，也就是扫了一下盲，可是他读了好些书。爷爷的记忆力特别好，能通篇地讲《烈火金刚》《野火春风斗古城》，还讲他们打仗的故事，有时候听得我如痴如醉的，连饭都不想吃。”

“真是个好爷爷。”路遥称赞道，“你的模拟像画得怎么样了？我可是夸了海口的。”

林向东信心十足地说：“没问题，只是还要仔细地揣摸揣摸。”

路遥充满希望地说：“整个案子突破的关键也许就在你手中的画笔上。”

案子越深入越棘手，路遥把案子突破性的进展寄希望于林向东的身上，而林向东不负众望，真的把“铁老大”的模拟像画好了，路遥将这幅模拟像拿去让吴振奎看，吴振奎惊呆了，画得太像了。

路遥很高兴，仔细琢磨“铁老大”的画像时觉得似曾相识，但又说不上在哪里见过。他的脑海里突然闪过了一个念头，“铁老大”这副装扮可能是化装出来的？比方大墨镜小胡子？他马上把林向东叫来，让他按照自己的思路再画一张模拟像，去掉大墨镜、小胡子。林向东领命而去。

刑警队有急事，李长青回了省城。

## 四

路遥正起草一份工作报告，赵慧芳来了。她轻轻地推开门，手里举着一束鲜花，蹑手蹑脚地走到路遥背后，大喝一声：“呔！人被偷走啦。”

路遥身子没动头也未回，他知道是赵慧芳来了：“我就知道是你。”

“香吗？好看吗？”赵慧芳将鲜花送到路遥鼻子底下，路遥一抽鼻子：“嗯，沁人肺腑。”

赵慧芳取来一只空酒瓶，往里边注上水将花插进去，又给花上洒点水，屋里顿时有了生机。

“唉！又是一个春秋！纵有几枝红艳，怎堪忍折！”路遥看到花儿却添了几分忧伤，不禁长叹一声，心里十分感慨。放下笔走到窗前推窗望去，窗外已是满眼秋色，那棵老槐树又染上了一层金黄，万木开始凋零了。

“啧，啧。”赵慧芳咂着嘴，以前的路遥总是豪情奔放踌躇满志，没想到几天工夫就多了这么多感慨，显得深沉而悲凉，“一枝花使你如此叹息，什么时候开始怜香惜玉啦？还怎堪忍折，别不忍折啦，我可是等了你许久了！”她眸子里闪动着激情，流露出渴望。

路遥不敢看赵慧芳的眼睛，那眼睛能夺人魂魄。避开了她的目光，不知所云地说：“你呀，老是一副孩子气，天真得可爱。”

赵慧芳道：“我仅仅是可爱吗？难道不值得爱吗？我不是孩子，我是需要人爱的女人。”

“来，坐这儿。”路遥拉着赵慧芳的手让她坐下，“我一直想和你好好谈谈，今天得空，咱们就敞开说说心里话，好吗？”

“说吧，我也等了很长时间了。但愿听到我期待已久的话，而不是宣读最后的判决书。”

赵慧芳脸上表现得很冷静，但心里却忐忑不安，她真怕路遥说出绝情的话来。路遥想的正是这事，总要有个了断吧，无限期地纠缠下去对谁都是伤害。他喝了口水，酝酿了一下情绪说：“小芳，我和肖红的关系你是早就知道的，我和她不是那种普普通通的感情。自从和你认识以来，我被你的真诚、热情和对事业、生活积极执着地追求所打动。我承认，我对你的理解和关注已经超出了友情。在你炽热的情感面前，有时候确实情不能自抑，我已经到了进退维谷的境地，可是我不是那种见异思迁的人，不要再逼我了，好不好？”

“我有逼你吗？有逼出来的爱情吗？你这样说，我很伤心。”赵慧芳说到伤心处，眼泪顺着脸颊淌了下来，“这对我太不公平了，你可曾顾及过我的心里感受？在别人的眼里，也包括在你的眼里，我总像一个大小孩，快快乐乐的，可是我也有感情，也有悲伤，而我的悲伤都是因为你。有时候半夜半夜的睡不着觉，我在想你。我在被窝里偷偷地落泪，就连做梦都梦见的是你的冷漠，我在梦里伤心地哭，有几次哭着从梦中醒来……”她拭着泪水继续说：“然而，这一切所期盼的只不过是一个连自己都不知结果的梦，一旦哪天梦突然被打碎了，我真不知道还有没有勇气活在这个世上。”

“我不是成心要伤害你，你别哭，我最害怕女人的眼泪。”路遥的心又乱了。

赵慧芳说：“你也感受感受我的心情吧，当你知道我是在这种煎熬中度日的时候，难道你还那么坦然吗？”

人非草木，孰能无情？路遥怎么能不知道赵慧芳的感情，她的出现让路遥看到和接触了另外一种完全不同的女性，在比较中他发现了她与肖红的差异，她们有各自不同的气质、修养，有那么多闪光的东西从不同的角度吸引着他，两个人都使他难以割舍。他逃避赵慧芳，有时候甚至对她更加苛刻，实际也是因为对她的那种情感越来越深的结果。可是在这个女孩子猛烈的感情攻势面前，暴露出了路遥在女人面前的懦弱。他都不想伤害，然而这怎么可能呢？他心里充满了矛盾。

其实路遥的心境赵慧芳很清楚，她能感觉到自己在他心中的分量，那种情感在路遥的眼中能解读出来，她尊重路遥对肖红的那份情感，正因为是这样她才越爱他。不知道将来等待她的是什么，也许这种追求不会有什么结果。但是有这么个蓝颜她已经知足了。从赵慧芳的秉性来讲是从不放弃，从不言悔。她想说除非我死了，这种爱也始终不渝；她想说除非你抛弃我，那么我将终身不嫁！可这些话是在逼他，她不愿意把话说绝，让他为难。

沉默，久久的沉默。他们的心情太复杂了，两个人都不知道怎样来表白自己的心情，没有什么语言能表达此刻的心迹。

赵慧芳眼睛盯着路遥，心跳加速了。像一只偷食的猫，突然在路遥的脸上亲吻了一下，飞也似的跑了。

# 五

肖红回到深圳后采取了两项重要措施。一是开始着手限制白振宇的业务范围,削弱他的权限,她之所以这样做是听了路遥的警示。二是着手回笼资金。虽然目前家电销势很旺,而且价格还在一路上涨,库房里的货也已经快发完了,但却感觉到最近势头不好,家用电器销量以极快的速度上浮了百分之百,这在商业流通中绝对是不正常的。这预示着经济已经热膨胀到了临界点,硬着陆将要来到。所以她准备冻结资金,先稳一个时期看看形势再说。其实肖红还有一个目的,她准备将深圳的业务尽快脱手,盘回资金之后到凤城去发展。这次去凤城,她已经感觉到了与路遥之间的感情危机,特别是赵慧芳的出现使她加深了这种危机感。因此她决定放弃让路遥来深圳的念头,想到路遥身边去。

肖红出手太快,打乱了白振宇的步骤。他精心设计预谋了一个大的商业圈套,准备把肖红的资金全部卷走。自从上次跟随肖红去凤城,知道她已经有了未婚夫,加上在宾馆趁肖红醉酒施暴未成,白振宇就恨上了肖红。诚然白振宇确实爱着肖红,并且跟随她打下这份天下,但当爱的欲望破灭了的时候,第一个想到的是捞一笔钱财,他不能人财两空,他要报复。

白振宇趁着掌控肖红公司之机早已经开始了行动,他联系了几个商家准备恶意串通,设一个骗局趁下一批进货的时候,将肖红的资金骗走。然而这项计划还未及实施,肖红已经决定停止进口开始收缩资金,因此他的阴谋落空了。

白振宇毕竟是白振宇,在商海里闯荡了这么多年,虽然只是一个高级打工仔,但由于蓄谋已久并且通晓诡计,他还准备了第二方案。商业圈套做不成了,就开始实施第二步,盗转资金。他利用肖红不在时授权的支票和公章使用权,将肖红账上的钱全部转到了事先开好的几个空白户头上,钱转完后便溜之大吉。白振宇几天没来上班,肖红才感觉到问题的严重性,她赶紧安排会计去查账。然而会计的报告是白振宇所经手的货款不但没有报账，连银行户头上的款子已经分几次全部转到了不明账户上……

肖红"嗡"的一声血冲脑门，软软地瘫在椅子上……

肖红已经在宿舍里躺了许久，晚上也没有吃饭，泪水浸湿了大半个枕头。

突然，电话响了，肖红不愿意接，任它响着。可是对方似乎知道肖红在宿舍一样，电话一直响个不停，肖红拿起了话筒。

电话是白振宇打来的。一听是白振宇，肖红怒火中烧，腾！的一下从床上坐了起来，脏话脱口而出："混蛋，骗子，你在哪里？"

白振宇也不生气，慢条斯理地说："看看，才两天工夫怎么就变成了泼妇？有失风度啊。"

"你把我害得这么惨，还敢给我打电话？说！你想干什么？"

白振宇说："想约你出来好好谈一谈，我在心雨咖啡厅等你。记住不要报警，报警你就永远也见不着我了。"不待肖红说话他已经把电话挂了。

肖红如约来到了心雨咖啡厅，找了一圈也没见白振宇，就选了一个座位坐了下来。其实白振宇就在不远处盯着肖红，等了好一会看到肖红确实没报警，他才敢过来。

肖红没等白振宇坐下劈头质问："你为什么要这样做？"

白振宇坐在肖红的面前，似乎还是以前那样谦恭："为了你呀，完全因为你，那是因为我爱你。"

"胡说！骗子！"肖红怒斥道，"你害得我倾家荡产，还说是为了我？还说是爱我？"

"别说得那么难听，那里边有我的全部心血。你的资金是到了我的账上，而且我又另外注册了一个公司。"白振宇并无羞愧自责之意，一切都是那么自然，心安理得。然而他并不想和肖红闹翻，因为他喜欢过爱过她，他不死心，更想财色双收："本来我可以不和你见面的，但我确实爱你。你只要和我结婚，这些钱甚至这个公司仍然是你的，我也是你的。"

肖红看到白振宇刻意保持着一副伪善的面孔，好像吃了一只苍蝇，让人生厌，心里一阵恶心："和你结婚？休想！"

"那你将一无所有。"白振宇点了一根烟悠闲地吸着，往肖红的脸前吐了一个烟圈，肩膀一耸说。

“我已经向公安局报了案，我要告你！”肖红抱着一丝希望劝道，“你如果还有良知，还有悔过之心的话，就尽早收手把钱退回来，还有得商量。”

“那你是白费心机。”白振宇弹掉手上的烟灰，诡秘地一笑，“你知道吗，我下了很大的心思，费了很多周折把钱弄到手，所有的手续都是无懈可击的。”而后他又自嘲地说：“你见过狼把吃到嘴里的肉吐出来的吗？”

肖红恨不得上去扇他一个耳光，也恨不得扇自己一个嘴巴：“我真是瞎了眼！竟然看不出你是一个道貌岸然的伪君子，一只狼！”

“啧啧。”白振宇轻浮地讥讽道，“平时看着你挺斯文，挺有修养的，可这脸一翻和母老虎一样，那点斯文全没了。我是狼，但狼爱上了羊，爱你没商量。”

“呸！无耻！你不要以为自己多么聪明，做得天衣无缝。离地三尺有神灵，就是公安局查不出你来，我相信苍天自有公道，你是不会有好下场的！”肖红气愤至极。

“肖红，你何必这么固执。”白振宇看着肖红漂亮的脸蛋，又于心不忍，眼里露出不舍。他几近乞求地说：“我真爱你，这你是知道的，对我你为什么如此冷酷呢？我哪不如那个警察？我的学历、我的智商、我的才干哪比不上他？你为什么就不能爱我呢？”

肖红轻蔑地看着白振宇：“可能某些方面他不如你，他更没有你的阴险狡诈。但是他的人品却是十个白振宇都无法比的，你给他提鞋都不够资格！”

“人品是什么东西，值多少钱？没有钱，没有地位，人品一文不值。”白振宇扯掉了脸上最后一丝面纱，厚颜无耻地说，“你什么时候看到过街上的乞丐有过人品？你什么时候看到过靠肉体吃饭的妓女有过尊严？我有了钱就可以占有我想占有的任何东西，就可以做我想做的任何事。你不要以为自己多么高贵，这么多年你不就是为钱而奋斗吗？没有经济的支撑再高贵也会沦为下贱。高贵是属于那些有钱人的装饰品，是一种被别人尊重的面子。”他一副颐指气使小人得志的样子：“你不信吗，我现在有钱了，像你这样所谓高贵的人和所谓的高贵，只不过是被我骑在底下可怜的玩物，我想玩多少，玩多少。”此刻，白振宇的丑陋本性暴露无遗，撕下冠冕堂皇的外表时，比街上的泼皮更可恶。

肖红真没想到白振宇的思想如此龌龊。一张净白的脸下面竟然会有一颗如此肮脏丑陋的心！她气愤不已，顺手端起一杯咖啡泼到白振宇的脸上：“卑鄙！你不但无耻而且下流！”她愤然离去。

白振宇咬牙切齿地用纸巾擦着脸，愤愤地将咖啡杯摔得粉碎……

## 六

肖红回到宿舍，刚才所忍受的屈辱一下都涌了上来。在白振宇面前她只有愤恨，没有一滴眼泪，现在只有她一个人了，一切的持重自尊全没有了。她大喊一声：“奇耻大辱哇！”便一头扎在床上大哭了起来。

宿舍里没有开灯，窗帘拉得严严实实，屋子里漆黑一片，寂静无声。

肖红好像一具躺在坟墓里的活死人一动不动，在同龄人中肖红算是成熟的、性格坚强的一类，但她是女人，也有脆弱的一面。虽然童年丧父，还仍然有母亲的溺爱，一直还有路遥的呵护。上大学时母亲去世了，她经受了人生第二次打击，而她还是凭着自己的坚毅和聪慧拿到了奖学金，以优异的成绩拿到了毕业证书。这时闻一鸣选中了她，把她招到自己的旗下。在这之后她一帆风顺，事业有成，从打工到自己当老板，步入了辉煌灿烂的人生里程。那时候，她看到未来有如蓝天白云间的七色彩虹，色彩斑斓，无比绚丽。当眼前既有的一切化为乌有，当自己亲手绘制的宏伟蓝图，在一瞬间，被一股恶风吹得无影无踪的时候，她的象牙塔倒塌了。她还有什么脸面去见路遥？去面对朋友？死，这个字眼反复地出现在她的脑海……

也不知道过了多长时间，她想了很多很多，想了许久许久，甚至想不到一个合适的方法结束自己的生命。她从床上起来打开灯，想找一个器物为自己愚蠢的脑瓜开个窍，但是满屋都没有一把刀。竟然死都这么难！

肖红一气之下将桌子上的文件袋抛向房顶，这是她从办公室拿回来的文书资料。袋子里的文件飘了一地，从里边滚出来了一瓶药。

也是该着出事，这瓶药是会计的，因为会计有失眠症，所以开了很多安眠药，那天在肖红办公室谈工作，随手把药丢在肖红的办公桌上。鬼使神差，不知道是谁给一块儿收拾到文件袋里了。

肖红把一瓶药全部倒出来，塞到嘴里吃了进去。然后她走到穿衣镜前，用毛巾将脸上的泪水擦干净，又均匀地补了一点妆，拿出来口红，淡淡地涂在唇上，将几丝乱发梳理整齐，又穿上她最喜欢的西装，把路遥的照片擦了又擦，抱在怀里，然后静静地躺在床上等待着去见上帝。

肖红朦朦胧胧地回到了童年，看到了自己与路遥在一起玩嫁新娘，一起做游戏，一起背着书包去上学，路遥为肖红抓蝴蝶，路遥为保护她与男孩子打架……她是多么渴望再见路遥一面啊，但是没法见到了。她好想再听一听路遥那雄厚的非常弹性的富有穿透力的声音。

# 七

当肖红再次醒来的时候，已经躺在了医院的病床上。她不知道这是什么地方，只模糊地记得自己给路遥打过电话。那时药力已经发作，肖红眼前出现了许多幻觉，感觉到路遥就在身边，她向路遥哭诉着，然后就飘飘浮浮地过去了。觉得自己长了翅膀化成蝴蝶飞了起来，飞向天空，飞向远方，路遥渐渐地离她而去……

路遥接到肖红打来的电话，从那哭泣而又绝望的声音中，感觉到发生了大事。在肖红断断续续地诉说中他明白了发生的一切，在他焦急地询问中肖红的电话断了，那时肖红已昏迷过去，电话掉在床边。这下可急坏了路遥，他大脑飞速地旋转，进行着分析。她怎么了？是想不开了？自杀了？可是现在怎么办？打深圳的120？110？他突然想起了赵慧芳。

原来赵慧芳到了深圳，正在参加全国市级党刊在深圳召开的一个优秀记者笔会，因走得急没和路遥打招呼，到了深圳才打电话给路遥。赵慧芳打电话还有一个目的，想从路遥那要肖红的地址或电话，她想去看一看肖红。路遥当然没有告诉她，他怕惹麻烦，此刻赵慧芳却成了大救星。

路遥迅即抓起电话，拨通了赵慧芳房间的电话。赵慧芳接起电话听到肖红的消息吓了一跳，也顾不得问许多，记下地址，穿着拖鞋跑出宾馆，打了个的士就奔向肖红宿舍……

赵慧芳路上求助110，在110的帮助下，才把肖红弄到医院，当时肖红已是深度昏迷。幸好送得及时，医院对肖红做了紧急抢救，把她从死神手里夺了回来。看到肖红脱离了危险，赵慧芳打了个电话向路遥报平安。

路遥非常感激赵慧芳，也代肖红感谢她。

赵慧芳不需要感谢，这些都是她愿意做的，谁让她爱着他呢，只要路遥理解，她就知足了。放下电话，赵慧芳走出病房在走廊里走走，待她再回到病房时，肖红已经醒了。

肖红看到赵慧芳进来，一切都明白了，虽然不知道赵慧芳为什么会在深圳，但肯定是路遥让赵慧芳来的，心里一阵羞惭。救自己的竟然是自己的情敌，第一个看到自己最尴尬场面的人还是她，真是苍天注定的缘分和冤家。

赵慧芳惊喜地问："红姐，你醒啦？"

"是小赵，你怎么在这里？"肖红有气无力地问。

赵慧芳说："我正好在这儿开会。"

肖红一阵伤感袭来，不由得抽泣起来。

赵慧芳安慰道："红姐，不要悲伤了好不好？究竟发生了什么让你如此想不开？"

"唉！让你见笑了。我被骗了，破产了。"肖红伤悲地说，"你真不应该救我。"

"看，你想哪儿去了？"赵慧芳说，"傻姐姐，没有过不去的坎，人活着就有希望，你说对不对？"

肖红说："商海险恶，我是从万丈悬崖上跌到了谷底，绝望了。"

"跌倒了再爬起来嘛。"赵慧芳鼓励道，"红姐，在我的眼里你富有智慧而又非常坚强，可不是一击就倒的人。"

惭愧啊真惭愧！现在的肖红感觉到自己是多么的无能，多么的无奈，多么的无助，多么的怯懦！然而这一切有谁能理解？她不想让赵慧芳知道，她的眼里充满了绝望。

赵慧芳从肖红的眼里看到了她的心迹，于是开导说："姐，人都有不如意的时候，磨难才能使人更成熟、更坚强对不对？人死都不怕了还怕什么？"

"心乱智穷，当局者迷啊。"肖红此刻已经有些悔悟，她不想死了。就像赵慧芳说的，自己是死过一次的人了，再也没有什么可怕的了。她看着眼前的赵慧芳，心中充满了感激。

茶几上电话响了，是路遥打来的。赵慧芳接起来递给肖红："是路遥的。"

"哥，对不起，让你担心了。"肖红接过电话。

"你好吗？千万可别再做傻事了。"

"唉！"肖红长叹一声说，"我也算是两世为人了，没什么想不通的，你放心吧。"

"好妹妹，在深圳待不下去了，就回来吧。上次你不是说要回来吗？我看这里也挺好的，到凤城来，不是一样可以经商的吗？"

“不!”肖红现在却拒绝回去了,她不能就这样回去,这是刚刚与赵慧芳谈话时才下的决心。这就是肖红,在哪儿跌倒的她就要在哪儿爬起来。

路遥和肖红在谈话,赵慧芳离开了病房,躲在门外的走廊里暗自伤感落泪。

# 八

三天的会议结束了，赵慧芳要回凤城，本来要在走之前再去看看肖红的，却接到肖红打来的电话，她执意要为赵慧芳送行。

赵慧芳应邀来到了餐厅，肖红早已候在那里了，见了赵慧芳真像亲姐妹一样。如隔世相逢，两人紧紧地拥抱在一起……

肖红还是往日的肖红，病态和晦气早就一扫而光，不但容光焕发而且还多了几分劫后的成熟。她为赵慧芳斟上酒说："请你吃个便饭，一是为了答谢救命之恩；二是为你送行。"

赵慧芳说："你都破产了，还讲究这些干吗？"

"请你吃顿饭的钱还是有的，也是应该的。"肖红说。

赵慧芳道："那也不用这么客气。"

肖红说："我这个人恩怨分明，恩仇必报。你救了我，请你吃顿饭算什么？"

"既然如此，我就领你这个情！"赵慧芳端起酒来与肖红碰杯，"好了，这回我们俩扯平了，两不相欠，今后我们是情敌呢，还是竞争对手？"

肖红微微一笑，持重地说："我们是朋友。"

"好！我交你这个朋友。"赵慧芳爽快地握住肖红的手问，"今后有什么打算？"

"继续打工喽。"肖红平淡地说。

赵慧芳为肖红夹菜："我很佩服你这种精神。"

肖红惭愧地说："快别提什么精神了，让人笑话，我最难堪的一幕不是让你碰上了吗？"

"这不又振作起来了吗。"赵慧芳道。

"我这是强作欢颜。"

赵慧芳说："钱是身外之物，是有用的纸，不要太把它当回事。人不能当钱财的奴役,要驾驭金钱,要能得也能失。”

“人不要被金钱所奴役是对的,要驾驭它、做它的主人也是对的。”肖红道,“但是商人不爱财爱什么？我的所学和我的职业就是赚钱,君子爱财取之有道。我从不赚黑心钱。”

赵慧芳赞许道:“这也算商人的职业道德吧?”

“是的。”

赵慧芳说:“这一次也算是个教训吧,想必你一定能悟出道理来,以后会更加理性。”

“你真是个聪明人啊。”肖红称赞道。

“我是聪明人吗？你是有所指呢,还是泛指?”

“可以说都有吧。”

“你不会是说我是聪明的蠢人吧?”

“不。”肖红认真地说,“你总能从别人身上找到可借鉴的经验。”

赵慧芳自嘲地说:“我正被我的聪明搞得焦头烂额不是吗？而且两个所谓的聪明人在互相伤害。”

“今天请你吃饭,我们不提不愉快的事了好吗?”肖红主动地说。

赵慧芳说:“你很会操控气氛和掌握主动权。”

肖红自嘲地说:“在不理智的时候却往往犯傻。”

“唉!”赵慧芳长叹一声,深有感触地说,“人非圣贤,孰能无过,谁都有犯傻的时候。”

两个女人,两个共同爱着一个男人的女人,怎么会有那么多共同的语言？彼此算计着对方,彼此又倾慕着对方,彼此又能够互相理解。女人啊女人！真让人琢磨不透!

# 第十一章

# 血色残阳

XUESE CANYANG

# 一

这几天马挺彪的身体愈来愈沉重，四肢乏力，胸口疼痛，时常咯血。

晚上，母亲为马挺彪包了饺子，这是他最爱吃的。可吃了两口就吃不下了，便拖着病体上夜班去了。

马挺彪到了值班室，先查阅了值班日志，把重要的事项记录下来。突然一阵剧烈地咳嗽，使他疼痛难忍，拿了把椅子顶住胸部，大滴大滴的汗珠从额头上渗出。

张铁路从外边跑进来，看到马挺彪满头大汗，问："指导员，你怎么啦？"

"不妨事，有事吗？"马挺彪摆摆手问。

张铁路说："刚才接到1902次司机报告，在青风口至刘庄间的路基下面发现了大量铝锭。"

马挺彪吩咐道："你通知洛金虎，让陈春生开车出来，我们去现场。"

张铁路关心地说："指导员，你身体不舒服就别去了，我和老虎、春生三个人能对付。"

"不行，你们人太少。"马挺彪猜测说，"说不定是'铁老大'又出洞了。"

张铁路出去准备了。不一会，陈春生跑进来说："指导员，要出现场啊？汽油不多了，去了就不一定能回来。"

汽车要随时待命，关键时候怎么能没油呢？马挺彪刚要批评，话到嘴边又忍住了。他知道每台车一个季度的油指标才100公斤油票，汽油不够烧是常有的事，这箱油还是前些日子从车辆段借的，眼下只能凑合了。

世间的事总是这么不公道，你没事的时候天也没事，你有事的时候天也凑过来找麻烦。这雨是说来就来，"咔！"一声炸雷，大雨点就"噼噼啪啪"地往下落。

吉普车行驶在雷雨中，走过一段公路下便道沿着铁路线向现场进发。便道是土路，下起雨来土路变成了泥泞，汽车不时地陷入泥泞中，轱辘打着滑动弹不得。

车陷了推出来，再陷了再推，好不容易推推搡搡地来到了出事的区间。

马挺彪吩咐洛金虎到前面侦察，让陈春生把车隐蔽起来。他和张铁路一块查看地形。

旷野漆黑一团，只能听到哗哗的雨声。已是深秋时节，瑟瑟的秋风吹来刺骨的寒冷，雨打在脸上好像冰针扎在神经上。本来身体就有病的马挺彪此刻觉得撑不住了，全身透凉，腿发软身子发抖。忍不住扶着张铁路的肩，倚着他站在火车股道里。

他们所在的位置是454公里处，前后都有涵洞藏身，是很好的设卡守候地点。

“这么大的雨，案犯不会想到我们守着，一定会来取赃。”马挺彪说话的声音有点发颤，他尽量把声音放得低一些，平和一些。

张铁路感觉到马挺彪的手将自己抓得很紧，担心地问：“指导员，还好吗？”

马挺彪强打精神轻声说：“还行。”

“他奶奶个熊，这是什么鬼天气，专门和我们作对！”洛金彪从远处急匆匆跑来，一边用手抹着脸上的雨水，一边报告，“指导员，从这里往前到455公里牌，大概有一公里左右，撒了一路铝锭，足有二百多块。”

张铁路也狠狠地骂道：“这帮家伙太贪心了，一次偷这么多。我估计他们肯定有机动车，不然拉不走。”

“今天一定能抓住他们！”马挺彪一阵咳嗽，稍喘息了一下说，“你俩在这边涵洞里守着，我去前边。叫春生守在车里接应，把对讲机都放在一频道。分头行动！”

张铁路劝道：“指导员，你身体不好，去车上指挥吧。”

“我没事，进入岗位。”马挺彪说完朝前走去。

张铁路看着马挺彪走去的背影对洛金虎说：“哎，老虎，我看指导员病得很重，我一个人在这就行，你到指导员那儿去吧，一定要照顾好他。”

“行，你一人多小心啊。”洛金虎向马挺彪的方向跟了过去。

# 二

涵洞里能避风，马挺彪感觉暖和多了。洞外雷鸣电闪下着大雨，雨水从脚下流过。

一列货车在涵洞上通过，发出轰隆隆的声响。马挺彪止不住又一阵咳嗽，他掏出手绢塞到嘴里紧紧地咬住。

洛金虎钻进涵洞，马挺彪赶紧将手绢塞进口袋里，大口喘着粗气，问："你怎么过来了?"

洛金虎说："铁路一人能行，我过来看看。"

"那你就待在这吧，勤出去看着点。"马挺彪确实感觉顶不住了，叫洛金虎留了下来。一股血腥味涌上喉咙，马挺彪赶紧用手绢捂住嘴，"呕!"一口吐到手绢上。

"指导员?"洛金虎打开手电一看马挺彪的脸蜡黄，抢过手绢，发现上面一大片血迹，不禁心里一阵紧张："指导员，你吐血啦?"

马挺彪摆摆手说："不要紧……"

"什么不要紧，我们赶紧去医院。"洛金虎是个急脾气，不容分说抓住马挺彪的胳膊背起来就要走。马挺彪说："放开我！净胡闹，这么大的案子，正需要人的时候，我怎么能临阵脱岗呢?"

洛金虎真急了，大声说："管不了那么多，治病要紧……"

"你怎么这么啰唆？快出去看现场。"马挺彪命令道，"这是命令!"

洛金虎无奈走出涵洞，用夜视仪向旷野瞭望。

这是"铁老大"组织的又一次犯罪。这段时间以来"铁老大"走了背字，一败再败，迫于无奈消停了一段，可他豢养着一帮人是要钱花的，所以这次又把"老疤头"调了出来干了一把。"老疤头"当即回二里集找了两个同伙，一个是同姓兄弟叫李争，另一个叫赵田。事先约好赵田开车在区间等候，他和李争到前方站扒车，在青风口至刘庄区间卸下铝锭，再开上汽车来取货。

洛金虎发现有一辆卡车由远而近开到现场，停车、熄灯，几个人影从车上跳下来开始往车上搬铝锭。他回到涵洞里，向马挺彪报告："来啦，离得太远，看不清楚多少人。"

马挺彪拿对讲机命令道："大家注意，案犯已经进入埋伏，注意隐蔽，靠上去，出击！"

"指导员，我一人上去就行了，你在这休息。"洛金虎说。

"赶紧上，哪那么啰嗦。"马挺彪已拔出手枪冲了出去，但是刚跑了几步腿一软一个趔趄摔倒在地。洛金虎上前搀扶马挺彪："指导员……"

马挺彪一推洛金虎说："别管我……快……快上……"

洛金虎抱着马挺彪不忍离去："指导员……"

马挺彪焦急地催促着："快……快……"

"指导员，你等着，我马上就回来。"洛金虎放下马挺彪向窃贼冲去。马挺彪竭力想站起来试了几次都没能站起来……

张铁路和陈春生听到命令，从不同的方向朝案犯包抄过去。三个窃贼正在紧张地搬运赃物，李争正抱着一块铝锭往汽车方向走，洛金虎从后面上来将他扑倒。

"哎呀！"李争惊叫了一声还想挣扎，洛金虎一拳打在他的脸上，"叫你喊！"从腰里掏出铐子把他铐上。赵田听到李争叫声刚要跑，张铁路已经冲到跟前。赵田将手中的铝锭砸向张铁路，张铁路一闪身躲过，赵田转身就跑。

张铁路拔出枪大喊一声："别动，我是警察，再动我就开枪了！"

赵田举起双手，跪在地上赶紧求饶："别……别开枪。"

李贵离汽车最近，听到动静扔下铝锭就跳上了卡车，被陈春生迎面拦住。

李贵一踩油门驾车要跑，陈春生在前面堵着汽车，鸣枪示警。李贵根本不予理睬，驾车向陈春生撞去。陈春生一跃跳起闪身躲过汽车，汽车擦身而过。他翻身起来，紧跑两步跳上汽车的踏板与李贵争夺方向盘。汽车在泥泞的路上"扭着秧歌"，李贵一拳打在陈春生的脸上，将他推下车，开足马力逃走。陈春生翻了几个滚爬起来，紧跑几步跳上吉普车，加足油门追李贵，吉普车刚追出去不远就没油了，哼哼了两声停在路边。陈春生眼看着李贵驾车远去，生气地一砸方向盘骂道："他母亲的！"

洛金虎抓着手铐将李争拖到张铁路跟前："……马导不行了。"转身向马挺彪那跑去。

马挺彪躺在雨地里，浑身透凉，已经昏迷过去，周围积起了一汪水。

“指导员，指导员，你醒醒啊！”洛金虎抱着马挺彪大喊两声，马挺彪没有一点动静。他抱起马挺彪跑到吉普车旁，焦急地说：“春生，快上医院……”

陈春生一拍汽车生气地说：“没油啦。”

“真是时候，这是他妈什么老爷车啊！”洛金虎急得带着哭腔，“快挡个车啊！”

公路上，一辆汽车开来，洛金虎抱着马挺彪站在路旁，陈春生上前挡车：“哎！停车。”

汽车并未速减停车，而是开足马力从他们跟前擦身而过，将地上的雨水卷起来一道浪波。

“奶奶的，见死不救，你不是人！”洛金虎大骂道。陈春生用雨衣为马挺彪挡着雨，马挺彪紧紧地闭着双眼，呼吸越来越弱……

又一辆车开过来，洛金虎将马挺彪交给陈春生，说：“我挡，奶奶个熊，不停车老子毙了他！”

洛金虎叉开双腿站在路中央，拔出手枪朝天鸣了两枪，大声喊道：“停车！”

车停了下来，司机问：“下这么大雨，你们要干什么？”

洛金虎掏出工作证说：“师傅，我是警察，这儿有一个病人快不行了，快送我们上医院。”

司机说：“上车吧。”

## 三

医院,洛金虎抱着马挺彪疯了似的跑了进来,大喊:“医生! 医生! 快救人哪!”

值班医生、护士匆匆忙忙地把马挺彪推进急救室。

洛金虎赶快趁这个机会给路遥打了个电话,把现场情况和马挺彪的病情做了汇报。路遥接完电话,马上给车站杨站长打了一个电话,让车站派了一辆车带上汽油到现场接人,自己开着摩托车来到医院。在走廊看到泥猴一样的洛金虎,急切地问:“指导员怎么样?”

洛金虎有气无力地指了指手术室。

主治医师走出手术室,路遥和洛金虎赶忙上前。“医生,怎么样?”

主治医师摆了摆手说:“不行啦,赶快准备后事吧。”

“啊!”路遥惊愕地问,“是什么病?”

“肺癌。”主治医生说,“这个病人前些日子来检查过一次,是我接的诊,当时怀疑是肺癌,但是没敢直接告诉他,我让他赶紧来住院,他一直就没来。刚才打开胸腔,癌细胞已经扩散了。”

路遥焦急地说:“你们快给他治呀! 无论如何也要把他救回来!”

主治医师无奈地说:“我们已经尽力了。”

马挺彪被推出来,送进了重病看护室。他躺在病床上,脸上没有一点血色,消瘦的身体只剩下一副骨头架子。路遥立在床边,看着这位将要离去的兄长心如刀绞。老天啊你不公平! 为什么要夺走了他的生命?! 路遥强忍着悲痛将嘴伏在马挺彪耳边轻轻地呼唤:“指导员。”

马挺彪微微地睁开眼,嘴张了几张没能说出话来。手指无力地动了动,指向上衣的口袋。路遥从口袋里掏出一张未发出去的汇款单,里边装着五十元钱,汇款单上写着:刘桂明家收。原来他每个月都从自己微薄的收入中,抽出五十元钱寄给桂子家。

路遥禁不住热泪夺眶而出，哽咽地说："指导员，你……"

马挺彪用手指着钱，喉咙里发出了几个单词："寄……寄……"话没说完便闭上了眼睛，心脏停止了跳动。

路遥、洛金虎齐声叫道："指导员！"

洛金虎捶着胸，发出了闷雷一样的哭声："都怪我没有照顾好他！"

路遥抓住马挺彪冰凉的手，已是泣不成声："指导员！我的老哥哥，你怎么就这么走啦？再跟我多说几句话吧……"

这时徐海发把马大娘、马大嫂和小龙接到了医院，然而他们没能看上一眼，马挺彪已辞世而去。

小龙推着马大嫂进来，他丢开妈妈哭着扑到病床上抱住马挺彪大哭："爸！爸！"

马大嫂从轮椅上跌下来，往前爬着，凄厉地喊："他爸……挺彪……是我拖累了你呀……天哪！老天你把我带走吧，留下我的挺彪吧！"

马大娘在徐海发的搀扶下拄着拐杖，颤颤巍巍走到病床前："儿子，儿子，你就这么走了吗？"老人家用手杖敲着地板，泪水冲刷着皱纹在脸上横流。生气地责骂道："你……你……你个不孝之子，还要让老娘送你上路……"这哪里是埋怨，分明是心痛；分明是对命运的无奈；分明是在诅咒苍天的不公！她举起拐杖打在马挺彪的身上："我打死你这个不孝之子……"

路遥抓住手杖跪在马大娘的膝下："大娘，别打了。是我没照顾好他，要打您打我吧。"

马大娘的拐杖掉在地上瘫倒在路遥的怀里。

## 四

路遥把医院的事情安排完毕，马上赶回派出所，连夜审讯案犯。经审问得知此二人叫赵田、李争，逃跑的人正是负案在逃的“老疤头”李贵，长期以来他一直藏匿在红花村砖场。

路遥决定立即行动，抓住“老疤头”。只要抓住了“老疤头”，对破获“铁老大”全案就有了新的突破，也可告慰马挺彪的在天之灵。他让徐海发、张铁路到马挺彪家，帮助处理丧事。因为罗明曾经见过“老疤头”，便派他和洛金虎去抓“老疤头”。

待一切都安排妥当，天已大亮，路遥办公室的电话声响不绝于耳。先是方克来的电话，通知路遥自己正在赶往凤城，让他到医院陪同吊唁马挺彪。马上又接到政治处主任江云海的电话，说政治处已经派人来凤城处理丧事，让派出所协助料理好善后，并宣布由路遥暂代指导员。

路遥放下电话带着陈春生到医院迎候处长。

方克把帽子托在手里，在马挺彪的遗体前深深地三鞠躬。他面色沉凝，心绪飞驰，想起了马挺彪的生平，充满了深情的怀念和惋惜。吊唁完，方克要去看望家属，路遥和处长坐在一个车上，路上大家的心情非常沉重。

方克忧伤地说：“老马是一个难得的好人。唉，可惜呀！我们又失去了一个好同志。”

路遥说起了马挺彪事后的指导员人选问题：“处党委在选配新指导员的问题上，是不是考虑一下我们所里的意见？”

方克扫了一眼路遥，默默地听着。

“处长，您知道徐海发是一个老同志了，工作很有经验，有能力，群众基础好，政治水平高……”

没等他说完方克便把话题打住：“好啦，好啦，别一大堆赞美的话，这个同志我比你更了解，你怎么不说他有一大堆的毛病啊？”

“金无足赤，人无完人嘛。”路遥直抒己见，“我们应该用人所长，不用所短。再则我还认为，一个人的缺点有时候恰恰是他的长处。”

“噢？看来你还是很有见地的吗。”方克侧眼看了看路遥，没想到路遥会有如此眼光。他确实长大了，成熟了。不再是以前那个稚嫩的毛头小子了。赞许说：“我们就是应该用人所长抑人所短，这样就无不可用之人哪。可惜我们很多当领导的没有你这种见识和胸襟！这个意见我会提交党委的。”

路遥充满感激地说：“谢谢处长。”

方克拿出了一纸命令：“这是林向东的调令，调林向东到分局政治部接受新的工作。”

“林向东实习期还没满呢，怎么会有调动呢？”路遥不解地问。

方克说：“这还不是他爸，咱们那个林大局长的意思啊。人家是怕呀，风险太大，交给我们不放心。”

路遥惋惜地说：“我觉得他干公安很有前途，是个可塑之材，调出去可惜了。”

罗明、洛金虎他们到红花砖厂扑了个空，“老疤头”从昨天出去就没回来。罗明和洛金虎一商量，决定在砖厂守候，可是守了一整天也没见“老疤头”的影子，他们忍饥挨饿地继续守着。

“老疤头”知道末日到了，这次行动没有成功，不说公安饶不了他，“铁老大”也饶不了他。他把汽车开回来扔给车主，准备再一次向远处逃跑。他先在朋友那儿藏了一个白天，第二天晚上半夜时分，才悄悄地摸回砖厂。被候了已久的罗明、洛金虎逮了个正着。

天悲怆，山呼啸，水呜咽，人凄凄，车站广场一片庄严肃穆，摆满了花圈，自愿为马挺彪送行的职工群众排满了路两旁。处长方克、政治处主任江云海特地从省城赶来主持追悼会并为马挺彪送行。路遥、徐海发、洛金虎、张铁路等人抬着马挺彪的灵柩缓缓而行。小龙抱着马挺彪的遗像走在前面，林向东推着马大嫂缓缓地走在队伍中。人们怀着无限悲痛的心情送别这位老战友、老同志、老朋友，自己的亲人……

送葬的队伍走在蜿蜒的山路上。到了到了，快要到了，那是你的目的地吗？你能不能停一停脚步,歇一歇啊?这美好的世界你还没有看够呢!走得慢一些再慢一些,你生前未竟的事业还需要你呢!

亲爱的丈夫,亲爱的爸爸,亲爱兄长,让我们再看你一眼……再看你一眼。多想挽留住你的音容笑貌,与你共享未来;多想挽留住你博大的胸怀,与你一同纵横驰骋;多想留住你的温柔,与你同床共眠……

然而你就这样走了,无声无息地走了,我们送你一程再送你一程……

公墓前,送葬的队伍停了下来。灵柩慢慢落向坑底,黄土徐徐撒落……

一捧黄土,一座坟丘葬了斯人,逝者驾鹤西去了。

马大嫂失声痛哭:"挺彪哇……"

小龙跪在墓前撕心裂肺地哭喊着:"爸爸……"

众民警脱帽行礼。

苍山如海,残阳如血……

# 第十二章

# 杀机四伏

SHAJI SIFU

# 一

好事总是来得那么晚，马挺彪去世了，家属的城镇户口也批下来了，要是早有这个城市户口，马挺彪的身体也不至于被拖垮，徐海发唏嘘着。

是呀，路遥何曾不是这样想呢，然而这一切都做得太晚了。由此想到了马挺彪家今后的生活，也想到了刘桂明家属的生活，这些都应该有一个妥善的、长远的解决办法。

路遥和徐海发商量从小件寄存赢利款中每个月抽一部分出来，建立一个救济基金，解决困难干警和遗属的生活问题。

从前晚出现场到今天办丧事，全所干警都两天没合眼了。"老疤头"抓回来还没来得及审，如果再不审，就要超时违法了。路遥安顿大家去休息，让徐海发晚上过来一块审"老疤头"。

徐海发走了，路遥困乏得要命，刚想脱衣服稍休息一会，却摸到了林向东的调令。这两天忙得不可开交，竟然给忘记了，还没有向林向东宣布调令呢。

路遥把林向东喊来，向他宣读了命令说："小林，准备一下今晚上车回省城，到铁路分局报到吧。"

林向东看到命令恍然大悟，一定是爸爸做的决定。他拿起电话拨通了分局长的办公室，气愤地直呼官职："林局长你好，我是林向东！"

林局长听到是儿子的声音，责怪道："儿子，这是怎么和爸爸说话呢？"

"不！我不是你儿子。"林向东说，"我现在是以一个普通民警的身份向你反映问题，我林向东因为什么被调出公安机关？"

林局长解释道："孩子，这是为了你好，这是你妈妈的意思，也是我的意思。"

林向东说："我已经长大成人了，不是小孩子！你们不要替我包办一切好不好？"

看到林向东与父亲在电话里你一言我一语地争吵了起来，路遥离开了办公室。等他返回来的时候，林向东正伏在桌子上哭泣。他拍拍林向东的肩膀劝慰道："别难过，是金子到哪都发光，到新的岗位上好好干啊！"

"所长，我真的不愿意走，我已经对公安工作很有感情了，求你向处里反映一下，把我留下吧。"林向东哭诉着。

路遥无奈地说："我也不想让你走，你的命令是处长带来的，处里已经知道了。你知道公安处得听铁路分局的。"

林向东还是不死心，进一步恳求道："所长，如果说以前干警察我是被动的，可现在我喜欢这个工作了。过去我是胆小，遇事怯懦，但是现在已经慢慢坚强起来了。特别是车上那次事件，使我亲自经历了惊心动魄的战斗，也真正体验到了我们这个集体团结战斗的精神，在这个集体中我深受感染和磨炼。自己都觉得变了很多，开始成熟了起来。可是现在却要让我半途而废……"

"你的进步我们大家都看在眼里，我也深知你会成为一名好警察，但是分局的命令已经下来了，作为下级部门必须执行，这你是知道的。"路遥无不惋惜地说，"今晚你返回省城吧。小林，让我们共同珍惜这一段难忘的工作经历，好吗？"

林向东知道事已至此，再也无法挽回了，恳切地说："指导员走了，昨晚到今天大家都忙着没有休息。今天晚上就让我值最后一个班吧，再说那幅模拟像还没画完呢。"

"也好，为你在这儿的工作画一个圆满的句号。"路遥答应了。

林向东郑重地行了一个礼说："是！"

阴差阳错，林向东留了下来。仅一个晚上，事件却发生了翻天覆地的变化。

"老疤头"抓来后，再没人顾得上他。今晚上好不容易有了时间，路遥要好好地会一会"老疤头"，进一步挖出"铁老大"。他让徐海发做主审，自己冷观动态。

徐海发给李贵点了根烟，开始了审问："上次让你跑了，竟然还敢偷？真是不见棺材不落泪。"

"抓住算我倒霉，抓不住就得偷，要不我怎么生活？"李贵答得倒也痛快。

徐海发把火机往桌上一扔："什么逻辑？不偷就不能生活了吗？别人是怎么生活的？"

李贵怏怏地说："别人咱管不着，我是不想过那种生活，面朝黄土背朝天，这种苦受够了。”

“发家致富的路子有很多，你干吗非要走这条路？”徐海发问。

李贵答得更直爽：“那多辛苦哇，要想富吃铁路，一年几个万元户。”

徐海发问：“你参与了多少次？偷了有多少？”

说实在话连李贵自己也不知道偷了多少次，价值有多少。只好说：“你们查吧，查出来的我都认。”

“是谁指使你们盗窃的？”徐海发问道。

李贵满不在乎地说：“哪还用谁指使，谁不想有钱？想钱就上铁路呗。”

徐海发：“那么，是谁向你们提供铁路运输物资运行的情报？”

“没谁，我们自己踩点。”李贵的眼神闪了一下答道。

“李贵，你不老实！”徐海发敲着桌子说，“据我们掌握，有人向你们提供情报，你们这是一个有组织的犯罪团伙。”

李贵反问道：“你们掌握还问我干什么？”

路遥一直在揣摸“老疤头”的心理，从他的绰号、举止和刚才审问的情况看，这个人文化层次不高，应该是一个地道的土流氓。这种人土生土长，恶行乡里，性格粗暴，靠在社会上闯荡的一些经历，唬唬人混口饭吃。在他们的眼里就是钱，这种人极其势力，弱点就是不明利害而盲干，一旦明白，身处死地，必然要倒戈。

“你知道你犯的罪够什么刑罚吗？”路遥问。

李贵一怔，茫然地说：“我不知道，这个不懂。能判我什么刑？”

路遥心里更有底了，这是一个典型的法盲：“你盗窃运输物资数额巨大，够判死刑了！”

“不会吧，有那么严重吗？”李贵惊愕地问，“你不是唬我吧？”

路遥问：“你学过法吗？”

“平头老百姓怎么想着倒腾钱还顾不过来呢，学那玩意干啥？”李贵大大咧咧地说。

路遥递给他一本《刑法》，说：“这是《刑法》，我想你还能读得下来。这条你自己看一看，盗窃物资数额巨大够判什么刑？”

李贵看着《刑法》条款，念道：“……死刑？……哎呀，我的天哪……”头上马上浸出了汗珠：“这……这我从来没想过……原先想不就是偷点东西嘛，抓住了最多判十年八年的，反正我也捞够了，没承想还有死刑？”

抓住了弱点，就要乘胜追击。

徐海发道："脑袋掉了吃什么也不香了，有什么福你也享受不上了，对吧？"

李贵用手指刮着脸上的汗水，像鸡叨米似的连连点头："是是是。"

路遥一看是火候了，进一步开导说："你如果老实交代，坦白得好，而且能揭发出别的重大罪行，就有立功轻判的机会。"

李贵急切地问："能不判死罪吗？"

"那就看你能立多大功了。"路遥说。

李贵试探道："我要是交代一个比我罪更大的人呢？"

路遥道："这就是重大立功表现，我们可以建议审判机关对你轻判。"

李贵说："这……这，你们让我好好想一想。"

"行，我们有耐心等着你……"路遥刚审问到此，突然电话铃响了，路遥接起电话大吃一惊"啊！"扔下电话对徐海发说："把李贵铐到暖气管上，快去值勤室。"

电话是罗明打来的，报告值班室发生了一件人命关天的大事。这件事把路遥送到了风口浪尖上。

## 二

林向东接到调令心情很不好，他确实爱上了警察这个职业，在这个集体的熏陶下他已经融入他们之中。他为路遥的人格魅力所感染，被马挺彪的敬业精神所折服；他敬佩徐海发的老练成熟，也欣赏洛金虎的忠勇仁义；张铁路的宽厚，罗明的机警……都在他的心灵上打下了深深的烙印。天天在一起难免有这样那样的不如意，为此翻过脸，伤感过、哭过，也争吵过。现在要离开了，却发现自己深深地爱上了这里。但是又不能不离开，命运不操控在自己的手中，感觉到十分悲哀和非常无奈。此刻，林向东坐在“铁老大”的模拟像前，尽量平伏自己的心绪，这是最后一个班了，他要认真地完成这最后一件任务。画板上摆着画好的那张“铁老大”经过化装的成像，另一边是一张白纸。

林向东对着成像已经苦苦思考了若干天了，一直迟迟没有下笔，他要认真分析成像的肌肉、骨骼的特点，人物的气质性格。“铁老大”的动态形象在脑海里浮现出来被否定，再复原再否定，从模糊的轮廓到清晰的成像多次复合，经过反复地酝酿终于成熟了。他开始落笔，迅速地勾勒，一气呵成，一个活脱脱的“铁老大”跃然于纸上。林向东成功了，涂完最后一笔，他站了起来远看近看正看侧看，激动地欣赏着自己的杰作，自言自语地说：“‘铁老大’呀，‘铁老大’，我终于使你原形毕露了！”当他再一次地仔细端详这张成像的时候，不由得吃了一惊。怎么这个人这么面熟呢？忍不住大叫一声：“是他？”

“是我。”一个声音从背后传来，在林向东全神贯注地画像时，这个人已经在他身后站了很久了，他就是“铁老大”。林向东猛然回头：“啊！”

一根大棍重重地打在林向东的后脑上。“铁老大”下手真够黑的，一棒就把林向东打倒在地。突然，门外传来了脚步声，他扔下木棒，一把撕下画像越窗而逃。

进来的是罗明，今天他带班。刚才看林向东正聚精会神地画像，不想打扰他，就出去巡逻了。当再一次回到值班室的时候，林向东已经倒在了地下。罗明慌了神，不知道发生了什么事情，连喊了两声，林向东毫无反应，便抓起了电话向路遥报告。

路遥、徐海发到了，值勤室一片零乱，林向东躺在地上。

“小林！”徐海发抱着林向东，只见他后脑血迹斑斑鼓了一个大包。路遥用手指在林向东的鼻子上一搭：“有呼吸，叫陈春生快把车开过来，赶紧送医院。”

罗明跑去把陈春生叫来，路遥抱着林向东上车，向徐海发吩咐道：“保护现场，向处里报告。”

就在这个时候，一个黑影蹿进审讯室，他是“铁老大”。

“老疤头”见到“铁老大”高兴地笑了，但没等他说话，一根绳子将他的脖子勒住，并在他身上连踢带打制造外伤。不一会“老疤头”就停止了挣扎，被“铁老大”吊在了暖气管上。

警车呼啸着进了医院，林向东被推进了急救室，医生紧张地为他做了检查，最后确诊是外创性后脑颅骨塌陷闭合性脑损伤，颅内血肿，必须马上进行开颅手术。医生出来问路遥：“你是病人的家属吗？”

“我是病人的所长。”路遥道。

医生说：“现在病人马上需要做开颅手术，要家属签字。”

“结果会怎样？”路遥问。

医生慎重地说：“开颅手术是大手术，我们不能保证百分之百的成功，即便是手术成功，病人轻者残废，重者可能成为植物人。”

“必须现在签字吗？可是他的家人不在呀。”路遥被吓着了，忧虑地问。医生说：“是的，晚一分钟就多一分危险，我们是在和死神争夺生命。再不能耽误了。”

“好，我签！”路遥心一横在手术单上签了自己的名字。

“屋漏偏遭连阴雨，船破却遇顶头风”，当地土话说偏偏就遇了个偏偏，事情接踵而来。路遥刚刚签完字，罗明开着摩托车进了医院，没来得及熄火就从车上跳下，风风火火地跑进来，向路遥报告：“‘老疤头’死了。”

路遥又是大吃一惊，像寒冬腊月浇了一盆冷水，激灵灵打了一个冷战，这事非同一般！他向罗明、陈春生吩咐了一声就跑向摩托车，一脚油门飞也似的冲出医院向车站派出所驶去。

路遥确实懵了：林向东在值班室被袭击，紧接着一名案犯死在审讯室。是谁浑身长嘴也说不清，所长更加脱不了干系，况且“老疤头”还是他亲自审的。

路遥在摩托车上胡思乱想，不知道是怎么开回来的。进到派出所的大院，把摩托车一扔就跑进了值勤室。只见一根绳索将李贵吊在暖气管上，一只手铐打开当啷在地上。大家都守在门口，大眼瞪小眼地看着路遥，连大气都不敢出。

路遥惊呆了，腿一软差点摔倒，他倚着门框，像是在问自己又像是问大家：“怎么会这样？”

徐海发沮丧地说：“你送小林去医院，我们进来看到就是这个样子。”

路遥甩甩手急躁地说：“完啦完啦，这下事大了。向处里报了吗？”

徐海发说：“那得有你个话呀，你没回来我没敢报。这又不是个小事，怎么着我们也得合计合计。”

路遥说：“这事能瞒得住吗？你赶紧报一下。还有林向东被害的事一块报！”

徐海发拿起电话就要拨号，又被路遥挡住了：“你等等，容我想一想。”瞬即他又说：“你就报李贵是我审的，不要说你参与了。”

徐海发迟疑了一下：“这怎么行呢？”

路遥一摆手说：“你听我的，就这么报。”

## 三

徐海发将两起事件向公安处做了汇报，刚放下电话，电话铃又响了，是陈春生从医院打来的，他汇报说林向东的手术做完了，手术还是成功的，让家里放心。接到这个电话路遥心里还稍微有点安慰，无力地坐在椅子上。

路遥眼睛充满了血丝，眼窝深深地塌陷了下去，脸上疲惫不堪，额头已染上了风霜。

徐海发不由得一阵心酸。此一刻的情景对他的震撼太大了。一年前的路遥是何等的英俊潇洒，那时候可以从脸上看到娃娃气来，然而短短的一年里竟然把他的青春活力消磨去了这么多。仅这几天的工夫惊涛骇浪滚滚而来，一次又一次把他抛到浪尖上。许久，徐海发没有说话，路遥也没有说话。

路遥一手插在发际托着沉重的头，一只手伸出了两个手指头。

徐海发掏出来一根烟点着递了过去，这是他见路遥第二次抽烟。第一次是在列车上处理"凤城五兄弟"的案子，那时候对手就摆在眼前，无论多么凶恶他们都是困在笼子里的野兽。与现在不同，这一次把路遥逼到了万劫不复的境地。这背后有一只无形的黑手推波助澜，然而你却不知道对手是谁，他在哪里。

连着发生这么多大事，不说全处，就是全局也是罕见的，全所上下乱了套，人心惶惶不知所处。大家都在看着路遥，他是所长，是大家的主心骨，等着他做出决断。而此时，路遥心情极其糟糕，如一团乱麻理都理不出头绪来，脑子里好像火烧了蜂窝，乱糟糟的嗡嗡叫。他深深地吸了口烟，一次又一次告诫自己，要冷静冷静再冷静。但是这一切来得太突然，需要考虑的事情太多了，甚至没法使自己冷静下来。

此时此刻路遥特别想念马挺彪，要是他在该多好哇。往常只要马挺彪在就好像身后有一个坚强的支柱，心里感到特别踏实。然而，现在他不在了，只能靠自己一根独木撑着,他觉得自己这根独木找不到支点了,撑不住了。一股暗流涌动,一波一波的大浪朝着他扑来。

路遥走到窗前打开窗子,一股凉风吹到脸上,清醒了许多。他平稳了一下思绪,像缫丝工仔细地分辨着当前的一团乱麻,想从中找出一个头绪来。

路遥从这起铝锭案开始分析,思路渐渐清晰起来。能做这么大案的人应该是"铁老大",林向东被害是否和"老疤头"被杀有关联?林向东答应要把"铁老大"的画像完成的,可是现在为什么那张画失踪了?这一切都应该是"铁老大"的行动手法。路遥现在才确实感觉到"铁老大"的厉害,这一招可谓是一箭三雕。一箭射向林向东,毁画像;二箭杀林向东调虎离山,进而杀害"老疤头"丢卒保车;三箭是除了能自保之外,还借林向东和"老疤头"之死,造成强大压力,苗头最后指向自己。这一切都安排得是这样紧密,手法太老到了。这说明把"铁老大"逼出来了,而且极有可能是他亲自出手了。

再复杂的事情只要把它分解开来,理出头绪就有解决的办法。路遥开始恢复了自信,他把自己的分析与徐海发进行了沟通。徐海发深有同感。

"这是一个很大的阴谋。"路遥神情严肃地说,"我们怎么审的李贵?你我心知肚明,可是李贵身上有伤,而且是死在所里,是自杀?是他杀?我们都没法交代。既然有人制造这个阴谋,肯定接下来就要以此做文章,如果把我们俩都扯进去,下边的工作就没法进行了,所里的工作瘫痪了,对'铁老大'的调查就会无疾而终。而且这正是其目的所在。"

徐海发明白,如果追究起来就必须有一个人来承担责任,他毫不犹豫地说:"那就由我来承担吧。"

"不。"路遥断然拒绝了,"对手主要对付的是我,你承担责任我必定脱不了干系,那样我们俩就都得停止工作。因此,你不能出头,责任由我一人承担。"

"不行!"徐海发也毫不相让,"就是丢卒保车,也应该是舍弃我,我是死猪不怕开水烫,开除我也没关系,但是不能没有你,这里的大局必须由你来支撑!"

"我理解你的心情。"路遥听了徐海发的真心话心里感到一阵温暖,这个时候能被人理解是对他最大的支持。但是他不能把徐海发推出去,不说在人情上不仗义,就是为了工作也不能那样做。他说:"只能这样,我们别无选择。以后的工作就靠你了……"

随着急刹车声响,几辆警车开进大院。主管刑侦的王副处长和李长青带着刑侦、技术科的人来了。路遥迎出去刚要说什么，王副处长把手一挥说："什么也别说了，先看现场。"

李长青把人分成两拨，一拨人勘查李贵被杀现场，一拨人勘查林向东被害现场。

王副处长叫上路遥到医院看林向东，此时他更想与路遥做一次深入的谈话。

# 四

天还没亮，方克办公室的电话就响成了一片，公安局的、铁路分局的、政法委的、检察院的电话一个接一个地追着来了，这边电话还没接完，那边又通知分局林局长招见。

林局长很恼火，不仅自己搭进去了儿子，一名案犯也不明不白地死在派出所。方克来到局长办公室，屁股没坐稳，林局长就拍了桌子，他大声质问："这就是你用的好干部！连着两天出这么多的事，指导员死了，林向东被害，罪犯死在派出所。你给我说，这到底是怎么回事?!"

方克向林局长解释道："林局长，风城车站内部职工中有一个极其严密的犯罪团伙，我们已经侦查很久了，这一连串的事件与这个犯罪团伙有着密切的关系。"

"危言耸听！把内部职工说得一团黑，这是为路遥开脱责任。"林局长更不乐意了，他对内部职工犯罪特别敏感，这是给他脸上抹黑，"别的不说，罪犯浑身是伤死在派出所，你怎么说？现在就有举报，告他们刑讯逼供，风城的社会治安越搞越乱，他这个所长是干什么吃的，难道就没有责任?!"

方克连连承认错误："我们工作没做好，处领导有责任，我们一定要做出深刻检讨。"

"你不要护着他，上次刘桂明受贿，就应该追究他的领导责任，就是你们保着他，才发展到如此不可收拾的地步！"林局长把一封信拍到桌子上，"你再看看这封检举信，啊！同时和几个女人有不正当男女关系。这还是共产党的干部吗？还是一个人民警察吗?"然后武断地说："现在不说你的责任，你先把他给我撤了，赶紧回去调查落实，马上报处理结果。"

"林局长，风城的斗争很复杂，据我了解，实际情况不是这样的，我觉得这样处理一个同志，未免有点草率。"方克为路遥申辩道。

林局长大动肝火,严厉地指责道:“你眼里还有没有铁路分局?还有没有分局领导?你可以不查,我马上责成分局纪委,检察院去查!”

方克忍着性子说:“林局长,是不是林向东的原因才使您情绪如此激动。他是您的儿子,可也是我的兵,我此刻的心情不比您好多少。”

“我不是为了儿子,我是向党的事业负责!”林局长郑重地表态,“此事必须彻查!”

“您扪心自问,对路遥的处理就没有一点私心?”方克也火了,与林局长当面冲撞起来。

“啪!”林局长一拍桌子说,“你!放肆!”

在林局长办公室不欢而散,事态恶化比预想的要快得多严重得多。方克立即召开党委会议,必须统一思想,有个决策。王副处长被从现场招了回来。

党委成员都到齐了,方克宣布开会,他神情严肃地说:“召开个紧急会议,想必大家都明白为什么。材料你们都看了,一是路遥男女作风问题的检举信;二是告路遥渎职、刑讯逼供,逼死人命;三是马挺彪同志殉职,研究一下指导员的人选。我先传达一下上级公安机关和分局领导的指示,之后王副处长把现场情况做一个汇报。”

方克把两级公安局的要求,政法委和公安厅的指示简要地做了说明,最后特别把林局长的意见单独做了传达。王副处长把现场勘查的情况做了简明扼要的汇报。

“路遥这个同志工作热情很高,敢抓敢管。”纪委书记乔正第一个发言,先捡了几句好听的话做铺垫,然后把话题一转批评中夹杂着无端的指责:“但是这个人胆子也太大,太狂妄,无视上级领导,目无组织纪律。对自己、对下边的民警过于放纵。这次的事情绝不是偶然的、孤立的,我认为应该认真追查严肃处理。”

政治处主任江云海也跟着批评道:“这个同志从来就不重视思想改造,不抓政治思想工作,出这么多问题,完全是由于他的思想轨道偏离政治工作的结果。前些日子在所队长会上我就批评过他,但他始终没改。”

“上次洛金虎违法乱纪,他隐瞒不报不说,林向东向纪委汇报了这件事,他不但打击报复林向东,而且还顶着纪委不对此事进行追查,我亲自打电话给他,他却将电话摔了。”乔正的说词已不是一般的批评了,带着强烈的个人感情,“你们说这是一个所领导应有的素质和作风吗?这说明他根本没有把组织和组织纪律放在心上。”

会场的气氛不对，很明显走偏了题，但方克当时不好先表态，作为处长、党委书记，不能以一己之言就阻碍了大家的发言。他向党委成员扫了一下，在寻求支持。

听到这里，张副处长忍不住了，这是在开党委会，是摆问题研究工作，不是批斗会。对路遥的评价不能因为出了问题，就全面否定，更不可以偏概全。他马上发言：“我认为自从路遥到凤城以后，派出所的面貌大有改观，工作成绩是有目共睹的。在他任内出的这些问题都是因为工作，当然现在出现了那封男女作风问题的检举信，我以为匿名信本身就不足信。对于刑讯逼供，渎职，是触犯刑律的犯罪行为，在没有调查清楚之前，不可妄下结论。刚才王副处长说了，虽然路遥主动承担了责任，说是他一人审的，但他坚决否认刑讯逼供。”他顿了顿继续发言：“林向东出了问题，更不能把气全撒到路遥身上。我倒觉得反映路遥这些问题的目标所向很明确，而且出手如此迅速，是有组织有目的的，其目的就是要搞臭、赶走路遥，必欲除之而后快。”

王副处长立即表态赞同：“对，我觉得这是一个阴谋。”

张副处长继续说：“因此，我认为不是路遥工作得不好，而是因为他太出色，他们的工作已经触及到了一个深层的复杂关系。我们对他的工作和工作中的问题应予以理解，对这样的同志应该保护，而不是一棍子打死。”

“我赞同对路遥同志应客观评价。”王副处长首先表明态度，“我是主管刑侦的，当然不是因为我主管刑侦，或是路遥曾在刑侦工作过而有所偏袒。我深知第一线工作的艰苦性、复杂性，现在路遥正好处在这个风口浪尖上，也正说明了凤城工作的复杂性和他对手的重要性，也正是因为这个党委才任命他去那儿当所长的！”

乔正问：“那么他为什么一个人审讯罪犯？这已经违反了规定。”

张副处长说：“现在只能说是他一个人承担了责任，是不是他一个人审的我看未必，这里面肯定还另有隐情。”

“另有隐情？有什么隐情不能给组织上讲？难道他不相信我们这一级组织吗？”江云海对这个说法相当不满意，反驳道。

王副处长也毫不相让：“江主任，这事不能这么讲，我们都是从基层干上来的，基层工作有多少隐情，有多少苦衷，难道大家不知道吗？我们不能把下面工作的同志手脚都捆死，那样还怎么干工作？我举一个例子，就说我们现在执行的《警察枪支管理试用条例》中，一句‘非开枪不能制止时’把多少同志送进了监狱？因而又束缚了多少同志放纵了多少罪犯？因为在掏出手枪的这一瞬间怎么去衡量是‘非开枪不能制止’？这一枪打出去不是将罪犯送进监狱就是将自己送进监狱。对这样的问题，我们，我们上级的领导们和立法机关是否扪心自问，当初立法的立意准确吗？我们自己能不能做到？诸如此类的问题还不少呢。”

会场的气氛激烈起来，业务口和政工口的双方领导意见分歧互不相让。

“好啦，扯得有点远了。”会议方向回到了方克的操控中，问题也议得差不多了，他不想让双方对立僵持下去，这不利于班子的团结，更不利于工作。他把话题打住：“通过刚才的争论说明了一个问题，一线的工作很难，公安工作依靠的是什么？依靠的就是基层工作。所以就需要上级的领导们和各级主官对一线的同志要倍加支持爱护，有时候也要为他们承担责任。但是，我声明绝不是不要原则，对问题绝不能掩盖，对错误绝不能姑息。对路遥的处理，我提议停职检查。”

“停职检查说不过去吧？”乔正不好意思明确反对，只好拿出分局领导压人，“分局领导的意思是撤职，我们拿人的钱，端人家的碗，不能不考虑。”

方克当即反驳道：“我们是一级党委，一级组织，不是谁的御用工具。大家举手表决，赞同的举手。”

党委成员举手表决，大部分举手同意方克的提议，江云海、乔正稍加迟疑便也举手通过。

“好，一致通过。”方克又提出凤城派出所指导员的人选，“指导员的人选我提议徐海发，在路遥停职期间，由刑警队李长青暂兼任代所长职务，因为案子已经到了关键时刻，就由李长青两相兼顾吧。大家议一议，或可提出新的人选。”

两个行政主官首先表态同意，其他人也就没有反对意见，一致通过。

领导艺术就是平衡的艺术，方克及时有度地掌握着方向。

方克吩咐江云海代表党委先一步到凤城派出所口头宣布命令，他去向林局长汇报，负荆请罪。

# 五

一大早，派出所的大院里就开进来一辆小轿车，秘书跑下来打开车门，人还没下车就听到“呜哇！”一声大哭。林局长的夫人从车上下来：“我的儿子啊！”哭着闯进所长室，大声问道：“谁是路遥？”

“我就是……”路遥站起来迎接，话没说完就被林夫人扯住衣领，打了一个耳光，“你还我儿子！”

路遥感觉到非常难堪，猜想到可能是林向东的妈妈，只好强压着情绪问：“您是林阿姨吧……”

“老娘就是林向东的妈。”林夫人撒泼道：“我不听你胡说八道，大前天调令就到了，你为什么压着不让他走？你存心哪？过了一个晚上你就交了一个活死人给我，你安地是什么心呐？”

“阿姨，我没有照顾好他，对不起……”一提到林向东的事，路遥难受得要死，感到非常愧疚，他向林夫人深深地鞠了一躬。林夫人根本不领受，不依不饶地说：“对不起？说得多轻松，说一声对不起就把我儿子，一个大活人给葬送了，啊？我跟你没完！”一场大闹后，林夫人驱车而去，上医院了。

路遥还没醒过神来，江云海的车到了，一下车就吩咐集合全所民警，召开干警大会。其实不用召集，人都在所里候着。大家都知道有重大事件发生，都默默地待命。

江云海亲自主持会议，要李长青参加。大家都坐定后，他宣布处党委决定：由徐海发代理指导员，李长青兼代所长，路遥停职检查。

路遥已经有所准备，对处党委的这项决定并没有感到意外，也料到这可能是处领导顶着压力对他最轻的处理了。不但保住了徐海发，而且由李长青在这接替他主持工作，案子上的事也就放心了。路遥当即表态：“我服从组织决定，希望同志们配合新班子搞好工作……”

路遥的话音未落就听到一阵急刹车声，又有两辆轿车开进大院。人们还都没能出去迎接，检察院的季庭长和分局纪委王书记带着纪委工作组已经进了会议室。

大家起立，猜测着来者何人？不知道又有什么事情要发生。

“欢迎王书记和季庭长。”江云海认识，迎上前与他们一一握手，也向大家介绍道，“这是分局纪委的王书记，这是检察院的季庭长。”

王书记说：“那好，正好借开会，我宣布分局纪委决定。因接举报，路遥同志违犯党纪、政纪及男女作风问题，从今天开始接受审查，分局工作组今天正式介入。”

季庭长宣布：“经检察院检委会决定，因路遥涉嫌渎职、刑讯逼供致死人命正式立案审查，从即日起被取保候审。”

两个决定一宣布包括江云海在内都傻眼了，这太突然了。有的是一脸的惊愕，有的是茫然不解，有的则是愤怒。一时间，会议室一片寂静，只听到那架大座钟咔咔地走动着。

此刻，路遥的心里翻江倒海，连着发生这么多大事，知道自己有不可推卸的责任，对承担责任他有心理准备。但没想到一切压力会来得如此之快，没有给他任何喘息之机。尽管他是那种铁腕似的人物，尽管他性格坚毅，但这次的冲击来得太快，太迅猛，他终于承受不住了。也许是这几天的积愤压得太久了，积累得太多了，一下子要冲了出来，他感觉到胸闷得要爆炸，太阳穴嘣嘣直跳。路遥端起水来想喝一口，试图克制、压住那股情绪，但是他的手不听使唤瑟瑟地发抖，杯子里的水泼洒出来。他紧抓着杯子一点一点送往嘴边，然而水没有送到嘴边，“啪！”一声响，那只茶杯被捏得粉碎，他眼前一黑倒在了地上。

路遥倒下了，就像滚开的油锅里溅上水星一般，“嘭”，炸了。

张铁路就在路遥的身边，上前抱着路遥，大喊一声：“所长！你醒醒……”不由得泪水滚滚而下，回身指着那些领导：“你们知道吗？他已经两天两夜没有合眼了，你们这分明是在他的伤口上一把一把地撒盐！”

罗明一蹦从椅子上跳了起来，大喊道：“千古奇冤！千古奇冤啊！”

洛金虎把枪解下来往桌子上一扔：“我不干了，这他妈活得太窝囊！”

“大家要保持冷静……”江云海两手一挥说，没等他说完罗明大叫道：“冷静？我们没法冷静。这样对待路所长，我第一个要上访！”

“你们不要胡闹！”江云海声嘶力竭地命令道，“我们是人民警察，不是无业游民，理解要执行，暂不理解的也要执行！”

徐海发站起来说：“同志们，江主任说的对，我们要冷静，自己不能先乱了阵脚，路所长说过下边的工作还要靠我们。”因为他和路遥有约定，不能看着自己人先窝里斗起来。

李长青也劝道：“同志们，这事比我们原先预想的要严重得多，我十分体谅大家的心情，但是现在不是感情用事的时候……”

突然，外边一阵大乱，几辆手扶拖拉机开到院外，从车上下来大批农民，涌进派出所。还有人打出了“惩治凶手，还我李贵”的标语。李贵媳妇一屁股坐在地上，大哭：“李贵！我的李贵呀！你们逼死人命啊？还我李贵啊！”

有的人带头喊了起来：“交出凶手，交出路遥！”

会议室里所有人都懵了，这分明是李贵家乡的人来讨公道的，可是他们是从哪里得到的消息？是不是哪里出了问题？在场的人，除了路遥昏迷不醒外只有徐海发和李长青心里有数，这又是“铁老大”的一步棋。

这时，路遥醒过来支撑着坐定：“让我出去和他们说明白。”

徐海发阻止道：“不行，他们是冲着你来的，你不能出去。”

路遥的情绪非常激动，大声说：“大不了就是个死嘛！死在他们手里总比栽在自己人手里好受！”

“胡闹！路遥，你的态度要端正，头脑要清醒！这还有我在，有铁路分局的领导在！还抢不到你出头！”江云海一方面是批评，一方面也是为了保护路遥。他拉着王书记不容分说往外就走，“王书记，季庭长，劳驾随我出去一趟，先把闹事的平息了。”

院内的农民们开始闹事，看见啥砸啥……

“住手！”江云海大喊一声，“我是公安处政治处主任，这还有铁路分局的领导，大家有什么问题可以向我们直接反映，但是不许闹事！”

李贵的一个亲戚挑头说：“派出所把人打死啦，你们必须惩治凶手，把路遥交出来。”

江云海解释道：“家有家规，国有国法，谁犯了法都要受到法律的制裁。现在铁路分局的领导、检察院的同志就是来调查处理这件事的。请大家放心，我们一定会严肃查处，请乡亲们回家吧。”

李贵媳妇哭闹着：“不行！你们官官相护，谁知道我们回去以后你们处理不处理，我们现在就问你要人！”

屎壳郎跟着屁哄哄，人群里乱七八糟地喊着：“不交出凶手，我们就冲进去。乡亲们冲进去……”

闹事的人群又骚动了起来，开始往屋里冲，围攻推搡江云海等人。

“放开我！”路遥挣脱众人冲出去，在院当中一站，大喝一声，“住手！我是路遥！”

“他就是路遥，找他算账！”

人群朝路遥围来。李贵的老婆扑上来抓住路遥的衣服连撕带打，又哭又叫：“你还我老汉！”

路遥强忍着凌辱，解释道：“大家听我说，我不是凶手，李贵也不是我们害死的……”

“不听他胡说，揪出来，打他！”领头的开始挑事围攻路遥。

派出所的民警冲上来挡住路遥，双方对峙，矛盾将激化，一触即发。

正在这时，一阵警笛响起，市公安局防暴大队赶来支援，将闹事的人群包围。

这是徐海发向市公安局报警请求支援的。市公安局立即向市委、市政府做了汇报，市长亲自下指示，要求市公安局立即出动，全力以赴协助处理闹事。

防暴队员手持高音大喇叭喊话：“闹事人员听着，根据市政府命令，不允许非法聚众闹事，限你们十分钟之内必须撤出，否则将承担一切法律后果！”

这些农民都是华仔花钱雇来的，大部分是冲着钱的面子跟着起哄，没有几个真心实意要闹事，一看公安局要动真格的，只嫌爹娘少生两条腿，跑都跑不及呢，呼啦一下作鸟兽散了。

路遥又一次晕倒在地……

# 第十三章

# 月到缺时

YUEDAO QUESHI

# 一

赵慧芳在病床前守着路遥已经两天两夜了，他仍然昏迷不醒。赵慧芳心里非常着急，也很害怕。医生告诉她："病人没大问题，就是因为疲劳过度，再加上情绪激动而引发高烧继而引起肺部感染，目前炎症已经控制住了，只是昏睡中。"她这才稍许宽慰了一些。

这几天，赵慧芳写了大量关于路遥和派出所干警的文章，文章迅速见诸报端。日报、晚报、晨报等各家报纸争相转载报道：《寻找英雄的足迹——记凤城车站派出所所长路遥》《保一方平安的铁道卫士——凤城车站派出所英雄的集体》《打死了武松谁来打虎？——是谁在助纣为孽》。赵慧芳以翔实的素材、真实的情感记述了凤城车站派出所在路遥的带领下与罪犯作斗争，保卫铁路运输生产安全的英雄事迹。她以泼辣的笔锋、犀利的文字评述了一些官僚主义造成的危害，对路遥和派出所的干警遭遇的不公，用正义之声，奔走呼吁。

对路遥的调查也紧锣密鼓地进行着。检察院很快就弄清楚了事情的真相，本来检察院针对路遥的取保候审就是在铁路分局的压力下做出的，事实已经清楚便解除了取保候审，检察院先一步撤走。

纪委工作组对待路遥的调查很显然带有一定的倾向性，特别是工作组成员有个叫王守义的，是一个典型的"文革"式干部，人们送他一个绰号叫"王极左"。说起"王极左"大有来历，他的思想和行为方式宁左毋右，而且是"左"得厉害。最显著的一个特点就是看人戴着有色眼镜，对反映干部思想道德问题的材料，无论是从何种角度出发他都有浓厚的兴趣。然而，他们的调查因为所里民警的抵触情绪很大，未获得预期效果。

路遥终于醒了，紧跟着"王极左"来了。路遥还有点印象，记得是纪检的，忙抬抬身子让"王极左"坐下："有事吗？"

"王极左"说:"想找你调查核实一些情况。"

赵慧芳心里很不爽,病人刚醒就逼到病床上来了,简直不知道这些人的心是咋长的,她一脸的怒气刚要发火,被路遥止住。

"王极左"不满地看了一眼赵慧芳,对路遥说:"我能单独跟你谈吗?让这位女士出去。"

没等路遥说话,赵慧芳倔犟地说:"我不出去,病人需要我,有什么事等出院了再说。"

"你就是赵慧芳吧?""王极左"皱着眉头问。

赵慧芳眉毛一挑,眼神里充满了挑战:"是。"

"王极左"说:"本来只想向路遥核实一下你们的关系,现在碰上了,我就不能不问问你,你们是什么关系?"

赵慧芳当即拒绝道:"这不是婚姻登记处,我没有必要回答你。"

"好,我再问你,肖红和路遥是什么关系?""王极左"变换了一个方式又问。

赵慧芳又拒绝道:"这你更没有必要问我,你应该去问肖红。"

"王极左"说:"好了,你的问题回答完了,可以出去了,我要向路遥问一些问题。"

赵慧芳也不客气地说:"不是我出去,是你要出去,这里是病房,不是办公室,路遥是这里的病人,不是你的调查对象!"

路遥生怕闹缰了,几次制止赵慧芳。赵慧芳很任性,根本不理。

"王极左"很恼火:"我听说了,你不就是有个当专家的爹吗?狂什么?"

"你非逼着我说脏话。"赵慧芳最讨厌的就是这种话,一下火就蹿到脑门上,只见她杏眼圆睁,柳眉倒竖,用手一指"王极左","滚!不滚我让医生把你轰出去!"

"王极左"在医院里被赵慧芳轰了出来,非常气恼,立马来到报社。报社办公室把他带到总编室,总编接待了他。"王极左"出示了检举信说明了来意。

总编看了一眼,把检举信还给了他:"这事我知道,我们也收到了,匿名信吗,不足为凭。匿名信是中国人的一大独特发明,也是那些隐藏在阴暗角落里害怕光明的人,用以攻击人的非常阴损的利器。既给人泼了污水,又可以不负任何责任,一张纸就可以毁灭一个人的政治生命。这样的教训实在是太深刻了。"

"能谈谈赵慧芳吗?""王极左"问。

"可以。"总编说,"这个同志为人正派,工作作风泼辣,政治表现很好。"

“王极左”说：“路遥和深圳一个叫肖红的个体老板是恋爱关系，而赵慧芳与路遥的关系异乎寻常，男女之间的关系到了这种程度，已经很不正常了，不知你们对此有何看法？我们作为一级组织是不是应该有所作为？”

“我们这级组织有什么问题，我相信还有能力解决，用不着别人越俎代庖。”总编先把“王极左”软软地顶了回去，“至于路遥和赵慧芳的关系，我认为这是个人隐私，现在是法制社会，应该学会尊重和保护个人的隐私权。”

“王极左”又从公文包里拿出来几份报纸说：“这是贵报和晚报刊登的几篇有关路遥的文章。我们认为是赵慧芳捉笔或受路遥指使而写的，报道严重失实，言辞激烈偏颇，矛头所向直指铁路领导机关，是有政治目的的，我们要求报社进行调查，道歉更正。”

“别的报刊怎么刊载与我们无关，我报刊登的几篇文章是我把过关的，我看过有关原始材料，没有什么失实问题。”总编婉转地说，“至于这篇《打死武松谁来打虎》的评论，因为观点敏感，言辞犀利，提出的问题比较尖锐，所以我们放在争鸣栏目了。既然是争鸣嘛，应该是不阻言路、容纳百家之言，作者有发表意见的自由。言论文章文责自负，她的文章是一家之言，当然也不反对相反的观点来驳论。”

总编几句话把“王极左”顶了回去，“王极左”无功而返。

“王极左”走后，总编把赵慧芳叫到了办公室，先夸赞了几句她负责的栏目，然后话锋一转指着几篇文章说：“这些文章是你用笔名写的吧？”

赵慧芳坦率地承认：“是。”

总编严肃地说：“虽然我批准刊发了，但是我提醒你，不可以替人捉笔代刀，更不可以感情用事，这是记者之大忌。”

“这些文章有什么不对吗？”赵慧芳以为文章出了问题，忐忑不安地问。

总编说：“就文章本身无可厚非，但是文章批评的指向触动了一些复杂的关系，这会惹来很麻烦的缠诉。”

赵慧芳道：“我只是凭一个记者的责任感和良知去写的，只要文章不违事实，不违党的方针政策，我认为没错。”

“有没有私人感情和个人成见哪？”总编问。

赵慧芳诚实地说：“人物报道全部是事实，评论文章肯定有我个人的见解。”

“你呀，还是太年轻。”总编以一个长者的身份说，“不过，我也不想让你们这些年轻人变得都那么老于世故，那样我们的媒体就没有了生气，没有了风格。在我当总编的范围内，我会保护年轻人的锐气的。”

“谢谢总编。”赵慧芳感激地说。

“好啦，不谈这个，既然发了，责任就由我来承担。”总编说，“现在和你谈一个个人问题，不反对吧？”

赵慧芳脸一红，羞涩地说：“总编您说。”

总编说：“事涉个人隐私，我本不该过问，但问题反映到了组织就成了公务。有匿名信告你和路遥有不正当男女关系，铁路分局纪委也来调查此事。你是不是应该给我一个解释？”

“造谣！无耻！我和路遥是清白的。”赵慧芳一听肺都要炸了，羞怒地涨红了脸，情绪激动地从椅子上站起来，“总编，我的为人您还不了解吗？”

“别激动，坐坐。我了解，别人了解吗？悠悠众口，视听难辩，人言可畏啊。”总编耐心地劝告道，“你是不知其中的厉害，在现今人的政治生命中最恶毒的攻击手段莫过于此。我不想看到你这样有前途的年轻记者折戟沉沙呀。”

赵慧芳把胸向前一挺掷地有声地说：“身正不怕影子歪，我不怕！我只求清白做人，认真做事。”

“真是初生牛犊不怕虎！唉！小芳，这是我们两个说的悄悄话，我和你爸是老同事、老朋友，你呢也是我看着长大的，你的事我比别人更关注。”总编语重心长地说，“当然了，在我的职权范围，我会尽力保护你。但是我不能不提醒你，不要只注意做事，也要注意做人，啊？”

赵慧芳从总编室出来，刚才慷慨激昂的情绪没了，心里像压了一座山一样沉重。

# 二

晚上，赵慧芳回到家里，爸爸正在客厅看报纸，她大气没敢喘一下，低着头夹着包悄悄地往楼上溜。

赵龙往常是在书房里看书读报的，今天是特意在客厅等女儿回来。见赵慧芳绕着自己走，又可气又可笑。小时候，赵慧芳就这样，只要做错了事，见了爸爸就用手遮住脸悄悄地走路，就好像她那只手是隐身草似的。

赵龙叫住女儿："哎，小芳，回来，回来。"

"爸。"赵慧芳见实在是躲不过去了，站在客厅低着头。

赵龙说："我是老虎啊？见了躲着走？"

"没有啊，人家没看见您吗。"赵慧芳小声说。

"什么？"赵龙生气地说："是我身上有隐身草还是你拿了隐身草？这么个大活人，从我面前走过竟然看不见？你眼里还有你爸吗？"

赵慧芳见支应不过去了，委屈地说："爸，人家不开心嘛。"

赵龙说："这些日子，我就没见你开心过。走，跟我到书房去。"他以命令的口吻说"你这个小东西，是该好好地开导开导你了。"

父女俩一前一后来到书房，赵龙把门一关，严肃地看着赵慧芳。

"爸！我……"爸爸在赵慧芳面前脸色再严肃也是和蔼可亲的，一肚子的委屈涌上心头，她扑到爸爸的怀里嘤嘤地哭了起来。

"噢，噢，别哭。"赵龙哄孩子似的拍着女儿的肩膀说："哭什么呀？越大越'长'出息了。"

"爸……"被赵龙一哄，赵慧芳更觉得委屈了，哽咽着说不出话来。

"现在才知道？有压力啦？受委屈啦？好啦好啦，别哭天抹泪的。"赵龙让女儿坐下："想叫我同情你？得有合适的理由。坐下，今天爸和你好好谈谈。"

赵慧芳擦着泪,晓得事情爸爸肯定都知道了,委屈地想辩解又不知从何说起。

看着女儿难为的样子,赵龙主动地问:“你和路遥究竟怎么样了?”

赵慧芳没法回答,支支吾吾地说:“没怎么样。”

“没怎么样是怎么样?”赵龙听着这模棱两可的话生气地继续追问。

赵慧芳又急又羞:“哎呀,爸,就是没怎么样吗。”

“好好,我换个问法。”赵龙换了角度问,“你爱他吗?”

“嗯。”赵慧芳看了老爸一眼,点点头。赵龙又问,“他爱你吗?”

赵慧芳心虚的眼帘一闪:“他,他也爱我。”

“他和那个肖红是怎么回事?”赵龙再问。

赵慧芳的声音越来越小:“他以前的恋人。”

赵龙追问:“现在呢?”

赵慧芳不知道怎么回答爸爸的提问,几乎把头扎到了胸前:“还,还仍然……”

“那你搅和什么?”赵龙听到此处真的火了。

爸爸一发火,赵慧芳反倒不怕了,抬起头来说:“我就是爱他嘛!”

“小芳,叫我说你什么好!”赵龙从小就溺爱赵慧芳,由着她的性子自由成长,女儿真的执拗起来他也没奈何,但毕竟是做了多年领导,还是有方法和耐心的,“本来儿女的婚姻我从来不干涉,婚姻自由嘛,你可以不与你妈和我商量,可以自作主张。就说恋爱吧,谈婚论嫁,也不是你想怎么着就怎么着,哪那么多的罗曼蒂克?人家有恋人,那你这不是剃头挑子一头热吗?还跟着瞎掺和什么?趁着没有陷得太深赶紧自拔吧。”

“可是,我已经不能自拔了,我太爱太爱他了。”赵慧芳无奈地说

平心而论赵龙也很喜欢路遥,依他用人的经验看得出来,路遥有才干有前途,是那种有责任感、事业心很强的男人。但是这和谈恋爱是两码事,不能说你爱他,他就属于你。赵龙认真地提醒女儿:“爱情是两厢情愿的,不能明知不可为而为之。”

“我认为是有可为的啊?我认为值。我也不认为有什么可内疚、惭愧、丢人的,我是在追求自己的幸福。”赵慧芳往前坐一坐搂着爸爸的胳膊,“爸,您不是经常唱那什么‘樱桃好吃树难栽’吗?我就是在耕耘爱情……”

“得得,你这才当了几天记者,把你的蹩脚文章做到我这来了。”赵龙点着女儿的鼻子说,“恋爱中的女人是最不清醒的,我不知道你清醒不清醒?”

“我知道，我做这件事情一直都是清醒的。”赵慧芳振振有词，“我不想让我人生道路上遇到的一个好人与我擦身而过。如果我做了失败了，那只能说明我做人做事的不成功，然而如果不做，那我会后悔一辈子。”

“你倒是满有理，还知道你自己在做什么就行。”赵龙听了女儿一番话也到释然了，女儿长大了应该让她走自己的路。他告诫道：“但是你要记住，既然选择了就得准备承担责任。”

赵慧芳满自信地说：“我知道。”

真是儿大不由爷呀！脚上的泡是自己走的。赵龙轻轻地抚摸着女儿的头，话语里充满着慈爱：“乖女儿，自己走好吧。”

# 三

路遥从住院部出来，身子还是轻飘飘的。睡了几天没有见阳光了，乍一出来刺得眼睛睁不开。路遥呼吸了几口新鲜空气，到大门口的花店，买了一簇鲜花和一个果篮，他惦记着林向东，想去看看。林向东躺在病床上，头上缠满纱布，紧闭着双眼，没有一点知觉。

路遥刚将鲜花和果篮放下，林夫人就像见到了仇人，大吼一声："出去！"没容路遥做任何解释，将花和果篮扔到门外，将他轰了出来。

路遥在林夫人那儿生了一肚子气，心里窝火带憋屈，胸口闷得要命，收拾收拾东西办理了出院手续，到火车站却碰到了赖三和几个地痞。

这个小流氓因挟持少女强奸未遂被送去劳动教养，去了没几个月就装病回来了。赖三最恨的人就是路遥，比恨洛金虎还恨。得知路遥出事后，喝酒庆祝了好几天。今儿碰到一起，就故意迎着过来找茬。

"啊呸！"赖三对着路遥的脸啐了一口恶痰，恶言恶语的辱骂，其他几个人也跟着起哄。路遥哪受过这种侮辱，火一下就蹿到脑门上，抓住赖三举拳就要打。动真格的了，赖三吓得腿一软就往下出溜。

"无赖，打你？还怕脏了我的手呢。"路遥心想怎么能和这种人一般见识呢？强压了一口气，松开了手，提起包转身离去。

路遥的心情极其糟糕，本来心里的压力就很大。今天碰到的又都是不顺心的事，一个不讲理的林夫人，再加赖三的一阵侮辱奚落，他的情绪一下跌到了最低谷。从所里出来到旺旺饭馆，点了几个菜要了一瓶酒自己喝了起来。

赵慧芳赶到医院不见了路遥，便寻到派出所，当她再找到饭馆时，路遥已生醉态。她看到路遥醉眼蒙眬，心疼地责怪道："你怎么一个人喝酒啊？"

看到了赵慧芳，路遥心里很高兴，终于有了知己，让加了一双筷子，给赵慧芳倒了一杯酒说："来喝一杯，喝酒好啊！"端着酒杯，吟诵李白的《将进酒》："……五花马，千金裘，呼儿将出换美酒，与尔同销万古愁。"

赵慧芳从来没见过路遥如此消沉，知道他心里不痛快，却又不知从何说起。她把酒杯从路遥手里夺下来很生气地说："不要这样消沉好不好？男子汉大丈夫，提得起放得下，你这算什么？"

"连一个小流氓都敢侮辱我，我算什么？"路遥自问自答，"我不是大丈夫，我不是英雄，我是一个普通人！我想喝酒，我想喝醉，喝醉了什么都不想了。"

"路遥，我瞧不起你！"赵慧芳最看不起不能承担的人，冲着路遥大发脾气。

每个人都有自己的苦衷，伟人有伟人的苦衷，凡人有凡人的苦衷。路遥的苦衷就是太男人了，太刚毅了。钢也有脆弱的时候。

路遥看着满脸怒气的赵慧芳，半是清醒半是醉地说着酒话："你瞧得起的是什么？男子汉大丈夫？一个男子汉大丈夫就让男人上天了，他们就得伟大？就得是英雄？他们不能流泪，只能流血？有时候我真想痛痛快快地哭一场，可是我不能，就因为我觉得我是个男人……我真的不能吗？"说到此不禁伤心起来，强忍着眼里的泪水。

赵慧芳看着路遥眼眶里转着泪花儿，又想起了自己的处境，也不禁悲伤起来："你以为就你难受？我也不好过。你以为就你想醉吗？我也想！"

是的，赵慧芳确实想大醉一场，自从认识了路遥心里就没痛快过，她苦苦地追求没有结果还搞得自己伤痕累累，然而这一切别人不理解，就连路遥都不理解。外边传着她的桃色新闻，给她泼了一身的脏水，而她一肚子的委屈却无人倾诉，她赌气地抢过酒杯说："谁怕谁，醉死了拉倒！"

两个人就这样你来我往喝起酒来，不一会俩人就喝得酩酊大醉。

赵慧芳喝多了，把压在心里的事都翻了出来，开始责怪路遥没良心、冷血，骂自己不招人爱，说到伤心处她哭了，用筷子划着自己的胸："我到底缺了什么……我把心……掏出来给你看……"

路遥也醉了，最不愿意别人说他冷血，他也有爱，而且深深地爱上了赵慧芳，但是他心里很矛盾，以前他只爱肖红，可是赵慧芳出现了，她把他的心分开了两半，他不知道给谁好。他夺过赵慧芳手里的筷子，倾诉道："我知道……你的心，但你……知道我的心吗？我爱你！"

"好……你说你爱我，我值了……"这是赵慧芳第一次听到路遥对自己说爱，激动地端起一杯酒一口喝了进去:“我今天就是死了也瞑目了……干……”

路遥出院后不久,工作组撤了,一切无果而终。

# 第十四章

# 人生十字

RENSHENG SHIZI

# 一

人生路漫漫，但事关人生的成败却只有关键的几步。

深圳是个神奇的地方，每天都在创造奇迹，今天你是大老板，明天你可能一文不名。相反，今天你什么都不是，也许明天你就是百万富翁。这里的一切都按着市场经济规律的法则进行着，优胜劣汰无情地安排着每个人、每个企业的命运。肖红就是在这激荡的波澜中沉下去又浮起来的人。

肖红的公司破产了，她以前的老板闻一鸣听说了这一消息，很为她惋惜。闻一鸣是一个胸怀宽广、有着长者之风的企业家，并有着长远的谋略眼光，他不想让一个经商奇才就如此消沉埋没了，特意约肖红进行了一次长谈。

闻一鸣首先替肖红总结了失败的原因：第一，她经商的天赋与用人的弱智成反比，不会识人用人。这一点自己当老板尤为重要，用人是事业成败的关键，知人善任，才能出色地当好老板。第二，她不善于控制财权，财权是事业的命脉，关乎于命脉，怎么能随便交付于人呢？他告诉肖红人摔倒了并不是失败，摔倒了站不起来才是真正的失败。成功人士不是任何时候都是成功的，成功人士的成功就在于他们每次都能在摔倒的地方站起来。

肖红是何等的聪明，经闻一鸣一点拨便深深地悟到了其中的真谛，她深为这位师长的胸怀所感动。最后，闻一鸣诚邀肖红加盟一个长远战略，让她把目前的商贸转成产业，由闻一鸣出资肖红来经营。采取股份制分红，互利双赢。

二人立即达成共识，就这样肖红东山再起。

肖红是个雷厉风行的人，只要目标和决心定下就像离弦之箭直达目的。当下她迅速地收集了经营不良倒闭或即将倒闭企业信息，进行筛选后从中找出适合将来市场发展的以及能够节省投资的厂家，再经过大量翔实的调查，再三考察，收购了一家企业。在收购这家企业的谈判中，不但替自己和投资人闻一鸣着想，还尽量照顾对方的利益，使双方满意达成一致，以五百万元的理想价格收购成功。并把对方原来的职工全部接手过来，解决了职工的安置问题。

企业接手后，机器设备基本不用多少投资稍加改造即可生产，接手的员工大部分都是熟练工，稍做培训就能上岗。最重要的是肖红选择了可匹配的品牌和技术。

新企业终于开张了，肖红为企业起了一个响亮的名字：佳宝电子股份有限公司。肖红和闻一鸣的关系也不再是过去的老板和雇员，而是合作联手的搭档。随着企业迅速投入生产，一个品牌横空出世，"佳宝"电器迅速占领了市场。

正在这时，肖红又得到了一个非常不好的消息，路遥被停职了。

一架飞机又将肖红带到了凤城，她就像一朵美丽的彩虹，每当路遥有事的时候就飘然而至。

在候机室里，二人相见，一个是刚从生死线上走了一回，一个是屡经风霜，大有隔世重逢的感觉，两人紧紧地拥抱在一起，久久不愿分开。

肖红看到路遥染满风霜的脸，神色凝重的眉头和眼里流露出掩饰不住的感伤，她明白了路遥当前的处境。好心疼，好心疼！！她纤细的手轻轻地抚摸着路遥憔悴而消瘦的脸，热泪像珍珠断了线似的掉下来……

来到宾馆，肖红把自己在闻一鸣的支持下东山再起的情况告诉路遥，又直接明了地告诉路遥鉴于目前的境况是该放弃这里的时候了。

一提这事，路遥就心烦得要命，既无奈又不甘心，他觉得太窝囊，太憋屈，但是却不能一走了之，这不是他的性格，而且还有更多的责任更多的事业未完成呢。

"你走了天塌不了，这个世界离了谁地球照转，事情总会有人做。"看到路遥还是那样不愠不火的样子，肖红心里很着急，"可是我呢？我没你不行。我需要你。"

"唉！"路遥问，"我不明白，为什么非要我放弃公安工作呢？"

"你还不明白吗？我怕，我怕呀。"肖红情绪非常激动，终于说出了长久以来一直反对路遥干公安的理由。多少年来这些话一直压在心里，不知道该怎么向路遥诉说，也不知道路遥是否能够接受，多少次提起来，话到嘴边又咽了回去，然而今天她不能不说了。女人的心和男人的心就是不一样，肖红看到了自己父亲和路遥父亲的死给两个妈妈带来的灾难和痛苦。永远忘不了妈妈那种充满哀思伤感的眼神，那是对丈夫的思念，对男人的渴望，对人生无奈的感怀。这段时间以来，在路遥身上发生了很多事情，看到他伤痕累累的几次从生死线上爬回来，路遥是她唯一的亲人，她不想整天提着心过日子，更不想失去路遥。

路遥这才释然了，原来两个人对职业的分歧症结在此。他很理解肖红的心情，更知道多少警察的家属都是这样，每天在为当警察的亲人挂心。哪个警察没有家呀？那个警察没有父母子女亲人哪？但是这个职业总得有人干啊？谁又能离开这个职业所提供的安定秩序和环境呢？如果都不干，那人们赖以生存的社会秩序又由谁来维护？

这些道理肖红都明白，她也想抛弃个人成见支持路遥的事业，但是她认为现实是事业抛弃了路遥，并将他作为祭祀的牺牲品，那么这个事业还有什么可留恋的？

路遥不想为此争执下去，不想让两个人好不容易的相聚，搞得不欢而散："红，别争了好不好？好不容易见一次面，我们就珍惜这宝贵的时间，多一点情趣，多一点温馨，多一点浪漫好吗？"可是肖红不想让步，这次来的目的，是无论如何也要说服路遥跟自己走。她无不动情地说："你以为我愿意吗？我多想躺在柔情兰馨之中，小鸟依人在男人的宠爱下，过着无忧无虑的日子。可是我就是放不下你，我想用我的所学，赚好多好多的钱，让我们过别人羡慕的生活，也实现了我的人生价值。没想到我越来越失望，我做的越多越适得其反，我觉得我们俩越走越远。我现在真的很无奈。"说到这里声泪俱下，这泪水中有感伤也有对命运的无奈感慨。

路遥被肖红哭得心烦意乱，他开始心动了："红，容我好好考虑考虑行吗？"

肖红说："好，这几天我就等着你。"

天色已晚，路遥准备要走，被肖红拦住。她缠着路遥的脖子，娇软滴滴地说："哥，今晚别走了，住下陪我好吗？"

路遥看着肖红梨花般粉白的脸蛋，娇柔可亲，百媚丛生，使他心绪激荡。路遥将肖红紧紧地拥在怀里，吻着她孜孜渴求的唇，嗅着她散发着淡淡幽香的肌肤，一阵冲动使他不能自抑。突然，眼前闪出了赵慧芳，一阵愧疚之感涌上心头，顿时那种心绪戛然而止，没有了，什么都没有了。

肖红热吻着路遥，却没有注意到他情绪的变化，继续缠缠绵绵地呢喃："哥，求你了，别扔下我一个人。我要你。"

路遥长长地嘘了一口气，轻轻地推开肖红紧搂着的胳膊，说："好好休息，我现在心里很乱，很烦，让我回去好好地想一想好吗？"

路遥走了，肖红心里一阵怅然，感觉到从未有的失落……

## 二

人逢流年,月逢缺,路遥到了他人生的十字路口。

回到所里,路遥把自己关在屋里,思想斗争非常激烈。他在想肖红,想着肖红的话。肖红没有错,她付出了真爱。在路遥面前肖红从来就没有过一点私心,爱得执着爱得坦荡。而自己为肖红做的太少了,欠她的太多了。如果说在赵慧芳面前有一种愧疚感,而在肖红面前却有一种负罪感。

路遥检讨着这一段时间以来自己的作为,衡量着对肖红的情感是不是因为赵慧芳的出现而打了折扣?与肖红和赵慧芳之间究竟是情爱,是友谊,还是兄妹之情呢?他也权衡自己的人生价值,对事业的追求与情感之间孰轻孰重?事业和爱情如此地冲突不可调和是他始料未及的,事业上的挫折和突如其来的打击使他如此落魄不堪。而肖红总是那样热切地召唤自己,试图以她千百倍的热情燃烧着自己与自己所爱的人。难道自己不应该为她做点什么,不能为她做出一些牺牲吗?于是想到了辞职。然而当他拿起笔来写辞职报告的时候,却感到这支笔从未有过的沉重。辞职报告这四个字,让他写了数回竟然写不下去,写好了又撕掉,撕了又写,纸扔了一地。

赵慧芳来了,她看到满地的纸便捡起来,打开一看上书"辞职报告",不禁大吃一惊。指着《辞职报告》睁大眼睛看着路遥,那眼神里分明是在问为什么?

路遥含糊不清地说着自己都不能肯定的理由,甚至他都不知道自己说了些什么。

赵慧芳忽然明白了什么,马上想到是肖红又来了。路遥点点头默认了。

"我懂了。"赵慧芳顿时脸色煞白,她的心突然凉了,她永远也得不到他的心,他永远爱的是肖红。

"慧芳,你听我说……"路遥还试图解释什么,被赵慧芳打住了:"有什么可解释的？解释得再好也苍白无力！去吧，你到深圳去结你们的伉俪去吧！”一怒之下，眼含热泪夺门而去。

赵慧芳一路流着泪水回到家里，躺在床上翻来覆去睡不着，她不甘心。她的不甘心有很多很多，不甘心感情上的失败，更不甘心路遥就这样轻易地放弃自己喜爱的职业。

赵慧芳以记者的身份查遍了凤城市的各大宾馆、饭店，查找肖红，最后终于在国际饭店找到了她，连夜把肖红约了出来。在一个咖啡厅里，肖红和赵慧芳慢慢地喝着咖啡。虽然赵慧芳出门时候刻意做了一些修饰，但肖红能看得出来，赵慧芳眼睛里带着哀怨，眼角不经意间挂着泪花。她读出了赵慧芳的心，她能深夜将自己约出来，证明她感觉到了危机，也证明路遥去深圳在酝酿之中。这让肖红看到了希望。

肖红微微一笑，还是那么落落大方："山不转水转我们俩又见面了。"

"你这次来又是拉路遥去深圳的吧？"赵慧芳不在乎肖红怎么想，她只在乎路遥。就像她写文章一样开门见山，直接抓主题。

"是的。"肖红说，"他在这已经没前途了。"

赵慧芳问："难道你就能给他前途吗？"

"不，不能。"肖红直截了当地回答，"他的未来还是要靠自己打拼。"

"对，很好。"赵慧芳咄咄逼人地发动攻势，"可是一个人离开他所喜欢的职业，还有什么前程？"

"谁也不是干什么就喜欢什么，这只是一个时间问题，只要熟悉了都会产生感情的。"赵慧芳的说辞使肖红确信了自己的判断，路遥决定要走了，她更加有信心了。面对赵慧芳的攻势，她一步一步地筑起堡垒，"我相信他，只要他认真去做，一定会很快适应。"

赵慧芳开始激动了："你想到过没有？这样做会毁了他一生所追求的理想，毁了他的政治生命、他的人生价值。"

肖红并不为人所左右，耐心地阐述自己的观点："人生的价值是什么？是最大值地发挥自己的才能，创造更多的财富和文明。"她反问道，"他现在的事业能给他施展这种才能的机会吗？"

赵慧芳肯定地说："能，一定能，我相信他能。"

"现实怎么样？你不是已经看到了吗？"肖红说。

“这不能说明什么，出水才见两腿泥。”赵慧芳要充分发挥自己善辩的口才，她要为路遥所受的不公进行辩解，也要说服肖红把他留下来，“他现在是经历了一些挫折和磨难，这对他确实不公平，但却又是一种考验和历练，你不认为这是他人生所必须接受的一课吗。”

“很精彩，很对很好。”肖红轻轻地鼓掌道，“我记得你在我出事的时候也是这样说的，我很佩服你的说服能力，对此我并不加反驳。但是我觉得有能力的人应该是可以同时做许多事，许多有成就的人是在多个领域进行探索，才知道自己最适合做什么，并达到人生事业的辉煌顶点。他在这里付出了百分之二百的精力而不能及的事情，为什么就不能试图改变一下环境或者说另谋他途呢？”

赵慧芳有点气馁了，她的锐气被肖红的柔性挫得几乎没有了，然而她不甘心，她拾起了最后一点信心来支撑自己的信念：“人干什么事情总是要有敬业精神的，我佩服的就是他这种敬业精神，做任何事情应该摒弃试图走捷径的思想，百折不挠正是他的人格。”

肖红看到赵慧芳已经被自己挫败了，她不想再争论下去：“我们是不是很可笑，两个女人为了一个男人，在这儿喋喋不休地争论他的前程，让他自己选择好吗？”

“不！你现在已经动摇了他的信念，在这个时候你应该鼓励他，而不是逼他跟你走。”赵慧芳感觉到自己穷途末路，她试图挣扎，“我觉得你太自私了，你总想让他放弃所喜欢的事业跟你走，你怎么没想到自己做出一些牺牲，来帮助他的事业呢？”

“你说我自私也罢，爱本身就是自私的。”肖红对赵慧芳的死缠硬磨感到有点厌烦，她反驳道，“难道你想把他留下，不是出于同一目的吗？”

赵慧芳还在寻找着支撑自己的理由：“我是要他和他的事业在一起。”

“这只不过是你的借口罢了，说到底你就是想把他留在你的身边。”肖红毫不留情，一针见血地说，“从这点上来说你和我一样自私。”

赵慧芳不得不承认肖红是对的。

“你救过我的命，我本不想和你争什么，可是我听到他被撤职，被检察院审查，就不顾一切地来了。”肖红也道出了自己的无奈，“这也许是我最后的一次机会了，因为所有的机会都被你占尽了。”

“姐！我爱他，爱得已经不能自拔了。”到现在为止，赵慧芳所有的攻击利器全部用尽了，支撑她的精神力量顷刻之间被瓦解得支离破碎，她的心也碎了，碎成了涌泉般的泪水，从眼眶哗哗地奔流而出。赵慧芳的方寸已乱，剩下的只有哀求的分了，这也是她平生第一次用眼泪哀求人："求你了，别让他走。"

肖红并不同情赵慧芳的泪水，她似在诉说，似在责备："可我呢？我也是同你一样的爱他，我是如何的痛苦你知道吗？而且是因为你的出现才加重了我的痛苦。"

"姐，对不起。"赵慧芳从桌子对面来到肖红跟前，一头扑到肖红的怀里，悲怆地哭着，她似在忏悔，似在倾诉："我知道，我知道你爱他，也知道是我破坏了你们之间的感情。可是，可是我现在已经不能没有他了，他真的要跟你走了，我的心，我的灵魂就都被抽走了，就只剩下一个空壳了，一具行尸走肉，这样的活着真不如死了。"

其实她们俩的心情是一样的，在这场爱情对决中，注定谁都不是胜利者。肖红既是感同身受，也是被赵慧芳所打动，伤感地掉下了泪珠儿，无限悲凉地叹息道："唉，我们爱上了同一个男人，这也许就是我们人生的悲哀哟！！"

## 三

写了《辞职报告》，路遥的心情不但没有轻松，反而更加沉重了。

肖红倒是高兴了起来，尽量陪着路遥使他心情愉快一些。今天硬拉着路遥来逛商场，她要为路遥买些衣服，准备随时出发。肖红为路遥挑了几件西服，让他到试衣间里去试试。路遥没心思试服装，只是不想惹肖红不高兴，随便试了试觉得合适就行了。

路遥和肖红提着购买的衣物往出走，看到一群人围着一个妇女。路遥觉得面熟，突然想起了在火车站被杀死的那个男孩儿，她是男孩儿的妈妈小春。

自从孩子在车站被歹徒杀死之后，小春疯了，在康复医院治疗了一段时间，病还是时好时坏。平时由于小春有病，两口子很少出门。今天好不容易看到小春有个好情绪，左志伟就领着她逛逛商店也顺便为自己买点东西。就在左志伟专心致志挑选商品的时候，小春看到了一个大布娃娃，又犯病了。她拿起布娃娃紧紧地抱在怀里就往商场外跑，一路跑一路念叨着："儿子咱们回家，妈妈好想你……"在门口保安扣住小春，小春拿不出钱来死抱着布娃娃不放，人越围越多，正巧路遥路过。

路遥扒开人群问保安："怎么回事？"

保安说："她拿着商品往外跑也不付钱，抱着布娃娃硬说是她儿子。"

"多少钱？"路遥问。

收银员说："六十八块钱。"

"她精神有点问题，不是故意的，你们不要难为她。"路遥从口袋掏出来钱交给收银员，"这是六十八块钱，我代她付了。"

收银员将钱收走，围观的人也散去。路遥问："小春，你一个人出来的吗？"

"我不知道。"小春紧紧地搂着布娃娃，"宝宝，不要怕，他是警察叔叔，警察叔叔来了，坏人就不敢打你了。"

看到肖红疑惑的眼神，路遥解释道："她叫小春，就是我给你说过的拐卖儿童的那个案子，她就是那个小男孩儿的妈妈。"

"唉！"肖红无奈地摇摇头，"这事怎么总是围着你转？"

这时左志伟慌慌张张地跑来问："小春，小春，你怎么在这？不是给你说不要乱跑吗，吓死我了，哪来的布娃娃？"

小春见一左志伟，对布娃娃说："儿子，你爸爸来啦，快叫爸爸。"

路遥问："是左师傅吧？"

"你好？路所长。"左志伟认出了路遥。

路遥责怪道："你带她出来怎么不看好哇，走丢了怎么办啊。"

"一不留神就不见了。"左志伟解释道。

"她一直就这样吗？"路遥关切地问。

"唉，时好时坏。"左志伟无奈地叹了口气说，"不要让她见着男孩子，不要提儿子，只要沾点边的事，马上就犯病。"

"你来了我就放心了，钱我付了。"路遥说着和肖红走出商场。

回来的路上，路遥的心情更加沉重了，在车上一言不发。肖红开始不安了起来，她知道路遥在摇摆不定，她明白路遇小春又勾起了他的心事。肖红变得小心翼翼起来，小鸟伊人地依偎着路遥的肩膀，温柔似水："哥，你是小妹的保护神，你就当还是一个警察，为了我，为了保护一个需要你保护的人，你就像保护他们那样承担起保护我的责任和义务好吗？"

傍晚，路遥把赵慧芳约出来，两个人来到湖滨公园。

晚秋了，公园里偶然有几点残红已没有了生气。湖中的莲子已成，荷叶老却。湖边的垂柳落叶纷纷，更增添了几分愁伤和悲凉。

赵慧芳知道与路遥分手的时候到了，自从接到路遥的电话，赵慧芳的心情比凋零的秋景还凄凉，泪水总是在眼眶里转，只要一眨眼睛泪珠就会成串地掉下来。他们在一张椅子上坐下来，赵慧芳用眼睛读着路遥的心。

路遥看到赵慧芳长长的睫毛上挂着晶莹，满眼的痛苦和忧伤。这双眼睛曾是多么的愉快、活泼、天真啊！路遥的心在瑟瑟发抖，他不敢面对那凄凉悲伤的眼神，生怕再多看一眼连说走的勇气都没有了。

"难道你真的狠心撇下我走吗？"赵慧芳言语里带着渴求与哀伤。

路遥低低的声音说："是的，我决心要走。慧芳，只能说对不起了。"

"唉！说这些有什么用？"赵慧芳此刻十分凄楚，她并不为自己所做的努力付之东流而遗憾，也不为她付出的爱没有任何结果而懊丧。她深知爱是有排他性的，在自己和肖红之间路遥必须做出选择。毕竟是爱过，所有的这一切对她来说终身不悔。只觉得路遥可惜了，可惜了一个公安工作的一个人才。她叹了一口气说："过去我是很自信的，可是现在我的自信心没有了，我甚至怀疑你是否真的爱过我？"

"这个时候我确实不想表白了，但是我不能违心地说我不爱你。"路遥很痛苦，但违心地说话又不是他的性格。

"既然如此，就不要走了。我知道我会得到你的爱。"赵慧芳紧紧地拥着路遥，又燃起希望，"遥，我爱你。如果，你真想换个环境，请告诉我，我会帮你的。你要我怎么做都行，只求你不要离开我，好吗？"

这正是路遥的矛盾之处。一方面他爱着他的工作，另一方面也爱着赵慧芳。虽然路遥对工作中所遇到的困难和挫折，有很多困惑和失落。但这不是他走的主要原因，在肖红和赵慧芳之间，他对肖红的了解比对赵慧芳的了解更深，不说肖红更爱路遥，而路遥对肖红的爱是任何岁月消磨都不能冲淡的。所以权衡再三，只有舍弃赵慧芳。每个人都有自己性格上的弱点，路遥深深感觉到这也许就是自己的弱点。然而他绝不是不敢负责任的人，对赵慧芳如此，对肖红也如此。在他的人生中遇到了世界上两个最好的姑娘，觉得很幸运。有时候他在想，不要让他在她们中间做选择，那样他会很痛苦。但是，今天是到了必须做出选择的时候了，他不能游戏在她们中间，这是路遥内心的道德标准所不允许的。从本心讲他从没欺骗过任何一个人，是上苍的安排让他们在茫茫人海中相遇，又使他们相恋，但却不能相守终生。他知道赵慧芳把所有的情感都毫无保留地给了自己，相对于她感觉到自己太吝啬了，他为此感到愧疚。但他只能说对不起赵慧芳，是该分手的时候了。

路遥向赵慧芳坦诚地表明了自己的心迹，他说的每一句话都是那么情真意切，可每一句话又像一把把刀子刺痛着赵慧芳的心。如果说痛苦是别人的伤害造成的，她会面不改色心不跳的去面对，然而这种痛苦却是来自最心爱的人，这真是太惨痛了！

话说出来了，路遥心中的包袱也卸了下来，可却没有一点轻松感，反而更加凄怆惆怅，不知是愧疚自责，还是恋恋不舍，一股无法排解的情绪沉甸甸地压在心头。

# 四

路遥和肖红租了一辆轿车，他们要到小学时的母校去看看。自从小学毕业以后，谁都没有再回去过。

在深圳时，肖红长期在工作的压力中，生活几乎近似于清教徒，思想还从来没有这么释放过，舒展过。一路上路遥驾车，俩人谁都不说话。望着窗外的风景，脑海里想着过往的事情，就像路旁闪过的树木，一切都是那么的熟悉又是那么的陌生，遥远的记忆，似乎又近在眼前。肖红突然喊道："停停，停车！"

车停在一片白杨林旁，这是小时候玩嫁新娘的地方。肖红和路遥从车上下来，他们寻找着儿时的点点滴滴，寻找着那棵见证他们结为"小夫妻"的小白杨。找到了，找到了，这是一棵粗大的白杨树，它与其他白杨树不同，它肚脐眼处有一个大大的眼睛。现在那只眼睛更大了，似在惊异地看着两个最熟悉的陌生人。那时候才一拃粗，现在已长成合围之木，一棵参天大树。

站在大树下，仰首望去，树梢直刺蓝天与白云在握手。

路遥和肖红抚摸着白杨树，追忆着当年的童趣童事，往事娑裟，似触手可及。小时候，就是在这棵树下玩嫁新娘的，那时候肖红就是路遥的媳妇了。

十年树木百年树人，小树长成了大树，人也长成了大人。往事悠悠，旧梦依稀。

学生正在课间休息，广场上嬉闹声一片。路遥把车慢慢地开进学校停在教师楼下。学校还是那个学校但一切都变了，原先的平房换成了新教学楼，操场更宽阔了，树长大了长高了，彩旗招展装点着整个校园，往日的踪迹已经荡然无存。

两个人来到校长室，肖红敲了敲门，开门的是一位女校长："请进。你们是？"

肖红一眼辨认出来，正是班主任李淑平老师，她惊喜地叫道："李老师！"

"你们是谁呀？我怎么认不出来了？"李淑平欣喜又惊愕地问。

"李老师，你不认得我啦？"肖红说，"我就是扎着丫丫辫，爱哭的肖红。"

“肖红？想起来了。”李淑平扶了一下眼镜，仔细打量着肖红，“是肖红，小时候的模样还依稀可见，是全年级最漂亮的那个小姑娘。”

肖红百感交集扑到李淑平的怀里：“老师！”

“哎呀，长大了，长大了。”李淑平的眼里也含着激动的泪花，抚摸着肖红。

“老师老了。”肖红感慨地说。是的，她已是白发苍苍，鱼尾纹爬满了眼角。当年在肖红的眼里李老师是最年轻、最漂亮、最有风度的，可是现在，往日的风华再也找不到了。

李淑平说：“傻孩子，你们都这么大了我能不老吗？明年该退休了。”

“老师，您还记得他吧？”肖红指着路遥说。

路遥向李淑平深深地一鞠躬：“老师好。”

李淑平打量了半晌也没有辨清是谁：“你是谁呀？”

路遥提醒道：“我就是小时候最淘的，爱打架的那个……”

“你是路遥对吧？”李淑平猛然想起来了，“也是最聪明的坏小子。”

“是呀，我就是路遥。我那时候可是没少罚站。”路遥风趣地说。

“还说呢，打不过人家就拼命，还咬人。”李淑平亲昵地责备道，“我还清楚地记得有个叫小胖的，把你打得鼻青脸肿，你把他的胳臂咬掉了块肉。”

“哈哈！是是。”路遥开怀大笑。

“你呀，从小就是一个天不怕地不怕的性格。”李淑平道，“看看，光顾说话了，也不知道让你们坐，快坐。”

上课铃声响了，学生们纷纷向教室跑去，喧闹没有了，一会儿便传来了朗朗的读书声。

肖红说：“我们这次来一是想看看母校，二是我想向学校捐点款。”

“太谢谢了，善举善举。”李淑平十分激动地说，“现在学校比过去有了很大改善，但是教育经费还是严重不足。真希望社会上多一些你们这样的公益人士。”

肖红拿出了一张支票说：“这是一张十万元的支票，虽然微不足道，但是我们的一点心意，以后只要我们有能力一定会尽力的。”

李淑平说：“你们事业有成我也很有成就感，有你们这样的学生我感到骄傲，也为你们的善举感到欣慰！”

“您是我们的启蒙老师，”肖红满怀感激地说，“我们的成就是您教导的结果。”

“就算给你们在人生道路上加了点油吧，路还是你们自己走出来的。”李淑平欣赏地看着路遥说,“你在我们学校可是很有名气的,前些日子我看了不少关于你的报道。你的英雄事迹在咱们学校广为传播,人人皆知。”

路遥谦逊地说:“我哪算什么英雄,只是做了点本职工作。”

“我们认为你就是英雄,咱们学校的学生听说你是本校出去的,一提起来都很有自豪感的。”李淑平说,“原想什么时候请你回来做个报告呢,你自己就来了,就趁这个机会做个报告吧。也算是我抓你一个公差。”

“不行不行,那点事不值得一提。”路遥推辞道,“再说了,组织上也有规定,不能说谁想到外边做报告就能做的。”

“行,我看行。”李淑平道:“那些事迹报纸上都登过,有什么不能讲的?今天我做主了。”

学校的礼堂里坐满了师生,会场上挂着两条横幅“感谢肖红校友慷慨捐助”“热烈欢迎路遥来校做报告”。会前,校长做了动员,她将肖红和路遥分别做了介绍。肖红作为捐款人简单地讲了几句客套话,压轴戏是路遥做报告。在一片掌声中路遥走到了台前。路遥并不想讲自己,他想宣传自己的那些同志。他激昂陈词:“现在是一个英雄辈出的时代,你们把我称为英雄我很惭愧,在那些牺牲的战友面前,我是微不足道的。我是英雄又不是英雄,为什么呢?作为一个个体我不是什么英雄,然而我生活在一个英雄的集体中,我是他们中的一员,我也是英雄。我就给大家讲讲我的战友们的故事吧。”

路遥满怀深情地介绍了刘桂明,讲述了发生在车站的那场生死搏斗,他的意识仿佛还停留在那一时刻,刘桂明矫健的身影就在眼前,他牺牲的时候怀里揣着的那张全家福被鲜血染红了浸透了……

会场上一片寂静,不时传来同学的抽泣声。

路遥怀着十二分的敬意又讲起了马挺彪,追述着马挺彪孜孜不倦的人生世界,追述着他牺牲时难以割舍的未了心愿,然而就在那一刻他的生命走到了尽头,他更像一支蜡烛燃烧了自己照亮了他人……

路遥的讲演深深地打动了师生们的心,全场一片哭泣之声。

肖红热泪盈眶,她被感染了。长久以来,肖红在商海里搏击,所处的大多是唯利是图、相互倾轧、物欲横流的氛围,那是一个金钱堆积起来的世界,或多或少她也感染了商人的心态。这样纯朴而生动的、鲜鲜活活的事迹她是第一次真实的感受。至此，肖红才真正地看到了路遥的内心世界，他是那么眷恋他的战友，他是那么热爱他的事业，他已经将这一切的一切都融入了灵魂深处。

肖红突然想起了赵慧芳的话："……一个人离开了自己所喜欢的事业，还有什么前程？……你想到过没有？你这样做会毁了他一生所追求的理想，毁了他的政治生命、他的人生价值……"肖红暗想，也许赵慧芳是对的，也许自己错了。

路遥用手绢拭着泪水，他深切地缅怀失去的战友，他更崇尚他们的精神，这是无与伦比的宝贵财富："各位师长，同学们，你们知道吗？这才是真正的英雄！"

全场报以热烈的掌声。

"我不知道大家怎么理解英雄的含义，也可能觉得英雄就是一个完美得让人们学习的榜样，他们甚至高大得像山一样，思想成熟得没有任何瑕疵。我可以毫无疑问地回答，不是的。英雄首先也是人，是有血有肉的人，然后才是英雄！是人就有七情六欲，就有弱点，就有怯懦的时候，但是最终的选择，他们是勇敢的，使他们成为了英雄。

"有记者问我，当面对凶犯的枪口时你在想什么？我说我什么也没想。采访我的人很失望，以为我会有一大堆气壮山河响亮的豪言壮语，然而没有。同学们，在那个危急的时候，我确实没有想过。对于这个问题我曾经问过我的战友们，他们有的说当时大脑一片空白，有的说什么也想不起来，有的说就想着怎么去制伏罪犯。其实很多人能够勇敢地制止罪犯是本能的反应和求生的欲望，更进一步说也许是平时生活积成的一种素养。是的，他们说得都没有错。对此，我有着深刻的体会。当罪犯的枪口对准我的时候，我没有多想过，那个时候也不允许你多想，只有一个欲念，就是把罪犯打倒，不是你死就是我活。狭路相逢勇者胜！"

路遥最后慷慨激昂地说："什么叫英雄呢？我的理解是：英雄就是在没有任何遐思之时本能地为了大多数人的利益而牺牲自我的人！"

寂静，久久的寂静。掌声……雷鸣般的掌声！

驱车回派出所的路上，肖红再没有说话，来时的兴奋感和激情没有了，更多的是几分感慨。当年的一切似乎只在瞬间，日月如梭，一去不复返了。看到的已是物是人非，当年的年轻老师已经白发苍苍，新一代的学生像嫩芽噌噌地往起长，而自己却还想圆童年的那个梦，不但那个梦找不到了，就连身边的这个人也似乎相距非常非常的遥远了。

## 五

路遥刚回到派出所，方克就到了。

“处长。”路遥看到方克面沉似水的进来，马上站起来规规矩矩的立正。方克将辞职报告拍在桌子上，大怒：“你如果还认为我是你的处长，你就给我撕了它。”

路遥执拗地低着头一声不吭。

方克责问：“你是当真要辞职，还是向上级施加压力？”

路遥低声说：“真的辞职。”

方克质问：“那么，你是向邪恶势力低头了？在压力面前退缩了？”

路遥否认道：“都不是！”

“不是？”方克反问，“那是什么？”

路遥低头不语。

方克命令道：“抬起头来看着我，用你的眼睛跟我说话。”

路遥抬起头，但躲避着方克的目光。

“我看就是。”方克大为光火，“你是温室里的鲜花吗？是弱不禁风的小草吗？你不是鸡雏？是鹰你得到空中去飞。才经了多么大一点风波，你就受不了了？”他看路遥沉默不语又道：“不说话是吧？那就等于默认了？”

路遥愧疚地说：“处长，对不起。我辜负了领导的期望。”

“不！你辜负的不是领导，辜负的是任何热血青年都想献身的事业。”方克说到这里已是感慨万分，“要说对不起，你最对不起的是刚刚牺牲、尸骨未寒的刘桂明、马挺彪。你更对不起你的父亲，他有钢铁一样的脊梁和意志，从不向任何压力低头，从不退缩！”

说到父亲，路遥心里一颤，此时此刻他不敢听父亲的名字：“处长，不要提他老人家了好不好？”

“不！我就要说给你听。”方克命令道，“坐下，你知道他是怎么牺牲的吗？”

路遥低着头说：“不知道，我妈妈去世前没有提起过。”

“我讲给你听。”方克怀着沉痛的心情和深切的思念回忆起了当年。

那是二十年前的事了……

路遥的父亲叫路子鸣，是一名刑警。路子鸣是公安战线少有的专业人才，技术上的尖子，虽然没有什么很高的学历，但他在实践中积累了丰富的经验，使他成为一个很有名的土专家，他的步法跟踪闻名铁路公安系统，闻名全国。

那时候全国上下还正在轰轰烈烈的“文化大革命”中，群众运动如火如荼。公安机关被冲击已经不能正常工作了，公安机关被改成了保卫组织。大部分老公安被打成了“黑公安”“保皇派”，即便能有几个人上班工作，也是为写大字报和政治运动而忙碌。方克就是在这种背景下从行政单位抽到公安机关掺沙子的，当时他被安排到刑警队，重点工作就是监视路子鸣。路了鸣是“黑专”式的人物，自然也就成了批斗的对象。但无论怎样批斗，他都始终如一地坚守在工作岗位上。有一天，养路工区发生了一起报复杀人案，凶犯为逃避追捕，跑进了腾格里大沙漠。方克和路子鸣奉命追捕逃犯走进了大漠。

方克还没有进过这戈壁大漠，刚开始还饶有兴趣地欣赏着大漠景观。

一望无际的大漠，沙丘起伏万状有如大海的波涛，波澜壮阔。方克无拘无束地跟路子鸣在大漠中行走，他不像追捕罪犯的刑警，更像一个旅游者，该吃了吃该喝了喝，第一天就把自己所带的干粮和水消耗了一半。然而就是这种肆无忌惮的消耗有限的食品，给后来的追踪带来了灾难性的后果。

路子鸣没有心思欣赏什么大漠风景，他是足迹跟踪专家，知道在这茫茫戈壁中，说不定有多少凶险在后边。而且罪犯逃进大漠差不多有一天的路程，足迹稍微有点风吹草动就消失得无影无踪，那可真是沙海捞针难觅踪影了。他对方克不经世事，随意的消耗资源不置可否，因为方克是革命群众是自己的领导，他只有自己克勤克俭。进入沙漠第一天，路子鸣没有喝一口水，吃一口干粮，因为吃干粮是要消耗水的。第一天傍晚，他们稍稍休息了一会，准备利用最后的黄昏再追一程。追了一天了，很脏很累，方克欲用水壶里的水洗手，路子鸣实在是忍不住了才说了一句：“年轻人，省着点吧。”

本来对路子鸣的警告方克是不屑一顾的，当看到路子鸣干裂的嘴巴时，他把水壶收了起来。就这样他们连续追踪了四天，进入了大漠腹地。路子鸣突然发现了一排足迹，那足迹显示罪犯已是体力不支了。他说："这就是罪犯的，他应该离我们不远了，我们必须抓紧时间，在干粮和水储备能出去之前把他抓到，否则我们谁都出不去。"

这个时候方克的干粮和水已经用尽了，坚持不下去了。路子鸣就鼓励他说："小方，现在是比毅力的时候，我们到了极限，罪犯分子也到了极限，只要再坚持一下我们就能抓住他。"

就在进入沙漠的第五天终于将罪犯抓住了，可是他们的干粮和水也快要消耗殆尽。罪犯的干粮和水已经没有了，就剩下路子鸣节省下的那一点点干粮和水了。他们带着罪犯往回返，路子鸣控制着仅有的一点粮食和水，每天一个人只能进一口水，吃四分之一的馍馍，这样计划着可以走出沙漠。然而天有不测风云，就在这个时候却遇上了一场大沙暴。狂风卷着黄沙铺天盖地袭来，刹那间天昏地暗，他们迷路了。

路子鸣有经验，他知道这样在沙暴中行走，等于自寻死路。不但消耗了体力，可能南辕北辙，离目的地越走越远。在路子鸣的建议下，他们停了下来在沙丘中窝了一天一夜，沙暴停了。这个时候，如果靠仅剩余的一点干粮和一点水，一块走，谁都出不了沙漠。路子鸣当即选择了牺牲自己，他将水和干粮交给方克说："你们走吧。"

方克这才后悔了，当初刚进沙漠的时候为什么不省下点干粮和水呢？然而谁也没有办法使时光逆转，忏悔和泪水无法弥补错误造成的后果。他哭着说："不！我不能把你丢下，我们一块走。"

路子鸣却摇摇头说："不行，那样我们谁都出不去。"

"不，我们扔下他。"方克指着罪犯说。

路子鸣道："不行，这是失职，我们抓的就是他。"

方克一拳将罪犯打倒在地，骂道："都是你个王八蛋！你跑哇？你不是不想接受审判吗？就叫你死在这里！"方克发疯似的向罪犯扑去……

路子鸣制止道："不要打他，这是我们的职责。"

"不！我们是好兄弟，我怎么能丢下你呢。"方克这才懂得了生死患难的真正含义，他真心实意地把路子鸣称呼为兄弟。他真后悔自己的无情，自从到刑警队以来让路子鸣遭受到了许多不公正的待遇和政治歧视。可是当面临生死选择的时候他把死留给自己，把生让给了他人，他才是真正的共产党员。

路子鸣在这个时候听到监视自己的人竟然能够视自己为兄弟，顿时感动得泪洒衣襟。在那个特殊年代，这是一个多么难得的政治认可啊！他紧紧握住方克的手："好兄弟，走吧，不要做无谓的牺牲，走吧！"

方克将干粮和水交给路子鸣："哥，你走，你把他带出去。"

路子鸣不容置疑地说："论职务我是干事你是民警，你应该听我的命令。论资历我是老民警，你也应该听我的。论年龄我是哥你是兄弟，兄弟要听哥的。"

方克亲切地呼唤着："哥！你等我，我一定来找你！"

方克眼含热泪离开了路子鸣，将罪犯带出了沙漠。也正是因为路子鸣的精神感动了罪犯，他揭发了两起特大杀人案。

然而，当再找到路子鸣的时候，他的半个身子已埋在了沙漠里……

讲到这里，方克泪如泉涌，失声地痛哭着："那是什么？那是一种精神，一种牺牲自我的精神和对事业始终不渝的革命英雄主义的信仰！"

"处长，不要说了。我辜负了父亲，辜负了大家。"听完父亲的故事，路遥已是泪流满面。他道出了自己要走的原因："我也不愿意走，可是您是知道的。我和肖红是您看着长大的，我们相恋这么久，走到一起不容易。她没有任何亲人，一个人在深圳打拼，孤军奋战，前些日子差点自杀而亡。她需要一个男人在跟前呵护她，保护她。我也应该承担起这个责任来，我觉得我欠她的太多了……"

"唉！"方克长叹一声，无奈地说，"明白了，你拿爱情来堵我的嘴，我无话可说。俗话说宁拆一座庙，不破一桩婚。话说到这个分上，如果我再不同意，显得我这个老头子太没人性。也罢，去留悉听尊便。"他用手一指窗外："不过，我想请你出去看看你那些弟兄，如果你还是决心要走，我马上就签字。"

路遥推开窗子顿时惊呆了。

全所干警整齐列队站在院里，个个眼睛里含着泪水，露出了深深的期许。路遥从宿舍跑出来，看着大家热切的目光，殷殷期待的神情，不禁热泪滚滚而下。

徐海发站在最前列大喊一声："敬礼！"

世界上再没有什么比这种情感更珍贵的了。全体干警向路遥敬礼，这庄重的一礼包含的太沉重、太浓烈、太深邃、太崇高！

路遥凝重地向大家还礼。

# 六

肖红惴惴不安的心情终于得到了证实。自从知道了路遥写了《辞职报告》后，她为之兴奋了一阵子，那一夜无法入眠。因为终于看到自己的努力取得了成果，自己心爱的人要与自己比翼双飞了，她怎么能不高兴呢？然而这之后却没有一件能使她安心的事情，从在商场遇到小春，再到母校的一场讲演，一件件事情都说明路遥的心还完全系挂着这里。她一直催促路遥上路，恨不得立刻飞离这个地方，怕的就是夜长梦多。现在方克邀请她吃饭，她知道完了，自己付出的努力付诸东流了，因为她明白，方克这顿饭绝不是为路遥送行的。

方克端起酒来做了一个开场白："今天我做东，请你们二位吃个便饭。来，先干一杯。"

路遥说："谢谢处长。"

肖红说："谢谢方叔。"

"小红啊，你可以骂我这个老东西，不懂情理，是我把你的心上人给留下来了。"方克意味深长地说，"但是，我认为爱情是不讲条件的，只有相隔的思想，没有相隔的事业，两情若是久长时，又岂在朝朝暮暮。"

"方叔，您不用解释。"肖红情绪非常低沉，"我什么都明白，还是在他自己。他要真想走，您留不住。他要不想走，我也带不去。也许这就是命。"

方克劝慰道："你是不是有点太悲观了？"

肖红神色凄迷地说："我就是觉得自己很无能很无奈。"

路遥为肖红夹菜，此时真有点战战兢兢的感觉，觉得太对不起肖红了，却又不知道如何来安慰她。

肖红没心情吃饭，只想喝酒，她一口干了一大杯。

方克看出了肖红的心结，但这个心结却不是一下能解开的。因此他讲了一个故事：

在很久很久以前，有这么两个孩子，他们约好去寻找太阳的家。女孩说，咱们往东走，太阳公公是从东边升起的，他的家肯定在东边。男孩说，咱们应该往西走，太阳公公是从西边落山的，他的家肯定在西边。两个孩子意见不统一，最后就分道扬镳，各自按自己确定的方向去寻找太阳的家。就这样，他们走啊，走啊，走到头发白了，人也老了，又走回了原来出发的地方，当他们再次相遇的时候，才明白太阳的家就在他们分手和相聚的地方。

“唉！”肖红长叹一声，她明白方克讲这个故事的含义，然而却不能释然。这次来了以后，她觉得与路遥之间的情感出现了深深的裂痕。也许是赵慧芳的原因，也许是更多的原因。一股不可言状的惆怅和感伤搅痛了她的心，却又无从说起。

“小红啊，我是过来人，生活不仅仅只有爱情，也不仅仅只有事业，爱情和事业的和谐才是生活追求的最高境界。”方克语重心长地说，“我不希望你们像故事里的那两个孩子，等到老了才找到自己共同的东西。”

路遥为肖红斟满酒：“红，我不能跟你去了，对此我深感内疚。我想这不是问题的根本原因，也不应该是阻隔我们相爱的理由，今天我想借处长的这杯酒，来消除我们中间产生的一切不愉快，好吗？”

“哥，我会永远祝福你的。”肖红端起酒来一饮而尽。她知道自己不仅不能让路遥跟自己走，而且意味着将永远失去他了。

肖红要走了，带着满腹的忧伤和一个永远无法解开的心结离去。她决定放弃，是为爱而放弃。没有爱是痛苦的，有爱而不能爱是更加痛苦，为了爱而放弃是无以复加的痛苦。

肖红走时没有通知路遥，却给赵慧芳打了一个电话，她在机场的候机室等待赵慧芳的到来。

赵慧芳急匆匆地寻找而来，当看到候机室没有路遥仅是肖红的时候，她明白了，不禁暗自窃喜。看到肖红满腹惆怅，又使赵慧芳心里很不是滋味。其中有女人对女人的同情，也有对真爱而不能爱那种痛苦的理解，此时的感觉真是百味杂陈。

四目相对各自心知肚明，却又不知道说什么好。一个放弃了爱，有说不出的愁伤与离恨；一个看到自己的爱将要开花结果，却又伤害了另一个人，心里无法释然又无法安慰对方。

肖红从包里拿出两封信：“这有两封信是给你们俩的，回去看吧。他是一个很好的人，但又是一个任性而粗心的人，一做起事来就什么都不顾了。他心里装着所有的人，唯独没有装着自己。在感情和事业方面，他更注重事业，所以你要准备好吃苦。”

“我懂。”赵慧芳郑重地接过信，不由心里升起一股怅然，“姐，那你呢？”

“一切皆是命，半点不由人，他不属于我。”肖红伤感地说，“唉！我的心死了，再不会有什么能使我动心的了。”

赵慧芳眼泪夺眶而出，不知道是愧疚还是感动，她紧紧地拥抱着肖红喃喃地说：“姐……真对不起……”

肖红百感交集：“曾经沧海难为水，除却巫山不是云……”

回来的路上，赵慧芳拿出肖红给她的信，上面写道：

……从我们几次接触，看得出你是真爱他。在你面前我觉得我的爱那么渺小而又可怜，我确实无能为力了，我苦心经营的爱巢，遇到你顷刻间瓦解了，我知道他爱上你了。我的爱就那么不值得珍惜吗？我究竟缺少了什么？也许我已自知或还根本不知，如果你能在我身上找到什么，希望你能全身心地投入到对他的爱。好好珍惜，再见。

看到这里，赵慧芳不由得潸然泪下，来到路遥的宿舍将另一封信交给他：“她走了。”

路遥颤抖着打开那封信：

哥，我走了，有可能再也不会回来了。我真心地祝你和赵慧芳幸福。也许是我的人长大了，而心还停留在小的时候，儿时的情景历历在目，萦绕于怀，我会永远保留着那份纯真。不知是我太固执了还是你太执着了，我们都放不下各自对事业的追求。也许赵慧芳说的对，可能是我太自私了，总想让你成为我的事业的一部分，然而我没能做到。在情窦初开的时候我就朦胧地把你当作我永远的爱人和终身的伴侣，但终不知我们是兄妹情的依恋多一些，还是爱情更多一些。多年来，我一直在想，弱水三千，我只取一瓢饮之，难道还不够吗？却原来那一瓢水仍不属于我。我的心很小，小得只能容纳一瓢水，虽然它不属于我，可再也装不进别的。你是进入我心里的第一个也是最后一个男人，我现在的心就像是一座坟墓，它埋藏了我所有的感情……

赵慧芳是一个纯真而又正直的女孩儿，她很可爱，也很值得爱。她爱你爱得很深，希望你认真地去爱她。

别了，哥，把握住生命的每一刻，我就是没有把握住而失去了你，我不希望你再失去她……

过去的肖红已经死了……

路遥的泪水点点滴滴打落到纸上。赵慧芳轻轻地抚慰着路遥，柔情中带着苦涩的酸楚。

# 第十五章

# 黑白两道

HEIBAI LIANGDAO

# 一

路遥被停职在铁路地区传得沸沸扬扬，李金龙也略知一二。他读书不多文化不高，不懂什么大道理，但有一个道理是懂得的，仁义。没有路遥就没有李金龙的现在，路遥能对他这样的人伸出援助之手，仅从这一点上讲就是好人。有仇不报不丈夫，有恩不报非君子，是李金龙的信条，为了报答路遥即使肝脑涂地也无悔。

这些日子，李金龙把店里的事交给李冬梅，成天在各个市场上转悠，找一个叫强有义的人。

强有义是李金龙过去的好朋友，有名的消息灵通人士，人送绰号“包打听”，黑道上的事情几乎没有不知道的。其实强有义也就是个扒手，经常出入各大商场、汽车站等公共场所靠掏包过生活。这一天，他在商场盯住了一个中年人，那人出手大方，大把大把地花钱，看得强有义心里直痒。

螳螂捕蝉黄雀在后，强有义没想到自己也被盯住了，正当他把中年人的钱掏到手的时候，却被盯他的人抓住了手。强有义吓了一跳，回头一看是李金龙。李金龙夺过钱包，趁中年人不注意又放了回去，拉住强有义走出商场进了饭馆。强有义知道李金龙开咖啡馆的事，心里很不服。你李金龙太不仗义了，你发财了可不能挡我的财路啊，李金龙知道强有义在想啥，他也没说话从包里取出来几百块钱摔给强有义：“你不是缺钱吗？给！”

强有义见钱眼红，但不敢拿，讪讪地说：“大哥，我怎能要你的钱呢？”

李金龙看着强有义那双眼睛就明白了，那眼里就好像长了两只小手一样直勾勾恨不得把钱挠过去。他把钱往强有义的手下一推：“哥给你，你就拿着，这钱不烫手，是我自己挣的，什么时候花着都踏实。”

“那我就收着了，大哥的恩情小弟记着，来日一定报答。”强有义见好就收，手上装了弹簧似的“噌”将钱揣了起来。

李金龙点的菜端了上来，倒上酒说："来，兄弟，干一个。"

强有义喝了一个酒，叹了一口气，倒了一肚子苦水："大哥，如今这世道干什么都不容易，我想洗手不干，但没别的本事只能这么混。"

李金龙埋怨道："这就是你的不是了，咱们不是兄弟吗？有什么事你找我呀。"

"大哥，还是你好，现在像你这样的人不多。"强有义多少年没有听到这么义气的话了，感动得心里一热。

李金龙规劝道："活人还能让尿憋死？一个大男人家怎么还养活不了自己？找点正事干吧。"

"唉！"强有义一脸的苦瓜相，"没钱又没本事，能干啥？"

李金龙说："兄弟记住，只要你干正事哥支持你。"

强有义感动得差点掉下眼泪来："谢谢大哥！"

李金龙说："先别说这些，我问你个人？"

"是谁？大哥还需要问我？"强有义奇怪地问。

李金龙说："'铁老大'。"

强有义眼皮一跳，摇摇头说："不知道。"

"你敢说不知道？"李金龙眼睛一瞪说，"你是有名的包打听，骗谁呀？"

强有义刚收了人家的钱，吃人的嘴软，拿人的手短，不敢否认："不是，大哥，你问他干什么？"

李金龙说："这你就别问了，自然有我的道理。"

"这个人可是个神秘人物，不好见。"强有义神乎其神地说，"我也只是听说过，从来没见过。这人神通广大，是道上的头面人物。"

李金龙问："你知道谁和他们有来往吗？"

"好像'小地球'和他们有来往。"强有义说。

李金龙大概知道"小地球"这个人，真名于水，是个大烟鬼。他让强有义设法安排见"小地球"。强有义爽快地答应了。李金龙又问："另外，我听说'铁老大'最近做了一单，你知道不？"

"我也听说了，说是把金老大的母亲和儿子绑了。"强有义无不奇怪地说，"我就纳了闷了，这金老大被公安局抓了，他们绑他母亲和儿子干吗呀？"

李金龙道："你顺便给我打听一下，看他们把这老太太和孙子弄哪儿去了。"

强有义满脸狐疑地问："大哥，你怎么关心这事？"

李金龙说："不瞒你说，我和金老大是狱友，老大栽了，我应该照顾好他的母亲和儿子。"

强有义把大拇指一挑，称赞道："没说的，你真够哥儿们！"

"铁老大"日子也不好过。上次李贵出师不利，让人逮了个正着，货没有取回来变成钱，反而又损兵折将，逼得他不得不亲自出手。虽然设连环计，连伤二命，打伤了林向东抢了那幅画，又杀了李贵，进而把路遥逼进了死胡同，暂时缓和了危机。但是到现在丝毫未见路遥有被扳倒的迹象，最近表面上风平浪静，然而越是这样就越觉得形势岌岌可危，深感自己的路愈走愈窄，一张无形的网越收越紧。运输物资是不敢动了，因此又开辟了第二战线，雇人开了一个废品收购站从中牟取非法利益，折腾点钱以缓解内部财政危机。

废品收购站设在西大沟，公开的负责人是于水。实际是以收购废品为幌子，为"铁老大"暗地里倒卖、盗窃铁路器材。因于水个头不高，以前吃得又胖，因此得了个"小地球"的绰号，虽然这两年抽上大烟，矮胖的身子也折腾瘦了，与地球的称号不太相符了，但是这个绰号还是没扔掉。

这天，李金龙来到废品收购站，进门就喊："'地球'。"

于水正忙着收废品，这一嗓子听着真不顺耳，自从当了废品收购站的经理，就特不乐意听这个绰号。我他妈好歹也是个经理级的了，还这么喊我？不禁骂道："谁他妈喊'地球'？"

"我喊你不行吗？"李金龙说。

"哎哟，操！是李大哥。"于水回头见是李金龙，知道惹不起，回手给了自己一个嘴巴，"我他妈臭嘴！"

李金龙把于水拉到僻静的地方，也不拐弯抹角，直截了当地问起了"铁老大"。于水一听找"铁老大"头摇得拨浪鼓一样连说不知道。李金龙知道他在说谎，这种人不给点厉害根本不会说实话。李金龙从腰里拔出匕首，架在了于水的脖子上："你再说一个不字！"

于水是抽大烟的，没多大尿性，刀子往脖子上一架就差点把尿尿到裤裆里："大哥，别……动真的，我说你找他干吗？"

李金龙道："'凤城老大'你知道吧？那是我的狱友，生死弟兄。'铁老大'绑了他妈和儿子，我要为'凤城老大'讨个公道。"

于水舌头打着卷说:“大、大、大哥,你把刀拿开,让我说行吧?”

李金龙放开于水,收起刀子:“这不结了吗?”

于水这才松了一口气,擦了把汗说:“其实我也没见过‘铁老大’,只和华仔来往。”

“在哪能找到华仔?”李金龙问。

于水说:“我们老在郊外一座小楼里碰头耍赌,我们叫‘小白楼’。”

李金龙问:“你知道不知道他们把‘凤城老大’的母亲和儿子绑到哪去了?”

“好像就在那栋楼里。”于水不放心地安顿,“你可别说是我告诉你的。”

李金龙说:“你放心,我李金龙什么事都可以做,就是从不做小人。”

# 二

方克召集路遥、李长青、徐海发开了一个会，宣布路遥恢复所长职务，但是他认为既然我们的对手想要路遥下台，所以以暂不公开宣布路遥恢复职务为宜。李长青还继续代所长职务。

“行。”李长青说，“反正这个案子还需要进一步经营，通过前一阶段的侦察工作，我们认为一直操纵着这股犯罪势力的罪魁祸首是‘铁老大’。现在已经把他的外围打得差不多了，我们离‘铁老大’越来越近。”

“我觉得林向东的被伤很蹊跷，如果说罪犯想调我们出去，而后杀掉李贵，他可以有很多方法，没必要非杀林向东。”路遥分析道，“所以我认为，必须杀林向东的理由有二：一是林向东那幅‘铁老大’的模拟像肯定是画成了，因此被害，并取走了画像；二是凶手很可能特别熟悉我们的情况，又和林向东非常熟悉。此两点就构成了林向东被伤的理由。”

方克点点头肯定了路遥的分析，所以他认为林向东恢复身体是至关重要的关键问题。为此他在北京托人找了一个脑外科专家近期来凤城为林向东会一次诊。这样林向东的安全就非常重要了。他吩咐路遥：“这个任务就交给你了。”

“好，”路遥说，“我一定保证他的安全。”

方克问：“‘凤城老大’那儿咋样？”

李长青说：“还不吐口，现在找到他母亲和儿子并把他们安全救出来，是突破他的一个关键，市局和我们都在全力以赴地查找。”

方克指示：“我们不能再被动挨打了，要主动出击，攻防兼备，坚决打掉‘铁老大’。”最后提醒道，“越是这个时候斗争就越复杂，罪犯就越凶狠。因此一定要有充分准备，防止他狗急跳墙。”

方克和路遥陪着北京的专家来到医院。

“老嫂子你好哇。”方克看见了林夫人首先赔罪，“你的儿子我没照顾好，我是来赔罪的。”

“唉！”林夫人叹了口气说，“算啦，事已如此，再说什么也没用。”

方克指着身后的专家介绍道：“这位是我专门从北京请来的脑外科专家，给小林做一次会诊，希望他能早日恢复健康。”

林夫人感激地说：“谢谢方处长，谢谢专家。”

专家和医生们为林向东做了临床会诊，之后来到医办室。

主治医生将病人的病历、CT扫描、脑超声波诊断等摆在专家面前。病历显示：病人入院时，呈脑昏迷，深度休克。经CT检查属于闭合性脑损伤，有血管破裂出血现象，颅内有大面积血肿，脑部多处神经细胞互相压迫，颅内压增大。病人随时都有生命危险。为此，院方采取了紧急脑外科手术，手术发现病人的脑组织基本完好，有一处血管壁发生破裂出血，进行了止血、血管缝合手术，清除了病灶。

专家看完病历肯定地说：“病人的前期手术还是比较成功的。我刚才看了他的脑外部颅骨基本上已经恢复，从脑超声波和CT脑扫描上看，脑部瘀血大部分已被吸收，血肿消失，颅内压正常。病人的身体素质很好，脑部的吸收和恢复功能非常有力，大脑皮层很有活力。我认为他的大脑功能极有可能恢复正常。”

方克为之一振：“太好了！”

专家又说：“这个病人很怪，从手术前的病历检查和CT扫描情况看，是那种最危险、也是最重的创伤病例之一，可没想到他能恢复得这么快，这么好。这说明他的身体，特别是大脑对创伤病体有顽强的抵抗能力和恢复能力。”

方克问：“还有什么更好的治疗方法，能使他尽快恢复吗？因为这个病人对我们太重要了！”

专家认真地解析道：“脑功能的恢复本来就是很缓慢的治疗过程，不能操之过急。但可以采取中、西医结合进行治疗，促进加快恢复。中医中药在不造成新的出血情况下以活血祛瘀为主，西医以加强神经营养代谢、改善脑供氧、降低毛细血管通透性的治疗为主。病人家属还可以辅之以病人以前有深刻意识的东西加以刺激，用以激活脑部深层记忆，也叫作唤醒意识，这种方式有时候比药物物理作用有更好的疗效。”

路遥插言道：“他还能恢复对过去事情的记忆吗？”

“这要看他的身体素质和恢复情况。”专家说，“从医学上来讲，大脑本身出于健康的原因而不断进行自我调解，遗忘本身就是记忆的一种功能，如果人经历了暴力、恐惧和痛苦等感情的创伤之后，大脑是可以选择性地遗忘掉这部分经历的，这是大脑在自我抑制下的反应。如果一个人在某一方面有着顽强的意志，那么他对这方面的记忆可能是深刻的，大脑也有可能选择性地把它保留下来。”

路遥又问：“如果要恢复失去了的这部分记忆，还有什么更好的方法吗？”

专家说：“用药理治疗病理，无非就是常规和非常规两种治疗方法，我所说的这些方法目前是最正确和有效的。至于医学之外也有很多好病例，非常之人，遇到非常之事，用非常手段，我不敢妄言。”

方克紧紧地握着专家的手说：“谢谢你。”

## 三

路遥就像一个精心的保姆大部分时间都守在医院里陪着林向东，为他擦洗身子，活动肌肉进行按摩，除了经常放一些他爱听的音乐外，还不断地在他的耳边讲故事，说悄悄话。苍天不负有心人。突然，林向东的眼皮跳动了一下。路遥觉得是自己的幻觉，用力揉了揉眼睛，使劲地盯着林向东的脸，很久很久再没有出现。他失望地叹了口气，又换了一盘《命运》交响曲在林向东耳边播放。

路遥的音乐疗法有了效果，有一股强烈的意识注入了林向东的大脑。那是一些朦胧的逻辑混乱的画面，似乎是一个孩子不完整的梦境，断断续续地出现在林向东模糊的意识中：前边是一片黑暗，瞬间又变成白色的大屏幕，一大滴血撕破画面，大滴大滴的血滴落在钢轨上……一列客车迎面而来……钢轨在延伸，列车在飞奔……残阳似血，警徽、警帽，重重叠叠。一张模糊的面庞，血从鬓角浸出……残阳朦胧，一片血红，红色变成褐色，血凝固了……钢轨、钢轨，钢轨在延伸。列车、列车，列车在飞奔，似乎进入了时空隧道……飞奔的列车迎面而来从林向东的身上轧过……

林向东猛然睁开了眼睛。

路遥发现林向东睁开眼睛，惊讶地大叫一声："小林，你醒啦！"

林夫人惊喜地喊着："东东！我的儿子！"泪水顿时决堤而出。

然而，林向东浑然不知，神情是茫然的，眼前的世界一片混沌。医生被惊动了，跑来为林向东检查。林夫人忍不住问："我儿子为什么不说话？"

医生解释道："由于大脑受伤，记忆功能或者语言功能受到破坏，醒来后很可能有失意或者失语的情况。"

"铁老大"的耳目也很灵通，很快知道了林向东醒来的消息，使他如坐针毡。

"铁老大"目前的处境就好像现在的季节，秋风四起，风雨飘摇，大厦将倾。这边让华仔绑架了金正名的母亲和儿子，使金正名三缄其口。然而林向东却醒了，真是按住了葫芦又起来瓢，林向东成了最大的威胁。"铁老大"又动了杀机。

是夜，路遥为林向东做了按摩，把该清洗的东西拿到洗漱间清洗。

华仔戴着大口罩，身穿白大褂化装成医生来到病房。林夫人见华仔进来以为是换班的医生，没有在意。华仔从口袋里掏出一支药，用注射器推进了葡萄糖瓶里，加完药从病房出去。

路遥端着一盆水与从病房出来的华仔正撞了一个满怀，水洒了华仔一身。路遥还未及道歉，华仔已急匆匆的低头走过，他疑惑地看了看华仔的背影，回到病房问林夫人："阿姨，医生来干吗？"

林夫人说："说上班医嘱让加一支镇静剂。"

"镇静剂？不对呀。"路遥很警觉。林向东一直很稳定，也从未输过镇静药物，这个医生神色慌张又很面生，会不会有什么问题？他毫不犹豫地卡住输液器，跑到医务室问值班医生："医生，给林向东加药了吗？"

"没有哇。"医生说。

路遥又问："那刚才有没有医生查房？"

医生说："值班医生就我一个，没有别人。"

"不好。"路遥惊叫一声，"药有问题，你赶快去把点滴停了。"

医生跑进病房将注射器拔掉，幸好路遥卡得及时，有毒液体还没有输进体内。

华仔已经进了电梯，路遥追到时电梯门关闭了。路遥又跑向楼梯。电梯在二楼停住，一个护士推着一车被服上了电梯，为路遥争取了时间。

一楼到了，华仔从电梯出来。路遥赶到迎面堵住华仔，用枪逼住了他："站住！"

后边来的护士推着被服出电梯，华仔一脚将被服车踢向路遥。

路遥闪身躲过车子，华仔趁机掏出手枪扣动了扳机。路遥眼疾手快，飞起一脚把手枪踢了出去。"嘭！"枪响了，子弹打在了天花板上，跳弹呼啸一声不知飞到什么地方去了。

路遥不敢开枪，怕伤及无辜，上前一把扯掉华仔的口罩："我看看'铁老大'究竟是什么样。"

"'铁老大'是你想见就见的？"华仔脱下白大褂以大褂做武器与路遥厮打缠斗在一起。路遥勾拳侧踹虚击一招，下蹲左腿横蹚，扫到了华仔的右踝骨上，华仔一个滚翻就势滚到了大厅。

这时有几个探视的群众从楼上下来，华仔猛然抓住一人推向路遥。那人惊叫着与路遥撞了一个满怀，华仔趁机夺门而逃。当路遥追出去时，华仔已经逃出大门，跳上摩托车，一脚踹开油门。路遥照黑影就是一枪，这一枪打在了华仔的胳膊上，但他仍然驾车跑了。路遥这会儿顾不得追华仔，急匆匆地返回病房，林向东的输液药物已经换了。

从吴振奎的供词中发现“铁老大”很可能有“文革”背景，徐海发对有“文革”背景的内部职工进行了一次排摸。排摸出来的情况是：凤城铁路地区一共有两千三百人，“文革”背景的有四十多人，他一一进行了筛选，只有六个人与“铁老大”有相似的联系。这六个人是车辆段的李少华，机务段的冯坤，养路领工区的贾保才，装卸队的闫宁，车站的郝冬云、赵亮。

徐海发把这六个人的情况仔细进行了分析。李少华个子偏高，年龄偏大，排除在重点之外；贾保才在“文革”中虽然打了别人，也让别人打了个半残废，现在基本上是半条命，他应该彻底排除；机务段的冯坤已经退休，年龄不符。装卸队的闫宁是个老实头子，是被人硬拉到造反派里去的，这两人也应该能排除。剩下的只有郝冬云和赵亮了。郝冬云是副站长，赵亮是运转主任，两人都直接接触运转工作，特别是郝冬云的体貌特征、身份、年龄、背景最为相似，因此应该是重点嫌疑对象。可是郝冬云是副站长，调查他可不是小事，徐海发心里有点拿不定主意，决定找李长青和路遥商量。

路遥和李长青看完材料，觉得徐海发的这份调查材料很重要。但郝冬云毕竟是车站的主要领导，牵涉面较大。弄不好不但领导之间的关系搞糟了，还会影响车站职工与民警之间的关系。然而从目前情况看对他的调查已是势在必行。

路遥说：“我认为不管是谁，都要一查到底。”

“行，就以他为重点迅速展开外围调查。调查要严格保密，知情范围仅限于我们三个人和参与具体工作的人。”李长青又问徐海发，“李金龙进展如何？”

徐海发说：“李金龙通过一个叫强有义的摸清了‘小地球’的情况，他在铁西西大沟开了一家废品收购站，是华仔帮他搞起来的，华仔是‘铁老大’的心腹。现在李金龙正接近‘小地球’和华仔。”

根据李金龙的情报，公安机关进一步侦查，发现了“铁老大”的窝点小白楼和废品收购站。

公安机关准备收网，先把这两个地方打掉。

在郊外与小西湖毗邻的地方有一个别墅区，这里有成片的私人住宅，是近年来新富起来的个体户的聚集地，每户住宅都是独门独院。有一条柏油马路直通到这儿，虽然地处郊区但是并不偏僻，而且环境优雅。小白楼是“铁老大”的巢穴，位于这个富人区的最末端紧靠小西湖。

当天晚上，李长青、徐海发兵分两路迅速出击，查封了废品收购站，端掉了小白楼，救出了金氏祖孙二人。抓获了于水、小四、烂仔等人，很可惜华仔漏网了。

“铁老大”得知小白楼被端的消息暗自生气，怎么能让警察摸到老窝去了呢？目前也剩下华仔一个铁杆心腹了，事已至此，多说无益。他并不担心小四、烂仔和“小地球”被抓，因为他们不知道自己的底细，尚不能危害到他本人，最担心的是金氏祖孙让救走了，金正名很难保证不把他交代出来，他决定把金正名做掉。因此吩咐华仔通知“球子”想办法把金老大做了。

## 四

小白楼行动救出了金氏祖孙二人，小四、烂仔、于水落网。但是对这几个人的审讯结果是他们谁都没有见过“铁老大”，小四虽然见过，但他根本不知道“铁老大”是何许人。现在最大的希望就寄托在金母身上，希望她能劝金正名交代出“铁老大”。

高墙上布着密密麻麻的铁丝网，哨楼上武警荷枪实弹在巡逻，这里就是凤城市公安局看守所。

号子的铁门打开了，金正名抬起头来，早已没有了生气的眼睛呆滞而又浑浊，好像一只等待着死亡来临的甲壳虫龟缩在阴暗角落里，满脸的络腮胡子丫丫杈杈长得像只大刺猬。

“金正名！有人探视。”看守警进来喊道。

金正名木然地站起来被看守警带出监室，走过高墙的夹道，阳光斜照过来，刺得睁不开眼睛，但他更不愿意用手去遮挡好不容易才见到的一缕阳光。当人失去自由时，是多么地渴望外面的世界啊！金正名不知道谁来探视他，除了母亲和儿子似乎再没有人牵挂他，可是母亲和儿子在“铁老大”手里，他们是不可能来看自己的。当他在会客室看到鬓发苍白的老母亲和那个尚不懂事的儿子时，他惊呆了，一时竟不知道自己身在何处，莫非是在做梦吗？

金母颤巍巍地站起来，看到将要走到生命尽头的儿子，心里一阵绞痛。儿子再不好也是母亲的心头肉哇！老人家顿时泪如泉涌：“儿子！”

宝宝怯生生地看着金正名，当他辨认出确实是自己的爸爸时，稚嫩的嗓音喊着：“爸爸！”

金正名“扑通”一声跪在地上，紧爬了几步，呼喊着：“妈！儿子！”

祖孙三人紧紧地抱在一起，金正名已是哭声如雷：“妈……”

“这是造的什么孽?”金母哭诉着,“你为什么就不听劝呢,妈说过多少次让你改邪归正,到了到了还是把自己又作进来了!”她既是爱又是恨:“你说我都奔六十的人了,宝宝还这么小,这今后叫妈怎么过呀!”

金正名向母亲磕了一个头,伏身在地,悔恨不已:“妈,儿子对不起您老人家!”又对儿子说,“儿子,爸对不起你!”

“世界上没有卖后悔药的,自己造的孽自个担吧。”金母疼爱地抚摸着儿子说,“妈不要求你对我怎么样,我相信就是你走了,政府也不可能叫我们祖孙俩儿饿死。可你总得给你儿子有个交代吧?”

“妈,我知道了。”金正名擦了一把泪水,横下一条心说,“只要您老人家和儿子平安,我什么也不怕了!”

宝宝拉着金正名的衣角说:“爸爸,宝宝要爸爸回家。”

“儿子,爸爸现在不能回,有机会出去,我一定重新做人。”金正名把儿子搂在怀里,嘱咐道,“好好听奶奶的话,长大了孝顺奶奶,做个好人啊。”

宝宝乖乖地说:“宝宝知道了。”

警车鸣着警笛在大街上飞驰,路遥和李长青正在赶往看守所。刚才接到看守所长打来的电话,说是金正名有重大犯罪线索要举报。李长青和路遥马上意识到这是金母的探视有了效果,很可能金正名交代的就是“铁老大”的线索。他们片刻未停直奔看守所来。

警车急速驶到看守所大门外停下来,李长青和路遥匆匆而下,办了手续走进监区。

犯人正在开饭。金正名从窗口接过饭菜,这会儿心情特别好。刚见过母亲和儿子,一颗心完全放下了,他准备把所知道的一切全部交代出来。心情好也感觉到饿了,饭菜的香味直往鼻子里钻,三口两口就把一大碗饭吞进去了一大半。突然,金正名一阵腹痛,碗掉在地下摔碎了。紧接着就是一阵绞痛,金正名感觉不好,冲门外大叫一声:“来人啊……”已经是疼痛难忍体力不支,倒在地上。他忍着疼痛,捡起碗碴划破手指在墙上写下两个血字“老三”。

看守警陪同李长青、路遥进来,金正名躺在地上已气绝身亡。

“金正名!”路遥托起金正名的头,只见他嘴唇发紫,面色发青,七窍出血,已经没有了气息,“死了。怎么搞的?”

李长青端起剩饭碗对看守警说:“是中毒死的,可能是有人在饭里投毒。”他叹了一口气："唉！又晚了一步。"他们没想到"铁老大"能把手伸到监狱。

路遥看到金正名滴血的手指，又看到墙上的字："老三？什么意思？"

金正名死了，监狱的炊事员"球子"跑了，线又断了。

对金正名的死，路遥思考着两个问题，一个是"铁老大"的渗透能力太广了，使人防不胜防，不知在何时何地就冒了出来，这个隐患不除危害太大。二是金正名死时写下的两个字"老三"是谁？是杀他的凶手？还是"铁老大"？据看守警介绍，金正名见到母亲和儿子以后情绪很好，要揭发检举的问题很可能与"铁老大"有关。如果照这个思路分析，金正名可能是指老三许超，他知道"铁老大"或者他能提供有价值的线索。

路遥将自己的看法与李长青交换了意见。李长青和路遥想的是同一个问题，马上决定再审许超。

李长青带着许超来到停尸房，让许超看了金正名的尸体。许超踉跄两步扑在尸体，叫一声"大哥"便失声痛哭。那哭声悲悲切切："你告诉我，是谁杀害了你？！"

李长青真没想到像他们这样的人也会有如此真挚的友情。他说："金正名是被人下毒而死，我知道此刻你的心情很难受，我也知道你和你大哥是最要好的哥们，你大哥临死前在墙上写下两个字，'老三'。他很显然还有什么话要说，他写'老三'是什么意思？"

许超摇摇头说："不知道。"

"你大哥的母亲和儿子被'铁老大'绑架为人质多日，我们把他们救出来与你大哥见了面。

金正名亲口向他母亲保证要揭发'铁老大'。"李长青说，"但是现在他被毒死了，你是不是知道什么？你大哥是希望你能告诉我们些什么？"

许超显得思绪纷乱："我不知道他叫我告诉你们什么？"

李长青觉得此事不应操之过急，应该给他一点时间，让他觉悟。审问就此打住。

## 五

对郝冬云的调查有很大进展。疑点之一，“文革”背景：“文革”时期，郝冬云在内蒙古的阿盟地区参加了造反派，虽然没有什么血债，但却是有名的打手，以心狠手黑最为著称。后来到针织厂上班，在针织厂参加了宣传队，表演和化装技术都不错，人们叫他“鬼脸”，后来因为偷棉布被群专。“文革”后期跑到分局参加了工作，对他“文革”这一段情况很少有人了解。疑点之二，林向东、李贵被害有无作案时间：当天郝冬云当班，在23点到24点之间他没在班上坐班，也没有人知道他去哪儿了。这个时间正是案发时间。疑点之三，割“人肉”的调查：郝冬云大腿上确实有一块疤，据说是去年被摩托车撞的，受伤的时间和吴振奎交代的他们吃人肉的时间一致。疑点之四，家庭收支情况：郝冬云城里自己的家没有什么特别的，和一般家庭差不多，看不出有什么额外收入，与夫妻收支大体平衡。去他老家查的情况有疑点，他家乡的条件并不富余，但是他家却盖起了二层楼，还买了拖拉机。这与收支比较很不平衡，村里对他们家这几年的暴富也很有疑问。这些情况汇聚起来，疑点越来越集中，郝冬云很可能就是“铁老大”。

“是该会一会他了。”路遥若有所思。想会一会郝冬云，其意在于：一是要亲自触摸一下郝冬云的脉络，二是不想再被动挨打了，他要主动出击，触动一下郝冬云的神经，敲山震虎，打草惊蛇。如果他真是“铁老大”就必有所动，那么警方就能以静制动把他抓捕归案。

郝冬云一直是路遥敬佩的人。为什么他能是“铁老大”呢？如果不是路遥亲自侦察了这么长时间，如果不是路遥亲历了这么多事情，还有这么多疑点都集中在他的身上，打死他都不会相信郝冬云就是“铁老大”。这使路遥回想起他到凤城车站以来与郝冬云之间的交往，外在的表现中郝冬云没有一点破绽。他不但干练胸有城府，智谋过人，而且诙谐、热情、质朴、善良。这与阴险狡诈，心黑手辣的“铁老大”

形成了极大的反差。如果一个人做两面人娴熟老练到如此程度，该有多么的可怕！

这天晚上，郝冬云正好值班，路遥来到副站长室。

郝冬云眼睛一亮热情地说："哟，稀客稀客，这么长时间了也不来我这副站长室，今天怎么有时间到我这儿来了？"

"前一阵子你也知道，焦头烂额，不说了。"路遥无奈地摇摇头，"现在不是让停职了嘛，无官一身轻。闷得慌，想和你下盘棋切磋切磋。"

"好哇，很长时间没有人和我下棋了，车站的这帮人都是臭棋，下得没意思，只有我们两个还算棋逢对手。"郝冬云说着已经摆上棋桌。

"还是我这个臭棋先手？"路遥抓起黑棋就要落子，被郝冬云挡住了："不行，不行，这回我们抓子，谁单谁先手。"

路遥抓了一把白棋子扔到棋盘上，郝冬云也抓了一把黑棋子扔到桌上，并排把棋子摆到棋盘上，最后还是路遥落单先行。他高挂一子说："当所长的时候也不知道经常主动和车站搞好关系，现在不当所长了才有所检讨，以前有很多不周的地方，还请郝站长多多原谅。"

"哪里哪里。"郝冬云占星位一子，"以前，我和车站的领导也是照顾不周，没有很好地关心派出所的同志们。我是个副站长，职责之内虽然也解决了一些问题，但毕竟权力有限，力不能及。最近出了这么多事，说实在话也不能说全怨你，我也知道，有些东西是无中生有的，你也别往心里去。要干工作哪能不出问题呢？让我说，自从你到这个所以后，工作成绩有目共睹。对你的处理太重了，从这点上我就为你抱不平。"

路遥冲一子说："还是郝站长理解我呀。"

郝冬云飞一子道："对你的事，我也帮不上忙，心里很过意不去，以后有什么要求尽管来找我。"

路遥双手抱拳："多谢多谢，当必劳烦。"

郝冬云只顾闲聊了，被路遥牵着走，再低头观棋时，才发现路遥已是棋势如虹，不禁吃了一惊："好家伙，还没仔细看呢，这几招棋下来，大势已经走出来了，厚积薄发，图谋很大呀。"

"在高人面前，再深的图谋也是枉然呀。"路遥自谦道。

"不然不然。"郝冬云的两招已将路遥的棋势封住，他说，"你这涵虚中锐气逼人，上次赢半目，已是侥幸。"

“还是郝站长棋道老辣，两招就见效。”路遥远布一子道，“此消彼长，深谋远虑，这不是急的事，我待后图吧。”

“棋道在算，布局谋远，招招有机关。”郝冬云的棋兴特浓，只要下起棋来马上引经据典有章有法地讲起来，“古人云‘不谋全局者，不足以谋一城；不谋万世者，不足以谋一时’。”

“郝站长是高人哪。”路遥一语双关，称赞道，“和高人过招是一种享受，是一种欣赏。”

“彼此彼此。”郝冬云颇不以为然，“人家是王婆卖瓜自卖自夸，我们是互相吹捧。哈哈！”

路遥趁势转锋问：“郝站长来凤城车站有年头了吧？”

“整十五年了。”郝冬云道。

“我有个事向郝站长打听一下。”路遥盯着郝冬云的脸色问，“‘铁老大’你知道不？”

“‘铁老大’？”郝冬云不动声色，顾左右而言他：“那谁不知道哇，咱铁路不是就叫‘铁老大’吗？”

“嗯，不对。”路遥道，“我说的是一个人。”

“一个人？”郝冬云抬了一下眼皮，问，“你是说有人叫‘铁老大’？”

路遥说：“是的，而且还是我们铁路地区的。”

“没有，从来没听说过。”郝冬云摇摇头，“什么人叫这么个名？是姓铁吗？咱们铁路地区好像还没有姓铁的。”

路遥道：“这应该是他的代号或者绰号。”

“噢，什么人起这么个外号，这个人很重要吗？”这时郝冬云似乎才注意起来，问道。

路遥一字一顿地说：“他是我们正在查找的一个具有黑社会性质的犯罪团伙的首犯。”

“噢！这么重要的一个人物？”郝冬云吃惊地说，“我要知道了一定尽快告诉你。”

“连你这个老铁路都不知道，可想这人隐藏得太深了，看来我们侦查起来还是要多费些周折。”路遥话里暗藏玄机，“不过要犯罪就没有不暴露的，不是有那句话嘛，‘多行不义必自毙，法网恢恢疏而不漏’，我想他的日子应该不多了。”

郝冬云说:“有道理,有道理。”

路遥布下一子,大喊一声:“打劫!”

这是一个天下劫,路遥什么时候布了这么大一劫郝冬云愣是没看出来。他大吃一惊,手里的子已经不知往哪下了。郝冬云有反提,但是太小,路遥的一手劫把他的一角鲸吞了。

“输了。”郝冬云瞅着棋盘无奈地摇了摇头。路遥学着郝冬云的口气说:“谋事在于经意不经意之间,这也是以其人之道还治其人之身,向你学习。上次你给我布了一劫,不过劫不大,后来差点让我扳回来,所以只输了你半目,我这一劫恐怕你是在劫难逃了。”

郝冬云木然地看着这盘残局。

# 第十六章

# 炼狱情殇

LIANYU QINGSHANG

# 一

在一个秋夜如水的晚上，路遥以西方中世纪的礼节向赵慧芳求婚，他轻轻地亲吻着赵慧芳的手说："亲爱的赵慧芳小姐，未婚男士路遥向你求婚，请你下嫁于我吧。"

一句话把赵慧芳感动得哭了，终于盼到了这一天。她双膝跪在路遥面前向上苍盟誓："我一定做一个好妻子，一心一意地爱你。"

深秋的夜格外晴朗，满天星斗与城市的夜空交相辉映，绚丽无比。

赵慧芳推开窗子和路遥依在窗前，一阵流星雨从天际划过，似满天的礼花。

赵慧芳惊叫着："你看你看，流星雨，多壮观啊！"

路遥说："快，许个愿吧。"

"苍天对我不薄，你已经是我的了，我没有更多的奢求，再也不需要许什么愿了。"赵慧芳伸开双臂，大呼，"啊！你是大地，我是流星。在茫茫的夜空中，我追寻着你，无论你走到哪里，哪怕将生命燃尽，也要投入你的怀抱，永远依偎着你宽广的胸怀，让你拥抱……"

路遥和赵慧芳要结婚了。这些天，路遥既要上医院陪林向东，又要收拾结婚的新房，案子上的事就交给李长青和徐海发了。中午，路遥从医院出来，先到商场买了一套灯具，然后直奔新房。不一会，赵慧芳也来了，她手里拿着刚刚取回来的合影照。

路遥接过相框站在椅子上去挂相片，突然一阵心疼，"啊！"地叫了一声，用手去捂胸，相框从手中滑落，掉在地上摔碎了。

"干什么？毛毛躁躁的，相框都摔坏了。"赵慧芳一边唠叨着一边心疼地捡起碎玻璃，"这可是咱们的结婚照啊。"

路遥蹲在椅子上说："我好难受。"

“你怎么啦?”赵慧芳扶着路遥从椅子上下来,路遥捂着胸坐在椅子上说:“不知道,突然一阵心疼。”

赵慧芳关心地问:“不会是心脏病吧?”

“不是,我体检心脏好着呢。”路遥说,“以前有过一次这样的感觉,那是妈妈去世时。”

赵慧芳问:“用上医院吗?”

“不用,过去了。”路遥摆摆手,低头思忖着,“好像有人出事了。”

“谁会出事呢?”赵慧芳说,“谁出事会让你心疼?我要出事你的心会疼吗?”

“净说傻话,你还盼着自己出事呀?”路遥看着赵慧芳心里一动,“你……”他想起了肖红,突然有一种不祥的感觉:会不会是肖红?

路遥的感应是真的,肖红真的出事了。

肖红从凤城返回深圳就开始实施了一个计划,报复白振宇。当时白振宇的公司还正在从境外大量地进口电视机,然而此时国家已经开始紧缩银根,一次经济硬着陆来临。白振宇也看到了经济硬着陆的趋势,开始盘回资金。肖红就是在这当口利用了白振宇的投机侥幸心理,雇人注册了一个皮包公司,与白振宇签订了一个价值一千五百万的大订单,以十万元的定金让白振宇入了套。当白振宇把订单上的货物进到口岸时,这个皮包公司消失了。他价值一千五百万的货物,五千台电视机马上积压在库房里,而他的货款有三分之一借的高利贷。此时家电产品有价无市,止涨下跌。白振宇一夜之间资产缩水一半,高利贷债主也催上门来。在万般无奈之机,白振宇求到了闻一鸣门下,想利用顺达公司的销售渠道尽快将自己的货物销出。这时的闻一鸣已与肖红达成默契,闻一鸣以与肖红是合伙经营人为由把白振宇推给了肖红。白振宇眼见得要跳楼了,硬着头皮找到肖红请她高抬贵手,不然一千五百万的货物就会烂在手里。最后肖红同意白振宇的货进入顺达公司的销售网络,但是强迫他答应三个条件:一、当初骗走肖红多少钱必须如数归还,加银行利息;二、所有销售款全部在肖红提供的账户出入;三、销售价格随市场浮动,价格要由闻总、肖红、白振宇三个人定。这显然是城下之盟,但是白振宇已别无选择。

顺达公司的销售网能量巨大,它的触角伸向全国。白振宇的五千台电视机自然不在话下。

仅几天的工夫,肖红将货全部转运到外地,在信息不太敏感的小城镇以很小的代价销出，而且全部都是现款回笼，这是肖红算定了并早有安排的事。

肖红粗算了一下，全部结算完毕除了白振宇还高利贷那部分，估计能剩下四百多万。扣除自己被他骗走的那部分款加利息近三百万，她为营销网中提出来五十万使用费，余下的五十万给白振宇，支票一出，她马上就通知了白氏公司全体员工去领取工资。

这对白振宇来说是毁灭性的打击，刚拿到手的五十万就被闻讯而来的员工瓜分了，落得个身无分文。

白振宇是完了，但是肖红却忘了一句老话，穷寇莫追。狼落入陷阱还是狼，是狼就咬人。白振宇真的被逼疯了，穷凶极恶的他暴露了最阴损的一面，他用硫酸毁了肖红。

路遥从新房回到派出所就接到闻一鸣从深圳打来的电话，他告诉路遥，肖红被毁容了，希望路遥尽快来深圳。

# 二

最近，赵慧芳一直沉浸在幸福之中，她与路遥的婚姻关系确定了，新房也布置好了，就差去领结婚证了。心情好，走路都轻盈，嘴里不唱歌嗓子都痒得很。这阵子，她在新房一边擦着新买的家具一边唱着歌："小小的一片云呀，走呀走过来，请你歇歇脚呀，慢慢地停下来，山上的山花开呀……"

突然，路遥风风火火地闯进来："慧芳，出事了，肖红出事了！"

"红姐怎么啦？"赵慧芳惊讶地问。

路遥沉痛地说："她被毁容了。"

"啊！太可怕了。"赵慧芳大吃一惊，她知道面容对女人来说太重要了，那等于是她的第二生命，毁了容无疑是比杀了她还痛苦："这、这太残酷了！"

"我想马上去深圳。"路遥道。

赵慧芳说："行，我跟你一块去看看她。"

"你不能去。"路遥说，"那不是雪上加霜吗？"

赵慧芳道："那我就不去了，你什么时候走？"

路遥焦急地说："越快越好。"

"行。"赵慧芳说，"一会我去机场买票。"

"慧芳，对不起。"路遥沉默了好一会，低着头说，"我们不能结婚了。"

"胡说什么，是逗我玩呢吧？"赵慧芳疑疑惑惑地问。

"慧芳，我是认真的。"路遥神情凝重，"这次去深圳我想在那照顾她并与她完婚。"

"和肖红结婚？开玩笑！"赵慧芳看着路遥脸色郑重，这才觉得他的话是真的。不禁连连发问："那我呢？我们都要结婚了，你说不结就不结了？你太不负责任了，你把我当什么了，把我置于何地？"

“慧芳。”路遥说:“你冷静点好不好?”

赵慧芳情绪激动地说:“我没法冷静!”

“慧芳,你是女人,你要知道女人容貌对她来讲是何等的重要。”路遥说,“肖红被毁容了,你知道这意味着什么? 命运对她太残酷了,她太无助了。在这个世上除了我没有一个亲人,在她最需要的时候,我能不管不问吗?”

“路遥,你关心她我理解,我也同你一样关心她,关心形式有很多,但不能拿婚姻去关心。”赵慧芳责问道,“你这是爱呢还是同情?”

路遥诚实地说:“我爱她。”

“你爱她?”赵慧芳惊愕了,“那我呢? 你不爱我吗?”

“我爱你,这也是真实的。”路遥是诚实的,讲的是真话。以前他只觉得和赵慧芳有共同语言,在一起很开心,后来经常接触,有生活的关爱,有情感的交流,他开始在乎她了。自从路遥第二次住院,赵慧芳无私的帮助,并倾注了全身心的爱,这些都装在了路遥的心里,从那时他觉得情感发生了变化,他开始离不开她了,爱上了她。但是他更爱肖红,自从肖红走了以后,对她的那种思念越来越深,尽管路遥想专心地去爱赵慧芳,尽管他想忘记肖红,然而越是这样越是忘不掉,他发现那种爱是在骨子里的。路遥说:“你没看到今天中午的那种心疼吗? 那是一种心灵感应,那是一种灵魂深处的爱,是一种无以复加的疼痛。”

“我怎么办? 我就不痛苦吗?”赵慧芳一连串地问,“这对我公平吗? 难道对我你就不应该负有责任吗? 抛弃我你就不痛苦不内疚吗?”

“是的,离开你我同样痛苦,而且会痛苦一生。”路遥心疼地说,“在我选择你的时候我就下决心要好好的爱你,如果没有这次变故我会将我的爱永远地留给你。但是,现在她到了人生最艰难的时候。正因为如此,我才决定取消我们的婚姻而选择她,如果换成你是她,我也会做出同样的选择。”

“不! 那不是爱,那是同情! 是怜悯! 我不需要!”赵慧芳痛心地哭了起来。

“我也不知道为什么会这样。”路遥懊悔地说,“真对不起。”

赵慧芳紧紧地抱着路遥:“不,你不能去,我不让你去。”

“你知道吗,我曾答应过她母亲一辈子照顾她的。”路遥说,“慧芳,你能听一听我们的故事吗?“

赵慧芳的脸依在路遥的胸前:“我不听! 我不听……”

“慧芳,我求你听一听好不好?”路遥为赵慧芳擦着泪水哀求道。

“路遥，求你不要讲。”赵慧芳已是泪流满面，痛不欲生，“听完了，她就会把我的心摘走的……”

“我知道，我知道你们俩的感情，可是我已经不能没有你了。”赵慧芳眼神里充满了悲凉和哀求，“求求你不要扔下我，那样我会发疯的。求你啦！”

路遥愧疚地说：“慧芳，今生我欠你的，我愿意用三世之约来偿还你报答你。”

“不！你骗我，你骗我。”赵慧芳几近疯狂地呼喊着，“你连这一生都不给我，还说什么三世？我不要你三世，我就要你今生！”

## 三

赵慧芳陷入了无限的痛苦之中，回到家里便一头扎在床上，泪水像秋后的连绵雨，剪都剪不断。她一任自己泪流满面，泪水打湿了长发，打湿了枕头……

赵慧芳回忆起与路遥相识的点点滴滴，忽儿近在咫尺，忽儿又远在天边。她在问自己这难道真的是一段错爱吗？如果不是为什么要把人折磨得死去活来。说是天意，为什么这样一个被自己深深爱着的男人却偏偏不属于自己。如果说不是天意，为什么在茫茫的人海里让自己偏偏遇上了他，从此后却让惆怅与失落时刻缠绕着纠缠不清。太多太多的幸福在与他相识的日子里，使她阳光灿烂满面笑容，此时此刻又有太多太多的酸楚弄疼了她的心。她好像一片无助的叶子随风飘舞，那段幸福美好的时光刹那间便成为了虚幻梦境中的一个缥缈的影子。赵慧芳止不住内心的痛楚将被子一拉蒙在头上，悲伤得大哭起来……

同样，路遥也备受痛苦的煎熬，在床上辗转反侧。他在想赵慧芳也在想肖红，想想肖红又想想赵慧芳，最后还是决定要去深圳。这不仅仅是良心和道义的驱使，也是因为他确实爱着肖红。这一夜他无法入睡……

第二天，路遥在新房等待赵慧芳的到来，他在等待她的决定。

赵慧芳终于来了，然而，路遥看到的赵慧芳却变了一个人。只见她精神疲惫，脸色苍白，一夜的工夫竟然折磨的她憔悴不堪！是的，赵慧芳昨晚一夜没有合眼，她想了一夜，哭了一夜，心疼了一夜。这一夜她的心好累好累，这一夜太折磨人了！这一夜太漫长太漫长了，一夜之间她似乎走完了一生的历程！

赵慧芳知道路遥一旦决定了，一定不会放弃，思前想后已是无法挽回，最后还是决定让他去深圳。

赵慧芳已经把自己的命运与路遥和肖红联系到一起了，甚至能原谅路遥为肖红所做的一切。不是因为肖红的大度赢得了她的心，更不是因为肖红的处境悲惨博得了她的同情。而是因为她知道就是强留下路遥的人也留不住他的心，毕竟赵慧芳深深地爱着路遥，她不愿意看到他被痛苦所折磨。让自己心爱的人忍受痛苦比自己痛苦更加痛苦，与其让路遥遭受痛苦的折磨，还不如自己折磨自己。

当路遥接过赵慧芳手中的机票时，心里一阵感动。他紧紧地将赵慧芳拥到怀里，眼睛湿润了。路遥不知道是应该感激赵慧芳的伟大，还是愧疚自己的无情，让心爱的人忍受如此痛苦的折磨，这既有违路遥做人的原则，也是对爱情的亵渎。让赵慧芳做出如此痛苦的选择对她太残酷了，路遥别无选择，更感到无法坦然面对她。

赵慧芳被紧紧地抱着，却没有一点幸福的感觉，反而觉得好冷好冷，恍若隔世。以前从不知什么是忧愁，自从认识了路遥，她开始有了烦恼，有了忧伤，有了泪水，懂得了人世间的情感和艰辛。路遥使她痛苦也使她幸福，在与他相处中她成熟了。

“唉!”赵慧芳伤感地叹了口气，现在才真正明白了那句名言“问世间情为何物，直叫人生死相许”。这简直就是生与死的诀别。要去了，却又不忍分离。路遥不知道心里是什么滋味，他感怀悲伤地说：“命运使我们三个人走到了一起，却无情地折磨我们，是爱情把我们相连，却又是爱情把我们无情地分开。”

太残酷了！以前赵慧芳不相信命运，现在她开始相信了，难道瞑瞑之中真的将一切都安排好了吗？难道人真的不能跟命运抗争吗？赵慧芳凄凄哀哀地说：“你要走了，你可能永远不属于我了。在情感方面我真觉得是那么的可怜可悲，像在乞求施舍的乞丐。”

俩人一直紧紧地拥抱着，路遥感觉到自己的肩膀是湿的，她如此的悲哀使路遥揪心，在她的面前他成了背负感情十字架的耶稣。

“从来没有哪个男人吻过我。”赵慧芳眼泪汪汪地看着路遥，“如果你曾经真正的爱过我，你能用男人的爱，真真正正地吻我一次吗?”

路遥捧着赵慧芳的脸，久久地注视着，这是一枝雨打的莲花，应该是让人疼让人怜让人爱的，然而现在却被爱无情地摧残着，给她带来不幸的人正是自己。

赵慧芳慢慢地闭上眼睛等待着。

一股激情涌动，二人忘情地接吻……

这一刻，时光停止了。刹那间赵慧芳浑身都酥了，那是从未有过的一种心灵的震撼，心跳得她差点晕过去，感到自己心如春潮。此时她真想把自己扒得干干净净把一切的一切都给眼前这个男人。她甚至也想着让老天爷给路遥一点冲动，让他扒光自己，占有自己。

赵慧芳曾想象婚姻和性爱是多么的浪漫神秘，在与路遥的恋爱到准备结婚的过程中曾想过很多方式将自己的处子之身交给他，就是没有想到过结婚之前交给他。她觉得两性的结合，是非常非常庄重的事情。她要在结婚那天晚上，一点一点揭开男女之间神秘而又完美的肉体，将自己像维纳斯一样展示给他，两个赤裸的最自然的肉体相跪在床上，对着苍天完成誓言，然后是两性激烈的碰撞，完成真爱的洗礼。可是现在她却想着让这一切提前到来，就在现在，就在这一时刻完成一次真真正正的做爱。

然而他们什么也没发生……

路遥走了，赵慧芳的心空了，她像一具没有灵魂的木偶，机械地茫然地游荡在大街上，一股无法排解的愁伤笼罩着她的心。枯黄的落叶飘飞到她的身上，秋风吹散了她的长发，外面的阳光显得那么烦躁，如一枚枚纤细的针刺疼了她的眼睛。

赵慧芳六神无主失魂落魄地走进了一家酒吧，不一会就喝得烂醉。

天说变就变下起了雨。

赵慧芳也不知道自己喝了多少酒，也不知道是什么时候醉倒在酒吧里。当她踉踉跄跄地从酒吧出来的时候，天已经大黑了。她一个人走在雨地里，一辆的士停在她身边。

司机问道："打车吗？"

赵慧芳夸张地手一挥，大声说："不要！"

的士开走了，赵慧芳漫无目标地走在冰冷的秋雨中，泪水雨水顺着脸颊肆意地流淌，灯光变得支离破碎，若隐若现。她凄厉地向黑暗的苍天大喊："路遥……"喊声消失在漫漫雨夜。

赵慧芳得伤寒大病了一场。

## 四

路遥下了飞机直奔医院而去。

肖红已经醒了躺在病床上，满脸缠着纱布，两只眼睛呆滞地露在外面。

人在最危难的时候最想的就是亲人，肖红昏迷中不住地喊着路遥的名字，她思念着他，呼唤着他。当她醒来知道自己的伤势，心比伤口还疼，恨自己干吗要醒来？现在这个样子生不如死。此刻看到匆匆而来的路遥，泪水怎么都忍不住。

肖红心里百感交集，路遥是自己心爱的人，让自己心爱的人看到最丑陋的面孔，心里刀割了似的。她可以面对任何人，唯独不愿意这样面对路遥。她不断地埋怨着："哥……你为什么要来？我没有脸了呀……"

"好妹妹，哥不来还有谁惦记你呢？"路遥为肖红擦着泪水安慰道，"不哭，啊，伤口会感染的。别悲观好吗？想一想妈妈，那时候抚养我们两个有多难，不是都挺过来了吗？我们两个这一生遇到了多少难，不是一样都过去了吗？只要往前走就没有过不去的坎。再说了，现在的科技如此发达，你一定会好的。我们可以请最好的整容专家为你整容，让你比以前更漂亮。"

"整了容那还是我吗？唉！"肖红叹了口气，她已是心灰意冷，"没有必要了，我的心死了，何容之有哇。女为悦己者容，无心仪者无仪。"

"谁说的？我仍然心仪于你呀。"路遥道，"为了我你也要整容啊。"

"你还心仪于我吗？你还爱着我吗？"肖红问。

"我的好妹妹，你什么时候这么不自信了？"路遥真挚地说，"我永远地爱着你。"

"我好高兴啊。"肖红唏嘘道，"可我成了这个样子了。"

路遥说："不管你成什么样子，我不在乎你现在怎么样，你仍然是我以前的好妹妹，我会好好对你的。妹妹，这次来我做好了一切准备，要好好的照顾你直到伤养好，出院我们就结婚，好吧？"

“唉！不了。”肖红叹息道。她知道路遥爱的是赵慧芳，这样做不是伤害了她吗？

“别拒绝我好吗？”路遥道，“你忘记了吗？我曾经答应过妈妈要一辈子照顾你的。”

肖红说：“哥，有你这句话我就知足了，我们是永远的兄妹，你幸福就是我的幸福。”

肖红说的是真话，自从上次离开凤城，他们就不可能结婚了。不是因为肖红不爱路遥，而是路遥离不开他所热爱的事业，还因为有人更爱路遥，更懂路遥。

爱情是自私的，爱情也是无私的。幸福不是建立在别人的痛苦之上，如果赵慧芳痛苦，路遥这一辈子也一定过得不开心，那么就是自己和路遥结了婚无论如何也不会幸福。肖红和赵慧芳想的是同一个问题。

其实肖红现在对路遥的心情很清楚，她和他从小在一起生活，怎么能不了解路遥的个性呢？他对工作对事业太男人了，而对女人又太女人了，她知道路遥心里有她，知道这一辈子都不会忘了她。可是婚姻这种事情没有两全的，有这么个男人惦记着也是一生的幸福，她不枉此生。

面对两个女人，两个如此高尚的女人，使路遥无法自处。他自惭形秽，感觉十分内疚。

路遥的到来使肖红心里平静了许多，路遥说的很对，只要往前走，一切的不如意都会成为过去。最糟的结果已经有了，什么都无所谓了，她准备用一种平衡的心态去面对。想开了心情也好了，她突然想吃东西了，想吃妈妈做的打卤面，这种面她好久好久没有吃过了。

路遥到饭馆亲自为肖红做了两碗打卤面，她吃得好香好香。吃完饭，肖红拿出来一张准备好的支票交给路遥，这是她从白振宇那讨回来的钱。

路遥被弄糊涂了：“你这是什么意思？”

肖红说：“这钱是我挣的，是我给你挣的。哥，你一定收下。”

路遥生气地责怪道：“不要把钱看得那么重好不好？只要人好比什么都好。”

肖红说：“哥，你错了。我并不看重钱。”

这正是路遥不了解肖红的一面，她并不看重钱，钱对她来说只是一个符号，是劳动与价值的媒介。它是体现她的创造能力、所学所用，是她人生价值的证明。对白振宇她采取了一些不正当的手段把钱夺回来，她认为这没有什么过错，更不认为自己心胸狭窄，一则因为那钱是自己的，是谁的就应该属于谁。二则是因为白振宇有了钱会做更多的坏事。从这次他这么下作地对自己，就更证明自己做对了。

肖红说："钱不是好东西，但也不是坏东西，但看交给谁。哥，我知道你不爱财，也知道你不会乱花钱。你心好，你有钱就会帮助更多的人，钱给你我放心。而且我知道你那儿有那么多需要帮助的人。"

"唉！"路遥不禁叹息了一声，他知道肖红用心良苦，她所做的一切都是为了自己。

"这几天，我躺在病床上想了很多事。"肖红无限感慨地说，"我的一生很不幸，幼年失去了父亲，长大了又失去了母亲，还遇到了一个最坏的男人白振宇，他使我变成了现在这个样，人不人鬼不鬼的。但我又是幸运的，从小我就遇到了你，你一直呵护我，给了我关爱，给了我生活的勇气。到深圳来又遇到了像闻总这样的师长与朋友，总是在我最困难的时候伸出援助之手，无私地帮助我。哥，你放心，我会好好地活着。"

路遥听到肖红这一番话心里也释然了许多。

闻一鸣为肖红请来了国外最好的整容专家为肖红执刀手术，采用世界上最先进的移植术，他还找好了异体移植皮源为肖红植皮。

路遥到深圳的第三天，专家为肖红做了整容手术，手术非常成功。

路遥总算松了一口气。所里工作很忙，特别是"铁老大"的案子已经到了关键时候，公安处催他赶紧返回去。在肖红手术的第二天，路遥坐飞机返回了凤城。

# 五

这几天，赵慧芳的生活彻底乱了套。晚上做梦梦的是路遥，走在大街上见到穿警服的人认为是路遥，稍微闲下来无事可做路遥就钻到脑子里，路遥充满了她的一切空间……

赵慧芳来到新房，看到屋里的一切既亲切又凄凉。她把结婚照拿下来看了又看，泪珠儿无声地流了下来，滴在玻璃上。她闭上眼睛，过电影似的回忆着与路遥在一起的情景，泪水肆意地泛滥……

赵慧芳不是那种感情纤细的人，但她是爱得执着，爱得专一的人。她对路遥用情太深了，一下子没法接受这种感情的打击。虽然是她让路遥走的，是自己的选择，然而一旦失去了曾经把自己的心占得满满的人，一时怎么也没有办法把这个空虚的心充实起来。时光可以把一切淹没，却不能减少一点对他的记忆，她甚至能记得他们在一起的每时每刻在干什么……

清晨，赵慧芳要去上班，走到客厅被妈妈喊住了："小芳，你还没吃早饭呢。"

"妈，快迟到了，我不吃了。"赵慧芳没精打采地说。

"过来过来。"赵母看着眼睛红肿、面色憔悴的女儿，关心地问："小芳，病还没好啊？"

"好了。"赵慧芳说。

"不对，看你的脸色这么难看，怎么啦？"赵母拉过赵慧芳的手，她的手冰凉，"这几天，老是霜打了似的，是不是有什么事瞒着妈？"

赵慧芳不敢再看妈妈的眼睛，也不敢再说下去，因为管不住自己的眼睛，泪水又要掉下来，赶紧一低头，快步走出了家门……

赵慧芳骑着摩托车去上班，路过十字路口。此时正是上班时间，交通繁忙，交警在指挥过往车辆。红灯亮了，赵慧芳没有察觉，越过斑马线闯入红灯区，对面的车辆已经开过来。交警吹着哨，打着手势让对面的车停下来，赵慧芳刹车停在十字路中央，差点与直线过来的车撞上。交警示意赵慧芳靠边停车。

交警过来向赵慧芳敬礼："对不起同志，请你出示执照。"

赵慧芳赶忙承认错误说："对不起我没看见红灯。"

"没看见不是理由，这多危险呀。"交警批评道，"不是我吹哨侧面过来的车已经把你撞上了，你违反交通规则，需要学习并罚款……"

没等交警话说完，赵慧芳的心头一股无名火先上来了，大发脾气道："这车我开不了了，车不要了还不行吗！"她将车钥匙一扔走了。

"哎哎！"交警在后面喊着，嘴里念叨，"我还没火呢，她倒火了……"

来到报社，赵慧芳怎么也静不下心来，准备沏杯茶，提着暖瓶往杯子里倒水。杯子倒满了但她却没有察觉，水流了一桌子。

冬冬将杯子伸过来把水接住，说："哎！又走神啦？"

"对不起……"赵慧芳放下暖瓶赶紧擦桌子。

冬冬问："最近怎么啦？老是心不在焉的？"

赵慧芳掩饰着："没什么。"

冬冬拉着赵慧芳说："早晨没吃饭吧？我请你吃碗拉面去。"

"我不想吃东西……"赵慧芳话还没说完被冬冬从后面挽着胳膊，拖了出来，"走走，走吧，就算陪我。"

她们俩来到拉面馆，找了一个角落坐下来。冬冬要了两碗拉面。

没有五分钟，面就上来了，这时已经过了吃早点的时候，小饭馆里就她们俩人。

冬冬关心地问："你最近是怎么啦？"

"也没咋。"赵慧芳将面挑来挑去没心思吃。

"还没怎么？你的眼神已经告诉我你有重大问题。"冬冬一边吃一边说，"咱俩儿是铁子，有什么话还不对我说呀？别憋啊，说出来会好一些，两个人分担比一个人挑着轻。"

赵慧芳问："冬冬，你对象处得怎样了？"

"怎么说起我来了？"冬冬说。

赵慧芳说："我就是想问问你的感受。"

冬冬满不在乎地说："我就没当回事，他倒是挺热乎。"

"一点感觉都没有？"赵慧芳问。冬冬想了想说："也不能说一点感觉都没有，有时候几天不见也挺想的。可是见得多了，他那热乎劲一上来，也挺烦的。”

赵慧芳扫了一眼，见周围没有人，便神神秘秘地问：“你们有没有过那回事？”

“哪回事？”冬冬惊讶地问，醒过神来才会意赵慧芳原来是问的男女之事，不由得脸一红说，“你真是……怎么问这个？”

赵慧芳仍然不依不饶地问：“有没有吧？”

“嗯，有，老有。”冬冬沉吟了一下道。赵慧芳问：“那是因为爱吗？”

“什么呀！”冬冬悄悄地说，“就是一种冲动，完全是情绪使然。那层纸一捅破了，也就觉得没那么神秘了。不过要是有一段时间不来吧也想，想的时候，心特别那个，就恨不得只要见着他就把他吃了，也许这就是所谓的爱吧。”

“唉！”赵慧芳用筷子搅搅面，放下筷子，长叹了一声。冬冬看着满面凄楚的赵慧芳问：“你和路遥是不是出了什么状况了？”

赵慧芳颦着眉点点头：“我陷得太深太深了。到现在我才真正地懂得了什么是爱。”

“那你给我说说什么是爱？”冬冬道。

爱情的定义远比书中说的深奥得多，是无以言表的幸福，也是无以言表的痛苦，甚至就连对方使你心疼的折磨都让人感到幸福，这也许就是爱。赵慧芳深有感触地说：“它是发自人心灵深处的一种感觉，是你日思夜想，魂牵梦绕的那种情绪。”

“啧啧啧啧！太精彩了！太深刻啦！”冬冬大为惊讶，“不经一番寒彻骨，哪得梅花扑鼻香，如果没有一番轰轰烈烈的情感，你绝不会有这种体会！”

“是呀，他离开我了，可是我却离不开他！”赵慧芳满腹惆怅地说，“你越是压抑着自己不去想他，他越是往你心里钻。你有所不知，我现在满脑子都是他，坐在办公桌前几乎都没有一个稳定的情绪。”

冬冬疑惑地问：“你们为什么要分手啊？前几天你不是告诉我准备结婚吗？”

“唉！”赵慧芳又是一声长叹，“一言难尽！”

“我说这几天怎么老看你精神恍惚，原来你是失恋了。”冬冬劝慰道，“你可不能这样，不然精神要出问题的。”

“是的，我快要崩溃了。”赵慧芳悲伤地说。以前根本不理解那些为情所困的人，为什么会失态失常，更不理解为爱而殉情。以前也曾劝说过别人，在情感上要拿得起放得下，爱情不是生活的全部。可现在轮到自己了，劝说别人的那些话全都不管用了。赵慧芳现在才体会其中滋味，自己就像一具没有灵魂没有肉体的骷髅，又像断了线的风筝，在空中飘啊，飘啊，没着没落，没有了方向，一片迷惘。

冬冬劝道："你呀，不行就休息几天调养调养精神。"

"不行啊！"赵慧芳说："你不知道，我不能没事干，一闲下来更不得了了，他就会铺天盖地的到我眼前。"

"唉！"冬冬感叹道，"爱也好辛苦！"

回到报社，赵慧芳的情绪稍稍有些好转，刚要定下心来写一篇稿子，却接到了肖红打来的电话。

"啊，红姐，你好？伤怎么样？"赵慧芳问候道。

肖红柔弱的声音说："已经做完手术了，专家说挺成功的，我也不知道会是个什么样。"

赵慧芳道："祝姐早日康复。"

"谢谢。"肖红说，"你听我说，路遥今天下午四点的飞机到凤城，你一定到机场去接他。"

赵慧芳气鼓鼓地说："我不去。"

"为什么？"肖红道，"你是在生他的气吗？你是怨他在这个时候抛弃了你吗？这你就傻了，他能在这个时候来找我，这样的人不值得你信赖吗？难道不值得你一辈子去爱吗？我和他的事情已经过去了，我相信他会很好的对你。"

赵慧芳喃喃地说："他如果心里有我，还能不找我吗。"

"错！你还不了解他的性格吗？是他提出与你分手来找我的，你想他会去找你吗？"肖红道，"你如果真的爱他，就不应该把这事放在心上，你不去找他，可能就永远没有机会了。好妹妹，别犯傻，认真地把握住这次机会吧。"

"姐，谢谢你……"赵慧芳心里一阵感激，热泪滚滚而下。放下电话拎起包，一路小跑出办公室，出大楼，站在大街上。她抑制不住激动的心情，大声地呼喊道："上帝，感谢你！"

爱情是杀人的刀，也是医病的药。赵慧芳瞬间换了一个人，回到家里，痛痛快快地洗了一个澡，精心地梳妆打扮。一边抹着口红一边哼着小曲，站在镜子面前左照又照，生怕有一丝的疏忽。

赵母进来看着兴高采烈的女儿，问："高兴啦？又梳妆又打扮的准备干什么去呀？"

“妈，我的心都快飞出来了。”赵慧芳吻着妈妈的脸，“您的女婿，路遥回来了。”

候机室里，赵慧芳激动地坐不下来，她在旅客出口踱着步子，焦急地等待着。实际飞机还差一个小时才到呢。

赵慧芳还从来没有这么激动过。恨不得马上就要见到路遥，向他倾诉这离别之苦，这相思之痛，这失恋的情感折磨。

旅客陆续出来，赵慧芳翘首张望。路遥从出口走来，赵慧芳飞一样迎上去：“路遥……”她扑到路遥的怀里，激动的泪水似黄河壶口的瀑布倾泻而下。纵有千言万语，此时却一句话也说不出来。

路遥先是一愣，继而明白了，一切都是肖红安排的，对肖红从心里升起了一股崇敬的感激之情。

路遥拥着抚摸着赵慧芳颤抖的肩膀，一时间语言失去了魅力。

# 第十七章

# 最后博弈

ZUIHOU BOYI

# 一

郝冬云陪着站长杨立山来到医院看望林向东。正好路遥也从深圳赶回来在医院陪护，看到二位站长到了，赶紧上前接过礼品向林夫人做了介绍。现在林向东已经能走动了，就是不记得任何事情，也不认识人。

郝冬云来到病床前向林向东打招呼："小林，你好哇？"

林向东看到郝冬云，突然睁大眼睛，眉毛聚到一起，脸部扭曲，情绪激动。突然，他双手抱头"啊"地尖叫了一声，昏厥过去。

林向东的叫声惊动了医生，医生、护士急匆匆跑进来开始对林向东进行检查。

郝冬云、杨立山见状从病房出来回了车站。

医生为林向东检查完毕对林夫人说："没事，是大脑保护性休克。可能是什么刺激唤醒了大脑中残存的记忆，而互相排斥干扰的结果。这也许是一件好事，说明他对某些记忆已经有了强烈的意识。"

郝冬云感觉末日到了，"铁老大"的面纱不会有多久就要被揭开。在医院他虽然没露声色，但是脊背却出了一身的冷汗。回到站长室，郝冬云颓废地坐在椅子上，想到了与路遥在棋盘上过招，想到了路遥的警告，他明白那是路遥对自己的摸底试探，也明白这是路遥的一招敲山震虎，逼蛇出洞。他忍了，他没法不忍，因为他所有的筹码都输光了。路遥出手太快，一夜之间就把小白楼和废品收购站都端了，他成了一个光杆司令。然而那时郝冬云尚有办法支撑危局，苟延残喘，还能指使人灭掉了金老大。让他万万想不到的是林向东会马上醒过来，真是老天爷作怪，一个植物人怎么能醒过来呢？

郝冬云想起来林向东惊恐的眼睛，暗自埋怨自己，鬼使神差去看他干吗？如果是自己让林向东恢复了记忆，那才是老天爷给自己开了一个天大的玩笑，并将他推到了万劫不复的境地。

郝冬云就是“铁老大”，多少年来他始终扮演着两面人的角色。在车站他是一个好职工、好干部、好站长，在家里他是一个好丈夫、好父亲。但是，在人背后他的生活却又是极其的阴暗，他精心组织起来一个以盗窃铁路运输物资为目标的“盗、窝、销”一条龙的犯罪团伙，而后又渐渐演变成黑社会性质的犯罪集团，他也自然而然的变成了首犯“铁老大”。

郝冬云点着了一根烟，深深地吸了一口，在缕缕青烟中往事一幕幕地浮现在眼前，岁月悠悠，回到了“无产阶级文化大革命”的年代……

那是让人疯狂的年代，法律被践踏，人格被扭曲，良知被蹂躏，人的政治生命被无情地操控，无时无刻不在风浪中沉浮，每个人都无法预知自己的明天。

大街上一片红色的海洋，墙上张贴着大字报，大字报上充斥歇斯底里的语言。广播里不断传送着一个声音，一种歌曲，一种剧目。大街上一种流行色——国防绿，人们手里有一本书——红宝书，政治流感一夜之间传遍全国。

郝冬云那时候本来是上学的好年龄，然而大潮卷来，便投入到了无情的滚滚洪流中。在学校他第一个当了红卫兵，革命的大串联使他从农村走向城市，走向工厂。到工厂他第一个参加了造反派，由于有点表演天才，造反派让他参加了宣传队。这时的郝冬云真是春风得意，他身着绿军装，臂戴“红卫兵”袖标，手捧“红宝书”，天天领着宣传队员们跳忠字舞，就这样他在造反派中成了红人。

不久便和宣传队最漂亮的姑娘结婚了，然而他娶的妻子却是个绣花枕头，不但什么也不会干，什么也不想干，还懒得出奇馋得要命。天天回家就是三句话“我累啦，我饿了，我困了”仨饱俩倒。每个月的工资总是提前预支，半个月不到就花完了，这个月借钱下个月再还，寅吃卯粮，还要天天叨唠郝冬云，嫌他没本事，嫌没钱花，日子不好过，只要郝冬云还嘴，保准干仗。郝冬云是农村出来的，虽然在厂里他是造反派，威风八面，但到了家里却是受气包，谁叫他爱上了她的脸蛋了呢？

那个时候的工资就是那么几百大毛，郝冬云为了让妻子吃好穿好，想尽一切办法弄钱，然而大家都一样困难，上哪弄钱去？最后他打上了歪主意。

郝冬云的厂子是针织品厂，车间里有成匹的布料，那时候工厂管理混乱，布料随便扔。有一天，他趁着夜色偷了一包布料扛出车间，从墙上扔出厂外。当他跳出墙，刚要扛起布料准备走时，迎面两支手电筒照过来，他让民兵抓住了。随后被“群专”，白天在厂里轮流批斗，晚上便被关进小黑屋里。然而他的老婆又检举揭发了他大量的坏思想坏行为，使他本来如临深渊的处境更是雪上加霜。这还不算，她在厂里张贴公告声明与郝冬云划清界线，并与他离了婚。郝冬云不堪折磨，在一天夜里，趁着看守睡着的时候逃了出来，跑到火车站扒上了一列南去的货车。因为怕被抓回去，不敢去要一口饭，不敢去要一口水喝。在货车上趴了三天三夜，最后蜷缩在一台机器下面睡着了，连饿带渴的昏迷了过去……

也不知道过了多长时间，货车运行到了凤城车站，那节车皮被推到了货场专运线，装卸工打开车门，才发现了和死人一般的郝冬云。大家都以为他死了，装卸队队长将手指轻轻地放在郝冬云鼻子上，还能够感觉到微弱的气息。让人们把郝冬云抬到办公室，先喂了些水，他渐渐地苏醒过来。好心的装卸工们又找来干粮让郝冬云吃，这才活了过来。他恳求装卸队长收留他，给他一碗饭吃。装卸队长出身农民，是个诚实的汉子。他知道世道不太平，也没有多问就收留了郝冬云，从此郝冬云就成了一名装卸工。

自从吃了这次苦头之后，郝冬云学到了一种政治投机本领，他很快入了党提了干，从装卸工成为一名正式的铁路职工。从站务员，到值班员再到车间主任，很快又被提为副站长。但是接下来的就不那么顺利了，“文化大革命”结束了。在一次外调中，车站党总支发现了他那段不光彩的历史，并记入了档案，永远成了他上升的政治负累。他在副站长这个位置上卧了整整十年。从此他开始沉沦，开始寻求另类的平衡……

往事如烟一场梦！一切都好像还是在昨天，但毕竟是春江东流水一去不复返了。

这时，车站会计送来了郝冬云的工资，今天是开资的日子。郝冬云眼里透出了凶狠狡诈的目光，下一个犯罪预谋开始了。他暗暗想道：“路遥啊路遥，你不是逼蛇出洞吗？我就要出动一次，做一个惊天动地的大案，临死也要咬你一口！”

困兽犹斗，铤而走险，郝冬云要做最后一搏。此刻，就好像输得分文皆无的赌徒，输红了眼但心有不甘，他把身家性命全押上了。

## 二

许超苦思冥想了好几天，终于交代了所知道的一切。

在他们弟兄五个中，除了金正名见过“铁老大”的真面目之外，就是许超见过。当金老大要归顺“铁老大”的时候，许超多了个心眼，暗中跟踪了“铁老大”。

那天，“铁老大”与金正名会面出来，许超骑一辆摩托车一直跟踪到小白楼，“铁老大”在小白楼卸了化装，恢复了本来面貌又去了火车站，至此许超知道了“铁老大”就是车站副站长郝冬云。

李长青拿出几张照片，其中有郝冬云的也有其他人的，让许超辨认。

许超一眼就认出了郝冬云，指着照片说：“就是他。”

贝多芬的《英雄》交响曲反复在林向东耳边响起。强烈的音乐声，震撼着林向东的耳膜，几组鲜明的画面在林向东的脑海断断续续地闪现：……两条钢轨向远方延伸……一列飞来的火车……车轮滚滚，巨大的车轮声……一排排道钉……一个巡道工挥锤砸着道钉，“咚！咚！”砸道钉的声音在空旷的山野中回荡……突然音乐戛然而止……

也许是冥冥中早有定数，世道轮回报应不爽，使郝冬云始料不及的正是他的刺激使林向东恢复了记忆。见到郝冬云的那一刻，林向东被害那天的情景，像一道闪电深深地刺痛了他的神经，占据了整个脑海，剧烈地搅动着伤痛，使他昏厥过去。当再次醒来的时候，他完全恢复了正常。

林向东突然睁开眼睛，就好像刚从睡梦中醒来，叫了一声：“所长……妈妈。”

路遥惊喜地叫道：“小林！”

林夫人惊叫道：“儿子！”

路遥不禁赞叹道：“小林，英雄！”

“我就像在做梦，一个强烈的声音一直在我耳边呼唤我。” 林向东说，“我不是英雄，是《英雄》交响曲！”

“不。”路遥激动地说，“是你，你就是英雄！”

林向东急切地说：“快，快去抓郝冬云。他就是‘铁老大’。”他向路遥讲述了那天发生的事情经过……

出事的那天夜里，林向东画成了“铁老大”的模拟像，当他惊讶地发现“铁老大”就是副站长郝冬云时，郝冬云已在他身后站了多时了。

“没想到吧？我就是你们踏破铁鞋无觅处的‘铁老大’。” 郝冬云称赞林向东，“你呀，真是个天才，画得太像了，当警察太可惜了，你应该成为一个画家。”他想拉拢林向东：“不过我还是劝你把画像给我。明天你就调走了，谁都不知道，我会给你许多好处。”

“‘铁老大’！我抓你还抓不着呢，叫我放弃？休想！”林向东伸手去掏枪，郝冬云向他身后一指叫道，“哎！你看后窗有人！”

当林向东扭头看时，郝冬云抓起一根木棒，狠狠地砸在林向东的后脑。

凡事预则立不预则废。案子的进展情况备受方克的关注，他早预感到与“铁老大”的一场大战就要来临，所以他将特警队的五名特警派到了凤城，并配备了防爆器材。成立了以李长青为总负责，路遥、徐海发为副的专案侦破组，务必要一举歼灭“铁老大”集团。

抓捕“铁老大”行动开始了，在郝冬云的办公室没有搜捕到他，也未发现有价值的东西。路遥、张铁路、罗明直扑郝冬云的家。

在郝冬云家里，郝冬云的妻子正在指导儿子写作业，等她明白是怎么回事的时候如同晴天霹雳，顿时一阵晕眩，瘫坐在椅子上，她根本不相信这是真的。在她的眼里郝冬云就是一个完美无缺的人，他不但耿直善良，素面佛心，而且为人处世表现得那么周到，那么优秀。他疼她爱她，自从结了婚，她的生活无忧无虑，甜蜜而又温馨，无论如何也不能把自己的丈夫与犯罪，一个黑社会老大画上等号。

给路遥莫大讽刺的是在郝冬云的书房，墙上还挂着路遥写的条幅“不爱江南杏花雨，独爱大漠檄天风”。郝冬云竟然留给他一封信，上写：

路遥，我佩服你，你终于找到了我，我们也算棋逢对手，将遇良才。但我是诸葛亮,你也就是个司马懿,终归还是少算一筹。你坏了我的大事,可你却抓不住我,我会让你遗憾终生。仰天大笑出门去,我辈岂是蓬蒿人!后会无期。

铁老大,于日前。

没有抓住郝冬云,但是车站又出现了两个异常情况:一是车站职工未开出去的工资,没有存到银行,而是寄放到了售票室;二是票房有两天没有往银行存款。两项款累计起来达十五万之多。

路遥听了这两个情况非常惊诧,马上意识到"铁老大"要有新行动。

李长青和路遥不谋而合,"铁老大"是要在这笔款子上做文章,出事很可能就在今晚上。

路遥、李长青、徐海发一起分析着郝冬云下一步的行动。

郝冬云是只老狐狸,不知道藏哪去了。现在要引他露面,就是票房这笔巨款。郝冬云也一定能算计到警方也盯住了这笔巨款,因此他要打这笔巨款的主意,必定还要有其他动作,以调动分散警力。郝冬云用什么方法调动警察尚且不知,但是最终的目的就是这笔款。现在他在暗处,必须露一个口子他才能入网。

李长青说:"贼是为了经济利益而动,其他都是虚张声势。现在的关键是怎样保证这笔巨款的安全,又能引罪犯上钩。"

路遥说:"票房的门是铁保险门,要进票房除非有钥匙。郝冬云和客运主任有钥匙,但是他自己不会这么低能自投罗网。或者他将钥匙交给某作案人,或者趁客运主任进售票房会账之机强行进入。因此我们一定要在里边设伏。"

徐海发说:"多人设伏恐有困难,一是警力有限,二是郝冬云肯定在某一个不被人发现的地方对票房进行监视,我们不宜过早暴露目标。"

路遥说:"多则无益,放只老虎蹲在里边候着他们。"

李长青决定了:"好,就这么定。我来分一下工。徐海发带洛金虎、陈春生检查车站的重点部位,加强控制。"他叮嘱洛金虎道,"老虎,你就盯住票房,等鱼上钩。你的任务很重,要注意保护自己。"

洛金虎毫不犹豫地说:"我保证完成任务。"

李长青说:"其他警力隐蔽待命,我在这儿候援,保持与公安处的联系。坚持正常工作,内紧外松,行动吧!"

## 三

漆黑的夜，没有一丝星光。已经是初冬时分，风中带着刺骨的寒意。

巡道工一步一步的用脚量着钢轨，行走在道心里，一步一根枕木，迈着标准的步幅准时向下一个交接站走去。手里那盏黄色的信号灯，在茫茫的夜色中散发着微弱的光。当巡到547公里大桥时，突然听到桥墩下“叮咣”一声响。巡道工站在桥上打开手电警惕地往下看去，只见从桥墩上跳下去两个人，飞快地消失在夜幕中……

巡道工迅速跑到桥下，用手电在桥墩上搜索，发现有一个大包放在桥墩上。他爬上桥墩，不看则已，一看顿时吓出了一身冷汗。那是一个炸药包！巡道工一路小跑来到前方车站，向派出所打了报警电话。

“啊？”接电话的是徐海发，听到报案大吃一惊。这还了得！这是有人要炸桥哇！在电话中吩咐巡道工不要动任何东西，守在现场。他放下电话神色紧张地说：“547公里的大桥上发现炸药包。”

路遥思忖了一下说：“好了，‘铁老大’动起来了。这是他的声东击西。”

李长青：“姑且上他一当，我动他动。爆炸案这天大的事，这一计是吃定我们一定要出现场，而调动我们。现在将计就计。”他对路遥说，“你去吧，他要的就是调动你。徐导，你也去，而且要大张旗鼓地去。”

路遥、徐海发带上张铁路、陈春生出发了。

派出所的大院里一阵警笛响，警车闪着警灯急速开出派出所。

警车呼啸着在547公里大桥下停了下来，路遥、徐海发等人迅速跳下车。

巡道工跑过来指着第三个桥墩说：“就在那上头。”

“我上去。”路遥嘴里咬着手电攀缘上去，徐海发等人用几只手电照着桥墩。果然有一个炸药包，路遥抱着炸药包从桥墩上跳下来。徐海发要近前去，被路遥制止了:“你们谁都别过来。”

徐海发担心地嘱咐道:“注意安全。”

路遥抱着炸药包走到安全地带,用牙叼着手电,取出匕首打开包装,割开炸药包取出导火索,却没有雷管。他脑子里忽然一闪:“果真如我所料。”

路遥一边往车上跑一边喊:“快,撤!”

路遥预见的不错,郝冬云密谋了最后一次犯罪活动,目标就是售票室。为此,郝冬云又要了一招声东击西,他把自己的人分成两组,一组跟他抢售票室,二组在547公里大桥上放置了一个爆炸物。他算定夜班巡道工巡到那个位置是二十三点,巡道工发现必然报告,派出所接到报告必出现场,就能把警力吸引开。郝冬云还特别告诫二组只放一个爆炸物,引起巡道工的注意即可,不是真的炸桥。

华仔不明白郝冬云的用意:“把桥真的炸了怕啥?”

“你不懂,我们不是搞政治的,制造的动静越大政治影响越大。我们的目的就是为了售票室的钱,调开他们的人就达到了目的。”郝冬云老谋深算,“真的把桥炸了对我们有什么好处?那样公安就像狼一样成群成群地向你扑来,损人不利己的事我不干。”

此刻,在车站广场的一角,夜幕的黑影处,一辆红色的桑塔纳小轿车隐蔽在那里。车里坐着郝冬云、华仔等人,他们密切注视着派出所里的动向。他们早就隐藏在这里了,郝冬云拿着一副夜视望远镜监视着派出所和售票室里的动向,洛金虎到售票室和派出所去爆炸现场的出警他都看在眼里,这一切都在他的算计之中。

华仔把出警的人数得清清楚楚:“摩托车上三个人,吉普车也至少有三个人。”

“所里最多剩两个值勤的。”郝冬云大喜:“好了,该你们行动了。”

华仔伸出大拇指:“老大,真是神机妙算。”

“你们二十三点半开始行动,这个时候203次进站,开始检票,售票厅基本上没什么人。”

郝冬云拿出一份草图,指着图说:“这是售票厅的草图,这是大门,门是铁的,要想进去,必须等到二十三点半,203次检完票。这个时候客运主任要进售票室检查,趁她开门时,你才有机会进去。今天售票值班的是两个女的,保险柜在这个位置,报警器在这个部位,保险柜的钥匙在客运主任手里……”

“我分一下,我负责客运主任,打开大门。”华仔对两个同伙说,“胖刘和老狗头对付两个售票员，谁不老实就打死谁。我负责打开保险柜，钱到手立即撤退。但是，不到万不得已不要开枪，明白了没有？”

胖刘、老狗头点点头：“明白了。”

“售票室有一个警察，他叫洛金虎，这是一个厉害角色。客运主任是你们的人质，有了她洛金虎就不敢妄为。”郝冬云看看表说，“现在是23:15，去吧。我在这里接应你们。”

华仔说：“好，行动吧。”

华仔带着胖刘、老狗头走向售票厅……

车站广播员广播道：各位旅客，203次马上进站了，有乘坐203次列车的旅客，请您检票进站……

旅客们纷纷去检票，华仔等人混在旅客中。

二十三点三十分客运主任准时走进售票厅，打开售票室的大门。

华仔戴上面罩，两步上前用枪逼住客运主任：“不许吱声！”

胖刘和老狗头也戴上面罩，拥着客运主任进了售票室。

门开了，洛金虎守在门里，但他的枪口对准的却是客运主任。

华仔用枪顶着客运主任的头命令洛金虎道：“把枪扔过来，不然我先打死她。”

胖刘和老狗头用枪逼住售票员：“不许动，谁动就打死谁！”

洛金虎并不怕死，更不惧怕这几个劫匪，然而客运主任在他们手里，他下不了手，只能被迫听命于劫匪，将枪扔在地上。

老狗头将枪捡起来递给华仔，华仔一支枪对准客运主任，一支枪对准洛金虎：“举起手来，向后退！”

洛金虎退到报警器的位置。

华仔逼着客运主任打开保险柜，里边装满了现金。

华仔眼睛一亮，惊喜万分。他抑制不住兴奋的心情喊道：“老狗头，把包扔过来。”

老狗头将包扔给华仔，华仔伸手接包。这时出现了空当，洛金虎急忙按响了报警器。

“哇！”的一声警报响了，吓得三个劫匪乱作一团，胖刘气急败坏地朝洛金虎开了一枪，洛金虎倒在售票台上……

售票室的报警器连着派出所值班室，派出所顿时警铃大作。

李长青第一个抽出手枪冲到大院，大喊一声："快，售票室！"并用对讲机命令道："各岗位速到售票室！"

特警队员从派出所冲出去，站台上的罗明拔出手枪跑向售票室，路遥等人正在返回的途中，听到呼叫一路加速驰援而来……

华仔提着装满钱的提包刚说了一声："撤……"只见警察冲进来将售票室团团围住。

李长青用喇叭喊话："里边的歹徒听着，你们已经被包围了，立即放下武器出来投降！"

老狗头吓得浑身发抖，头上直冒冷汗，胖刘脸色煞白。

"嘭！"华仔朝外开了一枪喊道："外面的人听着，你们马上撤出去，不然我们就要杀人了！"他朝胖刘一努嘴，胖刘用枪顶着客运主任的头出现在窗口。

客运主任冲外边喊道："洛金虎受伤了，他快不行了。"

李长青冲里边喊道："你们跑不出去，赶快投降吧！"

华仔威胁道："我们不投降，我数到十，你们不往外撤，我就杀人了。"

胖刘数着数："一、二……"

李长青为了拖延时间，与歹徒周旋道："里面的人听着，你们要保证人质安全，有什么条件可以提出来。"他向一个特警伸出一个手指，爆破手迅速靠近铁门，将爆破器按到锁上。他又伸出两个手指，示意催泪弹、烟幕弹准备。两个特警举起防暴枪，一切准备就绪。

华仔在里边提出条件："我要你们立即撤出，并提供一辆车。否则就杀死他们。"

突然，李长青果断地一挥手。

"砰！砰！"两枪打出去，催泪弹、烟幕弹从窗口飞进售票室。爆破手也同时按响引爆器，"砰！"一声响，铁门锁被炸开。

催泪弹、烟幕弹打进售票室，冒着呛人的紫烟雾。歹徒们呛得掩鼻咳嗽，特警队员戴着防毒面具冲了进来，用了不到三十秒就将歹徒制伏。

李长青命令道："叫救护车，赶快抢救洛金虎！"

"铁老大"又失算了，没想到派出所还隐藏着这么多警察。当郝冬云看到从派出所冲出来一队防暴警察时，头"嗡！"的一声，他知道大势已去，只有快逃！他驾车开出广场，迎面却遇上了冤家对头，正是路遥驾车返回来。

郝冬云一把方向闪过吉普车，一束灯光闪在他的脸上。路遥一眼看到了轿车里的郝冬云。

"'铁老大'！"路遥一脚踏住刹车，用车载台问李长青："李队，李队，情况怎样？"

李长青说："全部解决，已结束战斗。"

路遥报告："李队，我们发现'铁老大'，请你速与市局联系，封锁各交通要道，查堵一辆红色桑塔纳！"

李长青道："明白！"

路遥回手一把方向，去追郝冬云并对张铁路说："喊话，让他停下来。"

张铁路用扩音器喊话："前边的红色桑塔纳立即停车，接受检查，立即停车！"

郝冬云根本不予理睬，车开得更快了。

吉普车、摩托车、轿车在马路上开始了追逐。

市公安局接到通报后，一队队民警紧急集合，一辆辆警车紧急出动，各路口开始设卡，民警在检查车辆……

郝冬云驾车来到北环路口，民警已经设了卡，两辆警车停在路口，几位民警手持冲锋枪排列两旁。

一民警示意郝冬云停车，郝冬云拐弯向左下了便道。

路遥驾车追来，设卡的两辆警车也追了上来……

几辆车追到了铁路线上，前面是一个铁路平交道口。一个大大的光柱射过来，一列货车鸣着汽笛开过来。

郝冬云不顾一切地冲过道口，刹那间，火车飞驰而至，将后边的车辆挡在了路这边……

列车通过了。路遥等人冲过铁路，只见轿车停在路边，已是人去车空。

# 四

路遥觉得郝冬云没有跑多远，以他对郝冬云的了解和郝冬云对铁路的了解，肯定还会回到铁路上。一张大网迅速张开，然而路、地公安联手行动把凤城周围查了个底掉，也没有抓住“铁老大”，他杳无音讯了。

路遥和所里的干警们已经连续熬了几天了，一个个筋疲力尽，郝冬云却是石沉大海。但是路遥却隐隐感觉到郝冬云也快到极限了。

这天，路遥和张铁路在一个中间站登上了开往成都的客车。上车后便和乘警长、列车长组织了一次查票。

一位老者伏在茶几上睡着了，乘警长拍拍老者，老者睡眼蒙眬地抬起头，似乎在问有什么事。乘警长让他出示一下车票。老者一手颤巍巍地拿出车票，一手捂着胸咳嗽着。乘警长问道：“就你一人出门呀？”

老者耳朵背，用手挡在耳边：“你说什么？我听不见。”

乘警长大声说：“我说就你一人啊？”

老者说：“可不，就我一人。”

乘警长一看车票是到成都的，将车票还给他：“到成都哇？”

“啊。”老者不知道是答应呢，还是在询问呢，啊了一声。

路遥目光从老者的脸上掠过，老者剧烈咳嗽着低下头。

全车查了一遍，但没有查到郝冬云。

路遥的信心有点动摇了。连着查了好几天了，连个鬼影也没见着，莫非是自己判断失误郝冬云没有走铁路？然而地方公安机关也在各交通要道，各汽车站拉网式地排查，难道他长翅膀从天上飞了不成？或者是他还在本地潜伏着？

路遥做了种种推测，也无法推翻自己的判断，他确信有一点肯定是正确的，那就是“铁老大”非常的自负。路遥感觉到郝冬云就在车上的某一个角落里，这种感觉是来自于忐忑不安的情绪，就好像一个追踪老虎的猎人，当他嗅到老虎的味道，离老虎越近就越不安。因为他不但离胜利越来越近，而且离危险也越来越近。

路遥和张铁路在车厢里又一次进行了巡视，还仍然是一无所获。

路遥走到一个车厢的连接处停下来，突然想到了一个人，就是那个单独出门的老者。刚才乘警长查票时的情景出现在他的眼前：一个人出门？有病的老人？去成都……一个个问号出现在脑海里。

路遥向张铁路一挥手，来到老者对面坐下来："老先生认识我吗？"

"你说什么？我听不见。"老者用手挡着耳朵说。

路遥向前一探身大声说："我说你认识我吗？"

"噢。"老者眼睛一闪，摇摇头说，"不认识。"

"可我认识你！"路遥目光如电，大声说，"'铁老大'，我的郝站长，你就别再演戏了。"

老者说："'铁老大'？我不认识。"

"去掉你的伪装吧！"路遥一把将老者的假胡子扯掉，继而取掉了他的眉毛和假发。

郝冬云的真面貌露了出来，取掉假眉毛、假发，叹息道："唉！终于还是被你识破了。"

张铁路上前一把抓住郝冬云的手，将他的身上搜了一遍没有武器。

郝冬云拿出来一盒烟，抽出来一支漫不经心地点着，对张铁路说："不要紧张，没有武器。我已经和路所长坐到了一块，武器对我来讲已经没有任何意义了。"

路遥道："看来，你是放弃反抗了？"

"反抗还有意义吗？我从来不做，也不想做毫无意义的事情。"郝冬云吸了一口烟说，"本来我就没想反抗，打死你我在黄泉路上又多了个对头。我不想我们在阳世争斗得你死我活，再到阴间去拼杀。无论是明也罢暗也罢，我们已经有过几番较量，你我各有输赢，我也算轰轰烈烈过了，现在该是结账的时候了。"

"也算明智之举。"路遥道，"你想到过如此结局吗？"

"没有。"郝冬云心有不服，"我想到过失败，没想到会败得如此惨。有时候结果并不能说明问题，就像下围棋，对决的成败往往就在于一子之搏，一招失算满盘皆输。"

"你不是一招失算，你是在补一张破网，漏洞百出，你怎么可能补好呢。"路遥道，“看来你对失败还没想明白。”

“唉！”郝冬云道，“成者王侯败者寇，历来如此。”

路遥说：“过高地估计自己是一切犯罪分子的通病，这就是你终归要失败的原因！”

“也是。”郝冬云感慨地说，“在我的生命中能遇到你既是不幸也是有幸，没有一个志同道合的朋友作为知己，有一个彼此相知的对手也是世上难寻，我知足了。”

路遥也叹惜道：“可惜了，我倒是希望我们是志同道合的朋友。”

“我自以为是一个智者，你来了，是我的智慧没了呢？还是你比我更高明？”郝冬云道，“是你一步步把我逼到了绝路上，我始终不想认输，可是最后还是栽在你的手里。我花费了十几年的心血，精心编织的一张网，让你一点一点的给撕碎了，看来你是我的克星。”

“犯罪是邪恶势力，再凶恶的犯罪终归是要被正义所战胜的。只要你是在犯罪，不仅仅我是你的克星，所有的警察，还有那些坚持正义的人们都是你的克星。”路遥讲了一个很浅显的道理，“你也算是高手，作了那么多大案，安排的是那样缜密，多少次逃脱了法网。‘机关算尽太聪明，反误了卿卿性命’。但凡作案都心存侥幸，总以为自己很高明。犯罪是以人民为敌的，在人民的天罗地网中，一切犯罪永远不可能得逞，最终是以失败而告终的。”

“深刻！”郝冬云颇有感触地说，“听君一席话，胜读十年书。过去我自比诸葛，现在我是自愧弗如。”

“过奖啦。”路遥不无遗憾地说，“到现在才识破你，代价太大了。”

“不过我还是想问你一件事。”郝冬云迷惑不解地问，“我化装后，你们的人在我跟前晃来晃去都发现不了，你是怎么发现的？”

路遥道：“想知道？”

“当然。”

两个人像老朋友一样谈了起来。

“好，那我就告诉你。”路遥道，“你化装得惟妙惟肖，可谓一绝。只要针对你的身份绝不会有人怀疑，谁能想到‘铁老大’突然变成了一个糟老头儿。但是为什么却暴露了呢？百密一疏，那就是因为太像了，你把戏做得太足了。”

郝冬云不解地问：“这又如何解释？”

“你化装得再像也是演戏，演戏就不是真实的。”路遥道，“你知道吧，你进入的是戏里的角色,扮成一个六十多岁的老人,而且又是一个体弱多病的老人。这么一个老人出远门哪会没有亲属陪同呢?这是你忽略的第一点。还有一点,是化装改变不了的。”

“是什么呢?”郝冬云问。

“最大的破绽就是你的眼神。我在你对面和你搭话,就是来看你的眼神的,两句话我就把你识破了。”路遥道,“化装可以千变万化,可是有一样变不了,那就是你的眼神变不了。当你看我第一眼时,我就确信无疑,你就是‘铁老大’。”

“唉!智者千虑,必有一失。”郝冬云输得心服口服,将双手伸出来,“来,给我戴上手铐。”

一双手铐铐住郝冬云的双手。

路遥想证实一下几个迷惑不解的问题:“那么我也想问你几个问题。”

“我现在没有什么不可以说的了。”郝冬云说,“你问吧。”

“我们的交锋,现在已经不是什么秘密了,我来证实一下。”路遥道,“让张起东拉刘桂明下水,预谋抢劫文物,绑架金氏祖孙,将金正名杀死在监狱,亲自出手设连环计害林向东,进而杀死‘老疤头’,看来都是你干的了。”

郝冬云点点头:“是的。包括写匿名信,向检察院检举也是我干的。”

“如此说来,你是必置我于死地而后快了?”路遥道。

“是的,可惜,我还是没把你打倒。”郝冬云道,“是我低估了你,你不但有坚强的意志,还有坚强的后盾。”

“实话说吧,我还没你说的那么高大,意志那么坚强。我也有人性的弱点,当时确实被你打倒了,但我又站起来了这也是真的。”路遥实话实说,“你说我有坚强的后盾说对了,就我个人来讲我不算什么,但我是生活和工作在公安队伍这样一个集体里,正是这个集体帮助了我,让我重新振作了起来。”

“唉!这就是我所不能的。”郝冬云哀叹道。

“我还有一个问题不明白。”路遥道,“你这样处心积虑对付我,为什么在我面临被洪水卷走的时候还要救我?当时只要你手上一用劲,或踢我一脚,或者你不伸手相助,我就会卷入滔滔洪水中。”

“我也纳闷当时为什么会救你,也许是情境使然,也许是英雄相惜。后来我也想了,你将来是我的劲敌,为什么要救你呢?如果当时我不救你别人也许会救你,或许你凭自己的本事也能爬上来。如果我要给你一脚,你要是抓住我的脚把我扔进水里也未可知。”郝冬云也是实话实说，“其实善恶之心人皆有之，就是犯了死罪的人，也不是任何时候都心存歹毒；当然也不是善良之人从不生歹心，有时候只是一念之差，就是这一念之差使人走向相反的路，然后是一个错误又派生出另一个错误，用犯罪来掩盖犯罪，走上不归路。”

路遥问：“此时此刻此言是你人生的顿悟吗？”

“也算吧。”郝冬云说，“不过你也有一大败笔，你知道吗？”

路遥说：“愿闻其详。”

“在客车上‘凤城五兄弟’携带文物这个案子，想必你还记得吧？”郝冬云问。

路遥道：“记得，终生难忘。”

“那个案子你有一个最大的疏忽，就是疏于防范接应。”郝冬云自悔地说，“我当时派华仔一直在车上盯着他们，华仔的任务就是一路随行，到地点负责文物交接。如果不是我事前下了死命令，无论出现什么情况都不允许他参与，依他的性子早就出手了，那将会出现什么样的结果就不得而知了。”

路遥诧异地说：“此事我确实没想到，华仔如果出手的话那将是一场空前的灾难。感谢你的命令，救了一车人。也谢谢你今天的提醒，这将使我永远铭记在心。”他的感谢之情也是真诚的。

郝冬云话说完了，反倒是一脸的释然，什么都没有了，如释重负。

“天下没有免费的晚餐。”路遥深信这一条哲理，“人得到一些东西必然失去一些东西，当用犯罪的手段得到想得到的东西时，却失去了一个最重要的东西，那就是光明正大做人的自由，所以说任何犯罪活动都是得不偿失的。”

“是呀，正被你所言中。”郝冬云深有感触，他还有一件未了的心事要托付于路遥，“我们虽然是老对手，但也是老朋友了，有一件事我要拜托你，只有你能做到。”

路遥爽快地说：“有什么尽管说，只要不违法，不违纪，我会尽全力的。”

“唉！事已如此，我也不怕你见笑了。”郝冬云心怀愧疚地说，“我这一进去就再也出不来了，我的妻子和儿子无罪，他们今后的生活将会很艰难，我请你在必要时施以援手，帮助他们，特别是我的儿子，应该是一个很有出息的孩子，希望不要因我而影响他的前程。”

“时代不同了，现在不是株连九族的年代，只要他是个人才，党和国家会培养他的。”路遥道，“至于我，会尽我所能。”

“那些道理我都知道，但是我不放心。”郝冬云道，“你首肯了我就放心了。路遥，你是君子，我相信只要你答应，你一定能做到。说起来也是件很可笑的事，到最后，竟然委托我的死敌，一个把我送上黄泉路的对手照顾我的家人。真是世事难料啊！”

“正如你所说的，我们是老对手，也算是老朋友了。”路遥真诚地说，“帮老朋友做点事是应该的，你的后事我会委托人办好的。”

郝冬云由衷地感激：“谢谢你了！”

清晨，东方的天际重抹浓彩，一轮红日冉冉升起，新的一天又开始了。

路遥、张铁路押着郝冬云下了车。

红日中，路遥迎着朝阳走去，身影伟岸挺拔……

鸣谢为出版此书做出不懈努力的宁夏龙腾盛世文化旅游产业投资有限公司、银川市红福星文化艺术展播中心！

作者：苍　山

二〇一五年十月五日